심은 대로
거두는 인생

– 밑바닥 인생의 눈물겨운 성공 스토리 　　　　| 임태유 지음 |

청어 도서출판

심은 대로 거두는 인생

임태유 지음

발행처 · 도서출판 **청어**
발행인 · 이영철
영 업 · 이동호
홍 보 · 최윤영
기 획 · 천성래 | 이용희
편 집 · 방세화 | 원신연
디자인 · 김바라 | 서경아
제작부장 · 공병한
인 쇄 · 두리터

등 록 · 1999년 5월 3일
(제321-3210000251001999000063호.)

1판 1쇄 인쇄 · 2017년 5월 15일
1판 1쇄 발행 · 2017년 5월 25일

주소 · 서울특별시 서초구 효령로55길 45-8
대표전화 · 586-0477
팩시밀리 · 586-0478

홈페이지 · www.chungeobook.com
E-mail · ppi20@hanmail.net
ISBN · 979-11-5860-504-9(03810)

이 도서의 국립중앙도서관 출판시도서목록(CIP)은 서지정보유통지원시스템 홈페이지
(http://seoji.nl.go.kr)와 국가자료공동목록시스템(http://www.nl.go.kr/kolisnet)에서
이용하실 수 있습니다.(CIP제어번호: CIP2017010796)

심은 대로
거두는 인생

어떻게 살 것인가?

인생은 딱 한 번뿐이다. 그나마 짧다.

연습 삼아 살아볼 수도 없다.

그렇기에 리허설이 있을 수 없고 오직 생방송만 가능하다.

게다가 세월은 쏜살같이 빠르고 유수처럼 마냥 흘러만 간다. 멈춤이 없다.

내 인생을 남이 대신 살아줄 수도 없다. 참으로 누구에게나 소중한 인생이다.

사람들은 모두 성공하기를 원한다. 누구나 행복한 삶을 바란다. 명확한 목표를 세우고 합리적인 노력을 경주하면 성공할 수 있다는 말은 흔히 듣는 상식이다. 그러나 모두가 성공하고 행복한 삶을 누리는 것은 아니다. 실패하고 불행한 인생도 얼마든지 있다.

그렇다면 어떻게 살 것인가? 세네카는 인간은 평생 동안 사는 법을 배워야 한다고 말했다.

나는 인생 경영은 영농(營農), 즉 농부가 농사를 짓는 것과 같다고 생각
한다.

　성경은 심은 대로 거둔다고 가르친다.

　농부가 철 따라 좋은 씨앗을 뿌리고 땀 흘려 정성껏 가꾸어야 좋은 결실
을 맺을 수 있듯이 우리의 인생살이도 마찬가지다.

　어릴 적부터 좋은 생각 큰 꿈을 가슴에 품고 역경을 이겨내며, 그 꿈을
이루려고 피땀 흘려 노력할 때 비로소 성공이라는 알찬 수확을 거둘 수 있
는 것이다. 그렇기에 젊어서 땀 흘려 가꾼 인생이라야 늙어서 후회가 없는
것임을 명심할 필요가 있다.

　나는 위대한 인물도, 저명인사도 아니다. 지극히 평범한 시골 변호사다.
그러므로 거창한 회고록이나 자서전을 남길 주제도 못된다. 그럼에도 머
지않아 팔순을 바라보는 이쯤에서 내가 살아온 인생 역정을 되돌아보고

한 번쯤 정리해볼 필요가 있다고 생각했다.

　이 책은 오직 눈물과 피와 땀으로 점철된 내 인생의 진솔한 고백서(告白書)다.

　한편으론 밑바닥 인생의 승리와 환희의 기록이기도 하다.

　내 후손들에게 경계와 훈육의 지침을 남기고 싶어서 써 내려갔다.

　나는 지금도 개천에서 용이 나올 수 있다고 굳게 믿는다.

　그래서,

　나처럼 불우한 가정환경에서 태어나 갖은 고난과 시련을 이겨내며 자신의 꿈을 이루기 위해 노력하는 이 땅의 수많은 청소년들에게 용기와 희망을 북돋워주고 특히, 좌절과 절망 끝에 방황하는 안쓰러운 헬(hell)조선의 흙수저들에게 신분 상승의 사다리를 하나 더 놓아주고 그들이 헤쳐나가야 할 험한 세파의 인생 항로를 비춰주는 작은 등대라도 되어주고 싶은 소박

한 바람에서 이 글을 쓰기도 했다.

어떻든, 이 책이 햇빛을 보기까지는 나를 아끼는 많은 분들의 도움이 컸다.

우선 내가 믿는 하나님께 감사를 드린다.

다음엔 대학 동문으로서 국민대학교 총장을 지낸 김문환 박사와 향토 시인 명기환 님 그리고 예원예술대학교 교수인 처제 김영숙 박사에게 특히 깊은 사의(謝意)를 표한다.

끝으로 원고를 정리하느라 갖은 애를 쓴 법무법인 새천년의 김아랑 팀장에게도 고마움의 뜻을 꼭 전하고 싶다.

임태유 드림

차례

프롤로그 – 어떻게 살 것인가? • 4

**가난 속에서도
꿈을 키우던
소년 시절**

너무나 가난했던 어린 시절 • 13

노방초의 교훈 • 15

책을 훔친 모범생 • 19

목포 공생원 • 23

**고난과
시련의 세월**

고난과 시련의 시작 • 28

신문팔이와 구두닦이 • 29

우유 판매원 • 30

껌과 양담배 팔이 • 32

동굴 속의 천막생활 • 33

장마철의 추억 · 1 • 35

장마철의 추억 · 2 • 37

장마철의 추억 · 3 • 38

참으로 야박한 세상 • 41

**대변혁과
새로운 도전**

흙과 새벽길 • 50

드디어 학교 문을 두드리다 • 51

낮에는 중학생, 밤에는 고등학생 • 55

고등공민학교 시절 • 58

양지고등학교 시절 • 62

축구 명문, 동북고등학교 시절 • 67

생전 처음 받아보는 졸업장 • 76

좌절과
도전 끝의 환희

실패의 원인 분석 • 78
청소부로 나선 재수생 • 81
밝아온 실전의 날 • 87
환희, 잊을 수 없는 그날의 감격 • 89

프레시맨 시절의
추억

유별난 긍지와 자부심 • 93
철학에 심취한 '법학도' • 94
본격적인 독서 삼매경 • 95
농활에서 만난 연상의 여대생 • 98

정상 정복을 위한
피땀 어린 도전

철두철미한 전략 수립 • 102
처음 시작한 법학 공부 • 103
4 · 19 혁명의 발발 • 104
뜻밖에 날아든 엽서 한 장 • 111
정상을 눈앞에 둔 마지막 사투 • 113
피로 물든 책갈피 • 115
생과 사의 갈림길 • 119
결연한 최후의 선택 • 120
시작되는 투병 생활 • 123

산촌에서의
요양 생활

산촌의 가을 정취 • 132
산촌의 설경 • 134
혜국사에서의 막판 준비 • 139
눈물겨운 졸업장 • 141
따로 있는 인연 • 141
다시 찾은 산사 • 142

**30개월간의
재충전**

선택의 기로 • 148
육군 사병 입대 • 149
훈련병 생활 • 151
육군 부관학교 시절 • 155
육군본부에서의 생활 • 157
그녀와 함께 보낸 첫 휴가 • 163

**재도전과
정상 정복**

재도전의 시작 • 167
갑작스러운 임용시험 공고 • 168
1967년 11월 27일 그날의 감격 • 171
인생의 전환점 • 174
법무관 후보생 시절 • 175

**내 인생의 봄날,
고진감래**

법무관 시보(試補) 시절 • 180
서둘러 한 결혼 • 181
새내기 검찰관 시절 • 185
– 1. 대규모 군용물 횡령 사건 • 185
– 2. 춘천 도립병원에서 있었던 일 • 190
공군본부 법무감실 검찰과장 시절 • 192
– 1. 투 스타를 구속시킨 소신 • 192
– 2. 실미도 사건 • 196
법무과장 시절 • 205
하극상 사건(?) • 206

**왕성한 활동과
결실의 계절**

만기 전역과 변호사 개업 • 211

내가 겪은 광주민주항쟁 • 214

무죄판결을 선고받은 반공법 위반 사건 • 215

어린 딸을 죽인 어느 엄마의 눈물겨운 사연 • 221

어머니의 소천(召天) • 224

사모곡 • 228

동생의 검사 임관 • 229

동생이 보내온 흐뭇한 사연 • 233

주간《목포신문》창간 • 234

주식회사 목포신문사 설립 • 237

한국지역신문협회 창립 • 239

**가족 간에
오고 간
잔잔한 사연들**

시집가는 큰딸이 보내온 사연 • 241

결혼하는 큰딸에게 • 243

기대에 못 미친 아들에게 보낸 편지 • 247

막내딸이 보내온 사연 • 253

사시 전날 아빠가 막내딸에게 • 255

암과 투병하는 아내에게 • 258

막내딸과 사위의 동차(同次) 사시 합격 • 261

새내기 법관이 된 딸에게 • 267

에필로그 – 어떻게 마무리할 것인가? • 270

가난 속에서도
꿈을 키우던 소년 시절

• • •

아늑하고 포근한 내 고향 몽탄

내가 태어난 곳은 전남 무안군 몽탄면 당호리 신흥동 부락이다. 나는 이곳에서 1940년 음력 7월 27일 정오 무렵 태어났다.

몽탄은 전설이 얽힌 이름이다.

고려 태조 왕건이 견훤의 금성(지금의 나주)을 도모하고자 서해를 돌아 영산강을 거슬러 올라갈 때 길몽을 꾸었다 하여 꿈 몽(夢) 여울 탄(灘)으로 이름 지었다고 한다.

고향 마을 뒤로는 명당자리가 많다는 승달산 줄기가 뻗어 내린, 당시는 헐벗은 민둥산이 자리 잡고 양옆에는 병풍을 쳐놓은 듯 사철 푸른 대나무 숲이 촘촘히 들어서 있다. 앞에는 질펀한 들판 건너에 영산강 은빛 물결이 넘실대 한 폭의 산수화처럼 아름답고 평화로운 그곳에서 나는 육 남매

중 둘째 아들로 태어났다. 위로 두 분 누님이 계시고 형 다음에 나, 그리고 남·여동생이 각 한 명씩 더 있다.

담양의 추월산 계곡인 가막골을 발원지로 한 영산강은 예로부터 농도 전남의 젖줄이요 맛 좋은 해산물의 보고였다. 명산의 장어와 어란은 임금님께 진상할 정도로 유명했고 숭어 모치, 해파리를 비롯해서 짱뚱어, 망둥이, 대갱이 그리고 맛과 게, 꼬막 등 찰진 갯벌에서 나는 어패류가 수도 없이 많았다. 그러던 것이 1980년부터 식량 증산을 위한 농지조성을 이유로 영산강 하굿둑을 막아버리는 바람에 소중한 갯벌은 간데없이 사라지고 지금은 기형어가 떠다니는 썩은 물만 가득한 죽음의 호수가 되고 말았다. 자연과 생태계를 파괴해버린 재앙이다.

너무나 가난했던 어린 시절

내가 태어날 무렵은 일제 말기로서 전쟁을 치르느라 광분하던 일본의 식민지 착취가 극에 달한 시기였다. 그렇기 때문에 소작농은 말할 것도 없고 제 농토를 갖고 농사를 짓던 농가들도 공출이니 물세니 갖은 명목으로 다 뜯겨버려 살아가기가 너무 팍팍한 때였다.

그러다 보니 겨울도 채 나기 전에 식량이 떨어진 농가가 대부분이었고 3, 4월 보릿고개엔 굶기를 밥 먹듯 했다. 이른 봄이면 물오른 나무껍질을 벗겨 먹고 논에 흐드러지게 돋아나는 자운영 풀잎을 뜯어다가 삶아서 된장에 무쳐먹기도 하고 쌀겨를 섞어서 풀죽을 끓여먹기도 하였다. 그야말로 초근목피로 연명해야만 했다.

더군다나 할아버지 대(代)에는 자작으로 제법 논밭 뙈기도 부치고 살았었지만 술을 좋아하시고 노름을 즐기시던 아버지 대에 이르러 논밭을 술값과 노름빚으로 다 날려버리고 소작을 하면서 틈틈이 고기잡이(소형 어선)를 해서 입에 풀칠을 하던 우리 집 형편은 글로 표현할 수 없을 정도로 어려웠다. 남에게 좀처럼 아쉬운 소리를 못하는 어머니께서 하루도 쉴 날 없이 낮에는 품팔이로 저녁에는 길쌈으로 벌어 식구들의 생계를 꾸려가셨다고 한다.

할머니는 품앗이로 동네 노인들과 함께 어울려 물레를 돌려 실을 뽑으시고 어머니는 그 실을 베틀에 걸어 베를 짜서 5일장에 내다 팔아 적은 돈이나마 손에 쥐실 수 있었단다.

내가 아주 어릴 때의 기억이지만 어쩌다 잠결에 깨어보면 어머니는 첫새벽인데도 주무시지 않고 잠을 쫓으려고 그러셨는지, 아니면 자신의 신세가 고달파서였는지 구슬픈 베틀가를 콧노래로 흥얼거리며 그때까지 베를 짜고 계신 것을 자주 보곤 했다.

억척이셨던 내 어머니

내 어머니는 단아한 외모 그대로 천성이 곱고 자상했으며, 인정과 눈물이 많으신 분이었다. 그러나 어려운 가정 형편 때문에 남편 대신 가장 노릇을 하시느라 그랬는지 참으로 부지런하셨고 억척스러우셨다. 곧은 성품

14

이셨고, 자녀들을 꾸짖을 때는 서릿발처럼 엄하시기도 했다.

부농은 아니지만 별로 어렵지 않은 집안의 칠 남매 중 둘째 딸로 태어나신 어머니는 절친한 친구 사이인 할아버지와 외할아버지가 술자리에서 주고받은 언약 때문에 열다섯 살 어린 나이에 한 살 위인 아버지한테 시집을 오셨단다.

학교 문턱도 넘어본 적이 없으셨으나 겨우 한글을 깨우치신 어머니는 소녀 시절 외갓집 사랑방을 빌려 전도 활동을 하던 어느 전도사님 부부의 권유로 일찍이 예수님을 영접했으나 결혼 후에는 완고하신 조부모님의 반대로 신앙생활을 못하시다가 중년 이후부터 줄곧 하나님을 믿어온 신실한 성도이셨다.

노방초의 교훈

초등학교 4학년 때의 일로 기억된다. 곱던 단풍도 시들고 노란 은행 나뭇잎이 운동장가를 어지럽게 뒹굴던 스산한 늦가을 오후였다. 국어 시간 수업 도중 창밖을 물끄러미 바라보시던 담임선생님은 칠판에 큰 글씨로 시 한편을 적으셨다.

노방초(路傍草)
아무도 가꾸어주는 이 없고 뉘게나 짓밟히는 너.
찬바람 된서리를 알몸으로 견디며 꿋꿋이 살아남는 너.

길섶에 흐드러진 잡초여, 나는 너를 배운다.

모질게 참거라 뿌릴랑은 야무지게 보듬어라.

그리하면, 머지않아 해동(解冬)의 봄은 싹트리니.

선생님의 자작시인지 아닌지는 알 수 없었으나 선생님은 몇몇 학생을 시켜 큰 소리로 낭송케 한 후 친히 해설을 해주셨다.

노방초는 그때 한참 동족상잔의 비극을 겪고 있던 우리나라를 가리킬 수도 있고 자신의 큰 꿈을 이루기 위해서 갖은 고생을 무릅쓰고 묵묵히 노력하는 앞날의 우리들일 수도 있다는 것이었다.

그러고 나서 선생님은 고난과 역경을 딛고 우뚝 선 여러 위인들의 어린시절을 소개하시면서 '너희들도 지금은 가난한 시골의 어린이에 지나지 않지만 꿈을 크게 갖고 끊임없이 노력하면 얼마든지 훌륭한 사람이 될 수 있다'고 격려해주셨다.

온기 없는 차가운 교실이었지만 선생님의 말씀을 듣는 나는 더없이 고무되어 가슴이 화끈거렸다. 두 주먹을 불끈 쥐기도 하고 입술을 깨물기도 했다.

그 후 60년도 훨씬 지난 지금까지도 나는 그때의 「노방초」 시구를 암송하고 있다. 그때 선생님의 격려의 말씀은 여태껏 살아오는 동안 나의 영원한 좌우명이 되고 있다. 그래서 어렸을 때 동심에 심은 스승의 말씀 한마디가 제자의 일생을 좌우할 수도 있다는 사실을 나는 굳게 믿는다.

꿈을 심어준 영원한 스승, 장석방 선생님

선생님은 내가 초등학교 4학년 때 담임을 맡으신 분이다. 성품이 온화하고 자상하셨으며, 특히 문학을 좋아한다고 하셨다. 나는 1학년 때를 제외하고는 2학년 때부터 반에서 줄곧 수석을 하며 급장(지금의 반장)을 지냈기 때문에 교장선생님을 비롯해서 여러 선생님들한테서 칭찬도 자주 듣고 귀여움도 많이 받아왔다.

그런데 장 선생님은 여느 선생님들과는 나를 대하는 방법이 아주 달랐다. 4학년 초에 가정방문을 다녀가신 후부터였다. 하루 한 끼도 때우기가 어려운 형편이어서 매일 도시락을 챙겨갈 수 없었던 나는 점심시간이면 으레 학교 뒷산에 올라 양지바른 풀밭에 팔베개를 하고 누워서 혼자 동요를 부르기도 하고 온갖 공상에 잠겨 시간을 보내다가 수업 시작 직전에 내려와 학교 앞 우물가에서 샘물로 배를 채우고 수업을 받곤 했다.

그러던 어느 날 점심시간에 선생님이 갑자기 급히 심부름을 시킬 일이 있으셨던 모양이다. 이리저리 나를 찾아 헤매던 반 친구들이 한참 만에 내가 있는 곳으로 왔다. 나는 곧바로 교무실로 가서 선생님을 뵈었다. 선생님은 조금 화가 나신 얼굴로 나한테 어디서 무엇을 하다가 이제 왔느냐고 다그치며 물으셨다. 그러나 나는 아무 대답도 할 수 없었다.

점심을 못 싸 왔기 때문에 뒷산에서 공상만 하다가 내려왔다고 사실대로 말할 수가 없었다.

부끄럽고 창피해서였다. 어린 나이였지만 그때 당시도 자존심은 엄청 강했던 모양이다. 무슨 감을 잡으셨는지 선생님은 이내 화를 푸시고 심부름도 시키지 않으신 채 방과 후에 할 말이 있으니까 나더러 교실에 좀 남아있으라고 하셨다.

그날 이후부터 선생님은 나와 대화를 나누는 시간을 자주 갖게 되었고 때로는 교무실에 딸린 구석진 숙직실로 나를 불러 당신의 도시락을 대신 먹게 하기도 하셨고 학부모들이 선물로 가지고 온 햇밤과 대추, 배, 감 등을 먹게 하곤 하셨다.

선생님은 가끔 방과 후나 토요일 오후 같은 때 나를 남게 하여 텅 빈 교실이나 맑은 호수가 내려다보이는 운동장 가 나무 그늘에 앉아서 나와 많은 대화를 나누곤 하셨다.

그럴 때마다 선생님은 "너는 비록 가난한 집에 태어났으나, 머리가 좋고 성격도 차분하기 때문에 꿈을 크게 갖고 잘 가꾸면 반드시 훌륭한 사람이 될 수 있다."라고 격려해주시면서 자신도 가난한 집에서 태어나 어렵게 공부한 얘기도 들려주셨고 특히 일본으로 건너가 고학을 해서 성공한 사람들의 얘기도 들려주셨다.

당시에 나는 선생님의 말씀을 모두 이해할 수는 없었지만, 나이에 비해 다소 정신적으로 성숙한 편이어서, 막연하게나마 나도 큰 목표를 정하고 열심히 노력하면 이 지긋지긋한 가난만은 면할 수 있겠구나 하는 생각이 들기도 했었다. 꿈이 싹트기 시작한 것이다. 일일이 다 기억은 나지 않지만 선생님은 여러 권의 위인전과 동화책을 사다 주시기도 하고, 또 어떤 때는 공책과 연필도 사주시기도 하고, 밀린 월사금을 당신의 적은 월급을 쪼개 대신 내주시기도 하셨다. 이토록 선생님의 나에 대한 관심과 애정은 그야말로 눈물겹도록 지극하셨다.

군사부일체(君師父一體)라는 말도 있지만 참으로 선생님은 내 부모 못지 않게 나를 사랑해주셨으니, 그 사랑의 힘이 그간의 온갖 고난과 시련을 이기고 오늘의 내가 있게 한 원동력이 되었음은 물론이다.

책을 훔친 모범생

초등학교 5학년 여름방학을 며칠 앞둔 때의 일이다. 학기 초부터 내 건너편 자리에 앉은 친구 임경천 군이 두툼한 참고서 한 권을 사가지고 와서 자랑을 했다. 학원사에서 펴낸 『광문전과』로 기억된다. 대충 내용을 살펴보니 5학년 전 교과서를 매 단원별로 세분하여 요점을 간결하게 정리하고 낱말 풀이와 연습문제를 싣고, 푸짐한 학습 참고 자료까지 곁들여있어서 그야말로 학습 백과사전이나 다름이 없어 보였다. 그 책 한 권이면 줄곧 일등을 계속할 수 있을 것 같았고, 선생님보다 더 많은 것을 알 수 있을 것 같았다. 만물박사라도 될 성싶었다.

그 책을 접한 후 나는 며칠 동안 끈질기게 부모님을 졸랐다. 그러나 월사금(그때는 다달이 수업료를 냈었다.)도 제때 못내는 형편에 무슨 참고서냐고 꾸지람만 들었다.

그러나 너무도 갖고 싶은 책이었다. 한편 그 책을 갖고 있는 경천 군은 4학년 때까지만 해도 성적이 별로였는데 5학년이 되어서는 선생님 질문에 답변도 제법 잘하고 발표력도 훨씬 좋아지는 것 같았다. 나는 조바심이 났고 그럴수록 그 책을 더욱더 갖고 싶어졌다.

그러다가 여름방학을 며칠 앞두게 되었다. 며칠 동안 궁리 끝에 그 책을 몰래 가져다가 여름방학 동안에 몽땅 베낀 후 다시 몰래 그 친구 책상에 갖다 놓기로 결심했다. 그리도 아끼는 책을 방학 동안 내내 빌려줄 친구가 아니라고 생각해서였다.

나는 실제로 그 책을 체육 시간을 틈타 몰래 숨겼다가 집으로 가지고 온 후 방학이 시작되자마자 백로지(갱지)를 잘라 두툼한 공책을 만든 후 첫 장부터 베끼기 시작했다. 열흘 이상을 열심히 베꼈으나 생각보다 진도가 나가지 않았다. 손목도 아팠고, 몽당연필을 쥔 손가락은 부르트고 굳은살까지 박였다. 수백 쪽에 달하는 그 책을 모두 베낀다는 것은 처음부터 무리였다.

결국 나는 그만 포기하고 말았다. 그러나 2학기에 배울 중요 항목은 대충 메모를 해놓았다. 그래서 당초 생각대로 개학하자마자 그 책을 제자리에 갖다 놓으려 했으나 금방 들킬 것만 같아서 며칠을 두고 망설이다가 그것 역시 포기하고 말았다. 그래서 나는 책 도둑이 된 것이다.

이미 60여 년이 지난 사건이지만 지금도 그때 일을 생각하면 부끄럽고 한없이 후회스럽다. 뒤늦게나마 친구한테 잘못을 고백하고 용서를 빈다.

아버지의 단호한 선택

내가 초등학교 졸업을 불과 두어 달 앞둔 겨울방학 때였다. 그때는 이미 2년을 넘게 끌어온 전쟁 때문에 국력은 바닥이 났고 국민들은 지칠 대로 지친 상태에서 외국 구호물자로 겨우 연명해야 하는 비참한 생활을 해오고 있었다. 게다가 2년 연속 한해까지 겹쳐 농촌의 참상은 그야말로 목불인견이었다.

외지에 나가셨다가 며칠 만에 집에 돌아오신 아버지는 서둘러 나와 세 살 밑의 여동생을 찾으셨다. "가정 형편상 너희들을 더는 공부시킬 수가 없다. 굶어 죽지 않으려면 내일이라도 당장 목포 공생원으로 외숙을 찾아 가라."라는 불호령을 내리셨다.

전교 수석을 해온 아들을 상급학교 진학은 시키지 못할망정 초등학교 졸업도 못하게 하고 자퇴를 시킨 후 난데없이 고아원을 찾아가라는 것이었다. 무책임한 아버지였다. 참으로 비정한 아버지였다.

그러나 내가 철이 든 후 나는 아버지의 그때 그 결단의 용기를 두고두고 존경하고 감사하게 되었다.

어쨌든 우리 두 남매는 아버지의 위와 같은 엄명에 따라 가난했지만 따스했던 둥지를 떠나 새로운 바깥세상을 구경하게 되었다.

울고 넘던 당산재

그런 일이 있은 후 며칠 지나서였다. 점심시간도 훨씬 지났는데 어머니는 우리 두 남매를 위해 아주 특별한 밥상을 차려주셨다. 그 위에 누런 배추지를 잘게 썰어놓은, 듬뿍 담은 하얀 쌀밥을 그날만큼은 실컷 먹으라고 하셨다. 명절 때도 제삿날이나 생일날에도 거의 구경을 못하던 '하얀 쌀밥'이었다.

나는 드디어 그날이 왔구나 하는 생각에 목이 메어왔지만 어린 여동생은 게눈 감추듯이 밥그릇을 다 비웠다. 이윽고 어머니는 목포까지 갈 차비를 주시며 기차 시간에 늦지 않게 서둘러 집을 나서라는 것이었다.

"아버지가 너희들을 위해서 내린 결정이니까 그대로 따라야 한다."고 하시면서 고아원에 가면 절대로 부모가 살아있다는 말을 누구한테도 하지 말고 그곳 선생님들의 말씀을 잘 듣고 있으면 머지않아 부모님과 함께 살 날이 올 것이라며 우리 두 남매를 끌어안고 한참을 우셨다.

우리 집에서 고향역(명산 간이역)까지는 걸어서 30분 거리였다. 우리는 수백 년 묵은 고목(당산나무)이 믿음직스럽게 버티고 서있는 당산재를 넘어서 가야 했다. 어머니는 그곳까지 여동생의 손을 잡고 오시면서 그곳에 가면 다른 아이들과 절대로 싸우지도 말고 고집도 피워서는 안 된다며 몇 번이고 되풀이해서 타이르셨다.

어머니가 막 등을 돌리시며 눈물을 훔치시는 것을 본 여동생은 그제야 이별이 실감 나는지 어머니를 붙들고 울음보를 터트리기 시작했다. 그러나 우리는 헤어지는 설움까지도 오래 나눌 수가 없었다. 기차 시간이 다가오고 있었다. 나는 단호히 여동생의 손을 낚아채 기차역을 향해 잰걸음을 옮겼다. 기차역까지 가는 동안 중간중간에 돌아보고 또 돌아다보아도 어머니는 당산재 그 자리에 그대로 서계셨다. 가난 때문에 어린 자식들을 학교마저 그만두게 하고 억지로 떠나보내야 하는 어머니의 심정이 오죽했으랴 싶다. 나는 지금도 그때 그 일을 생각하면 눈물이 나오며 새삼 어머니가 그리워진다.

목포 공생원

목포 공생원은 1928년 10월 15일 당시 거지 대장으로 이름이 더 알려진 윤치호 전도사(외숙의 처남)가 약관의 나이에 부모를 잃고 거리를 헤매던 어린이 7명을 데려와서 같이 살게 되면서부터 설립의 발판을 마련했다고 한다.

당시 공생원은 영·유아반을 비롯하여 남녀별로 초·중 상급반과 건설반으로 편성되어 한 반에 30, 50여 명 정도의 아동들이 보모나 선생님들의 보호와 지도를 받으며 생활하고 있었다.

생도들은 각 반별로 나뉘어 낮에는 오전과 오후 초등학교 교육과정과 비슷한 수업을 받고 저녁 시간에는 성경공부도 하고 찬송가도 배우면서 일과를 보냈다. 특히 매일 아침 6시면 온 가족이 강당에 모여 예배를 드리는 것을 시작으로 일과가 개시되었다.

그래서 나는 이곳에서 세상에 태어난 후 처음으로 소중한 신앙을 갖게되었다. 공생원은 내 믿음의 모태요 요람인 셈이다. 나는 상급반에 배속되어 초등학교 6학년 수준의 국어와 산수, 그리고 천자문을 익히는 한자 공부 등을 했다. 새로운 것을 배우며 공부를 계속할 수 있다는 사실 자체가 더없이 신나고 즐겁기만 했다.

그곳에서도 두각을 나타내자 나는 선생님들의 사랑을 받으며 기대와 주목의 대상이 되었다. 1년쯤 지나서는 총무 선생님의 배려로 상급반을 떠나원무실(교무실)로 숙소를 옮겼다.

수업 시간 외에는 교무실에서 선생님들의 심부름도 하고 청소도 했다. 일과 시간이 끝나면 소속 반(상급반)으로 내려갈 필요 없이 나 혼자 교무실 구석에 자리 잡은 한 평도 안 되는 골방에서 잠을 잤다. 나는 그곳에서 나 혼자만의 조용한 시간을 즐기며 기도도 많이 했고 공상도 참 많이 했다. 교무실 책꽂이에 꽂힌 책은 거의 다 읽었다. 그중에서도 설교 준비를 위한 예화집과 아브라함을 비롯하여 요셉과 모세, 여호수아와 다윗, 다니엘 등 성경 속의 위인들의 이야기를 담은 책들을 읽으면서 무지개 같은 희망과 용기를 얻어가고 있었다.

처음에는 책들의 내용을 제대로 이해할 수가 없었다. 뜻을 알고도 읽었고 모르고도 읽었다. 그저 닥치는 대로 읽었다. 몇 번이고 되풀이해서 읽으면서 이해가 안 되거나 의심되는 대목은 선생님들한테 일일이 물어가며 그 뜻을 이해하고 배운 것을 실천하려고 노력을 했다.

그러는 사이에 나는 이 지긋지긋한 가난에서 벗어나 남보다 더 잘 살고 훌륭한 사람이 되기 위해서는 무엇인가 분명한 인생 목표를 세워야겠다고 생각하게 되었다. 밤낮으로 생각하며 미래에 대한 꿈을 그리기 시작했다.

나는 결국 제대로 된 공부를 해야만 보다 큰 꿈을 가질 수 있다고 생각했다. 점점 이곳 공생원 생활에 회의를 느끼게 되었다. 수백 명의 원아들이 하루 세 끼니를 때우기도 힘이 드는데 학교를 다니며 정규교육을 받기란 너무나 어려울 것만 같았다. 이곳을 뛰쳐나가 고학을 해서라도 하고 싶은 공부를 제대로 하고 싶었다. 그러던 어느 초여름 날 오후였다. 난데없이 형이 나를 찾아왔다. 외숙을 통해서 남들의 눈을 피해 나를 만난 형은 몇 달 동안 서울에 지내다가 왔다면서 서울은 지금 수복 직후라 활기가 넘치고 있다고 했다.

서울은 학교도 많고 많은 사람들이 사는 곳이기 때문에 자기만 열심히 하면 낮에는 돈을 벌고 밤에는 학교를 다니면서 얼마든지 하고 싶은 공부를 할 수 있다고 했다. 고생이 되더라도 공부를 하고 싶거든 당장이라도 자기를 따라나서라는 것이었다.

그렇게 해서 나는 그다음 날 새벽 온 식구들이 강당에 모여 아침 예배를 드리는 사이에 몰래 공생원을 빠져나와 형을 따라 서울행 완행열차에 몸을 실었다.

고난과 시련의 세월

• • •

무임승차

약속한 시간에 목포역에서 형을 만났다. 형은 겨우 기차표를 샀지만 나는 차비가 없었다. 무임승차를 하기로 하고 나는 허름한 나무 판때기를 엮어 만든 목포역 울타리를 뛰어넘었다. 드디어 기차에 올랐다. 그러나 무임승차를 한 죄로 승무원들이 지나칠 때마다 가슴이 두근거리고 무섭기만 했다.

형은 목포에서 서울까지 가는 동안 두 차례의 검표(차표 조사)가 있다고 했다. 첫 번째는 장성역에서 정읍역 사이에서 하고, 두 번째는 조치원역에서 천안역 사이에서 실시한다고 했다. 두 정거장 사이의 거리가 비교적 먼 곳을 택해서 검표를 한다는 것이었다. 검표는 차량 맨 뒤 칸에서부터 시작하니까 뒤로부터 둘째 칸에 타고 있다가 검표가 시작되면 차츰차츰 앞

칸 쪽으로 옮기다가 도중에 기차가 멈추면 내려서 검표가 끝난 뒤 칸으로 옮기라는 것이었다.

형이 일러준 대로 하다 보니 첫 번째 검표는 무난히 통과했다. 그러나 두 번째 검표 과정에서 나는 꼼짝없이 붙들리고 말았다.

조치원역을 출발하자마자 시작된 검표가 거의 다 끝나가는 데도 기다리는 천안역은 나타나지 않았다. 마침내 나는 검표원과 마주치게 되었다. 검표원이 기차표를 보자고 했다. 물론 있을 리가 없었다. 나는 고아원에 있다가 서울의 친척을 찾아가는데 돈이 없어 공차를 탔다고 사정을 해보았다. 그러나 검표원은 매정했다. 혹시 소매치기가 아니냐며 내 몸을 훑어보더니 느닷없이 양쪽 뺨을 번갈아 때리면서 천안역에 기차가 멈추면 당장 내리라고 호통을 쳤다. 주위에서는 어린아이한테 너무 심하지 않느냐는 눈빛들도 보였다. 그러나 누구 한 사람 선뜻 나서주는 이는 아무도 없었다.

나는 눈물이 글썽거렸다. 돈 없이 공차 탄 죄로 얻어맞는구나 생각하니 한없이 서러웠다. 그래도 그때 나는 무슨 생각으로 그랬는지 이를 악물었다. 우물 안의 개구리가 바깥세상에 나오자마자 첫날부터 당하는 수모요 고난이었다. 나는 어쩔 수 없이 천안역에서 내렸다. 그렇지만 기차가 출발하자마자 바로 나는 가운데 칸에 매달렸다. 결국 다시 기차에 올라타는 데 성공했다. 어떻게 해서든지 서울까지는 가야 했기 때문이었다.

고난과 시련의 시작

열네 살, 만으로는 열세 살이 채 되지 않은 어린 나이에 내 딴에는 푸른 꿈을 안고 올라간 서울이었다. 그러나 그 꿈을 심고 가꾸기엔 아직은 너무나 척박한 땅이었다. 전쟁의 상흔이 곳곳에 흩어져 있었다. 성한 곳이라고는 거의 없는 듯했다. 그야말로 폐허 그 자체였다. 나를 맞아준 곳은 폭격을 맞아 부서지다 만, 어느 건물의 3평 남짓한 구석이었다. 앞에는 거적문을 달아놓았고, 바닥에는 나무 판때기를 주워다 깔고 그 위에 볏짚 가마니를 몇 겹으로 덮어놓았다. 천장은 각목 몇 개를 가로세로로 걸쳐 못으로 고정시킨 후 그 위에 루핑을 얹어놓은 상태였다. 겨우 비바람을 피할 수 있는 공간이었다. 형이 우리가 기거할 수 있는 보금자리를 마련해놓고 왔다며 자랑하던 곳이 바로 그곳이었다. 서울시 중구 소공동 근처였으니까 지금은 남대문 아래쪽 동방플라자 빌딩이 들어서 있는 근처가 아닌가 싶다. 전기·수도가 공급될 리 만무했다. 등잔불로 어둠을 밝히고 물은 멀지 않은 곳에 있던 작은 식당에서 세숫물 정도만 얻어다 사용하였다. 화장실도 물론 없었다. 우리 형제는 그곳에서 잠만 자고 식사는 밖에 나가서 해결하기로 했다. 하루 두 끼 꽁보리밥 덩어리가 아니면 꿀꿀이죽으로 때우는 것이 먹는 것의 전부였다. 그런 환경 속에서도 병들어 눕지도 않았고, 영양실조에도 걸리지 않았다. 천만다행이었다. 기적 같은 일이었다. 사람이 극한 상황에 처하다 보면 스스로 극복해내고, 스스로 치유할 수 있는 능력이 생기지 않나 하는 생각이 든다.

서울에 올라와서 한 달 남짓 나는 열심히 형을 따라다녔다. 시내 지리도 익히고 형이 돈벌이 하는 현장에서 이것저것 눈여겨보면서 견습을 한 셈이었다.

신문팔이와 구두닦이

한 달이 훌쩍 지났다. 형이 마련해놓은 둥지에서 언제까지나 벌어다 준 먹이를 얻어먹을 수만은 없었다. 이제는 나도 서서히 혼자서도 날 수 있는 날갯짓을 해보아야 할 때가 되었다는 생각이 들었다.

형과 상의 끝에 나는 신문 가두판매를 하면서 구두 닦는 일도 함께 하기로 하였다. 먼저 판자 조각을 주워다가 구두닦이 통을 만들었다. 길거리에 나가 착해 보이는 선배 구두닦이 형한테서 며칠 동안 기술 지도도 받았다. 식당이나 다방 등을 드나들면서 공짜로 구두를 닦아주며 실습도 해보았다. 드디어 나는 난생처음으로 돈벌이에 나섰다. 당시 을지로 입구 내무부 옆 담장에 대자보를 붙여놓고 신문을 파는 한편 구두를 닦기 시작했다. 그러나 구두를 제대로 닦아 광을 내는 일은 생각처럼 그렇게 쉬운 일은 아니었다. 먼지를 털어내고 약칠을 한 다음 침도 뱉고 엷은 천으로 열심히 문질러보았으나 좀처럼 광이 나질 않았다.

내가 왕초보라는 사실을 알 리가 없는 손님 중에는 아무리 닦아도 광이 나지 않는다면서 구두를 닦다 말고 욕설을 퍼부으며 벌떡 일어나 가버리는 사람도 있었고, 죄 없는 구두닦이 통을 발로 차면서 재수 없다는 듯이 중얼거리며 가버리는 사람도 있었다. 거기까지는 이미 각오를 하고 나왔으니까 참을 수가 있었다. 그런데 바쁘다면서 빨리 닦으라고 독촉을 하는데도 좀처럼 구두에 광이 나질 않자 버럭 화를 내면서 어린 내 뺨을 때리고 가는 고약한 손님도 개중에는 있었다. 서러운 생각에 울기도 여러 번 울었다. 어렵게 시작한 구두닦이도 시간이 지남에 따라 시행착오를 거듭하면서 어느 정도는 익숙하게 되었고 신문팔이 수입도 제법 짭짤했다.

우유 판매원

이제 생활이 좀 안정되는가 싶더니 또 다른 걱정거리가 다가오고 있었다. 어느새 누렇게 물든 가로수 잎이 낙엽 되어 흩날리기 시작하자 날씨가 점점 추워지는 것이었다. 거적문을 단 지금의 보금자리에서는 동사(凍死)를 각오하지 않는 한 추운 겨울을 날 수가 없었다.

물론 돈을 주고 따뜻한 방을 얻어 갈 형편도 못되었다.

그러던 어느 날, 나는 구두닦이 통을 메고 을지로 4가 국도극장 건너편을 지나가다가 우연히 전봇대에 붙은 광고문을 보게 되었다. 숙식을 제공해주는 조건으로 우유 판매원을 모집한다는 내용이었다. 저녁에 돌아와 형과 의논한 끝에 다음 날 그 우유공장을 찾아갔다. 그 공장은 을지로 3가와 4가 사이의 산림동 한복판에 있었다. 꽤 넓은 대지 위에 허름한 창고와 공장 및 숙소 등이 들어서 있는 퇴색한 벽돌집이었다. 구호물자로 들어와 시중에서 팔리고 있는 분유를 대량으로 사다가 거기에 사카린(감미료)을 섞어 대형 가마솥에 물을 붓고 펄펄 끓인 다음 빈병에 넣어 판매원들로 하여금 목장 우유라 하면서 새벽녘에 주로 사람이 붐비는 시장 입구나 사창가 또는 기차역 등을 돌면서 팔게 하고 있었다.

판매원들에게는 숙식을 제공해주고(밥값은 실비만 받음) 새벽 장사가 끝나면 낮에는 자유 시간을 준다고 했다. 추운 겨울을 나기에는 참으로 안성맞춤이었다. 그날부터 형과 나는 그곳으로 거처를 옮겼다. 20여 명의 판매원들이 10평이 채 안 되는, 군대 내무반 구조로 된 방에서 합숙을 했다. 다행히 방은 뜨거울 정도로 설설 끓었다. 새벽 4시쯤이면 일어나 양옆으로 끈을 단 상자 속에 담요 조각을 깔고 뜨거운 우유병을 15개 내지 20개 정도씩 담아 그 위를 덮은 다음 팔러 나가는 것이었다.

나는 힘이 부치기 때문에 매일 15병 정도만 담고 나가 팔기로 했다. 처음 며칠 동안은 먼저 판매원을 시작한 형들 뒤를 따라다니기도 했다. 며칠이 지나자 혼자서도 곧잘 해낼 수 있었다. 내가 지나는 코스는 거의 일정했다. 파고다 공원 뒤 낙원동 일대와 단성사 뒷골목의 사창가를 거쳐 동대문시장 입구까지 "따뜻한 우유 목—장 우유!"라고 외치며 한 병이라도 더 팔기 위해 부지런히 누비고 다녔다.

어떤 마음씨 좋은 창녀 누나는 어린 내가 눈보라 치는 이른 새벽에 우유를 팔러 다니는 모습이 가여웠던지 거스름돈을 받지 않을 때도 있었고, 머리를 쓰다듬어주면서 정해진 우유 값에 몇십 원을 더 얹어주는 때도 있었다.

그런가 하면 이미 내가 판 우유를 마셔본 어떤 아저씨는 새벽마다 지나가는 내 길목을 지키고 있다가 나를 붙들고는 왜 분유를 목장 우유라고 속여 파느냐고 따지면서 멱살을 움켜쥐기도 하였다. "우리 공장에서는 모두들 목장 우유라고 한다."라고 변명을 했더니 어린놈이 거짓말까지 한다면서 추위에 얼어서 찢어질 것 같은 내 뺨을 사정없이 때리기도 했다. 흔히 당하는 일이라 새삼스럽게 서럽거나 슬픈 생각도 들지 않았다.

우유공장에서의 생활도 석 달째 접어든 어느 날 한밤중이었다.

갑자기 항문 언저리가 간지럽기도 하고 차츰 아파지더니 통증이 점점 더 심해지는 것이었다. 눈을 떠보니 형태(가명) 형이 내 등 뒤에 바짝 붙어있었다. 계간(鷄姦)을 한 것이었다. 나는 부끄럽고 창피해서 아무도 눈치 채지 못하도록 얼른 잠자리를 옮겨버렸다. 집단생활을 하다 보면 희한한 일도 가끔씩 벌어지곤 했다.

껌과 양담배 팔이

우유공장으로 거처를 옮긴 형과 나의 생활에 많은 변화가 일어났다. 형은 몇 년 동안 계속해온 신문팔이를 그만두고 새벽에 두어 시간 우유를 파는 일 외에는 아무 일도 하지 않고 낮에는 도서관으로, 밤에는 야간학교를 다녔다. 그리고 나한테는 낮에는 구두닦이를 계속하게 하고 저녁에는 다방과 술집을 돌아다니며 양담배와 껌, 초콜릿 등을 팔게 하였다. 물론 나도 새벽에는 우유를 팔았다.

형은 고향에서 6·25사변이 터지자 목포 사범학교 병설 중학 2학년을 중퇴하고 고학을 해서라도 공부를 더 해보겠다는 일념으로 수복이 되자마자 혈혈단신 서울로 올라와 공부할 기회만을 찾고 있던 터였다.

그러던 중 나를 서울로 데려다가 돈벌이를 시켰고 다소 생활이 안정되자 자신이 대학에 입학할 때까지는 나더러 뒷바라지를 하라면서 자신은 오로

32

지 공부에만 전념하기 시작했다.

동굴 속의 천막생활

졸지에 가장이 된 나는 혼자 벌어서 형의 학비와 생활비를 책임져야 했다. 열다섯 살 난 동생이 다섯 살 위인 형의 보호자가 된 것이다.

겨울이 지나고 봄이 되자 겨울 한철 장사인 우유공장도 문을 닫았고 우리 형제는 새로운 거처를 찾아 다시 나서야만 했다.

궁하면 통한다고 했던가? 며칠을 두고 새로운 보금자리를 찾기 위해 산동네와 변두리를 두루 헤매던 형과 나는 뜻밖에도 가까운 남산 기슭 중턱에 자리 잡은 동굴 하나를 발견하게 되었다.

서울시 중구 필동 3가에서 왼쪽으로 돌아 남산을 오르다 보면 산 중턱에 길이 약 300m, 입구의 폭이 약 10m쯤 되어 보이는 동굴이 있었다. 천연 동굴은 아닌 것 같았고 일제 때 방공호로 쓰기 위해 일부러 파놓은 동굴 같았는데 중간쯤에 조그마한 옹달샘도 하나 있었다. 한낮에도 어두운 편이었지만 눈비와 바람을 맞을 염려는 없을 것 같았다. 형과 나는 그 동굴 안에 천막을 치기로 했다. 우선 중고 천막을 사다가 각목에 꽂아 세웠다. 역시 거적문을 달았고, 바닥에는 볏짚 가마니 위에 습기를 막기 위해 비닐 장판을 깔았다. 천장 바위틈에서 수시로 떨어지는 물방울을 피하기 위해서 천막 위를 루핑으로 덮어 씌웠다. 더없이 훌륭한 생활공간이 마련되었다. 고대광실이 부럽지 않았다. 집세 걱정을 안 해도 되고 남의 눈치도 볼 필요 없이 우리 두 형제가 마음 편하게 삶을 누릴 수 있는 그곳이야 말로 더 바랄 것이 없는 아늑한 보금자리였다.

그러나 불편한 점이 전혀 없는 것은 아니었다. 우선, 동굴 속이라 밤낮 없이 불을 밝혀야 하는 점이었다. 촛불은 켤 수 없다 치더라도 호롱불만이라도 켰으면 좀 더 밝을 텐데 기름값이 많이 들 것 같아 침침한 등잔불로 대신할 수밖에 없었다. 돈은 덜 들었지만 시력은 나빠질 수밖에 없었고, 책을 읽을 때의 답답함은 이루 말할 수가 없었다. 흐린 등잔불 밑에서 밤 늦게까지 책을 보다가 동굴 밖을 나와 맑은 공기를 들이마시며 머리를 식힐 때도 있었다. 그럴 때 장안 만호의 훤한 전기 불빛을 내려다보면 부럽기 그지없었다. 언제쯤 밝은 전깃불 밑에서 마음껏 책을 읽으며 문화생활을 해볼 수 있을까 하는 생각에 가끔은 우울해지기도 했다. 그러나 다시금 이를 악물며 이런 생활이 결코 오래가지 않으리라, 스스로를 다그쳤다.

물론 동굴 입구의 빈터에 판잣집을 지을 수도 있었다. 실제로 동굴 밖에는 10여 채의 판잣집이 이미 들어서 있었다. 그러나 그럴 만한 돈이 없었다. 그래서 어둡지만 동굴 안을 택한 것이었다.

용변을 해결하는 것도 결코 쉽지 않은 일이었다. 동굴 속은 중간쯤에 우물이 있는 데다가 악취 때문에 용변을 볼 생각을 못했고 동굴 밖 산등성이에 간이 변소를 만들어 이용키로 했다. 그러나 늦은 밤에는 드나들기가 무서웠다. 특히 눈비가 내리거나 찬바람이 몰아칠 때의 변소 출입은 심히 불편했다.

이처럼 동굴 속에 둥지를 튼 우리 형제는 식비를 줄이고 식사하러 나가는 시간을 아끼기 위해서 그곳에서 직접 밥을 지어먹기로 했다. 처음으로 자취생활을 시작한 것이었다. 역시 하루 두 끼를 납작 보리쌀로 밥을 짓고 반찬은 무짠지와 버터를 간장에 달인 것이 전부였다. 간혹 절인 고등어를 굽기도 하고 마른 꽁치를 간장에 조리기라도 하면 그때는 진수성찬을 먹는 기분이었다. 그렇게 악식(惡食)을 하는데도 빈혈이 있거나 영양실조에 걸리지는 않았다는 게 신기하다.

장마철의 추억 · 1

동굴 생활을 거의 2년 남짓 계속하던 어느 해 여름 장마철의 얘기다. 비오는 날이면 구두를 닦을 수도 없었지만 저녁 시간에 비를 후줄근히 맞고 다방이나 식당을 돌며 껌이나 담배를 팔기도 어려웠다. 하는 수 없이 장마가 그칠 때까지는 쉬기로 했다. 공치는 날이 여러 날 계속되었다. 그날그날 벌어서 봉지에다가 두세 끼 식량만을 사 나르던 우리는 이틀도 안 돼 끓여 먹을 것이 동이 났다.

그런데도 장맛비는 그칠 줄 모르고 연일 퍼붓고 있었다. 우리는 꼼짝없이 굶기 시작했다. 샘물로 주린 배를 채워보았지만 그것도 잠시였고 소변만 자주 마려울 뿐이었다.

이틀 동안 곡기라고는 구경도 못하고 물로 배를 채우며 굶다 보니 우선 어지러워 몸을 움직일 수가 없었다. 밖에 나들이는 물론이고 앉아있기조차 점점 힘들어졌다. 두 형제는 천막 속에 하릴없이 누워서 장마가 속히 걷히기만을 기다려야 했다.

그런데 사흘째 되는 날 기적 같은 일이 일어났다. 아침에 눈을 떴지만 힘이 없어서 일어나지 못하고 천장만 물끄러미 바라보고 있는데 우물가에서 인기척이 들려왔다.

나는 겨우 거적문을 젖히고 기침 소리를 내며 우물가 아주머니들을 향해 손짓을 했다. 이상하다는 생각을 했는지 아주머니 두 분이 천막 쪽으로 다가왔다. 나는 다 기어들어가는 목소리로 사흘째 굶고 있는데 배가 고파 죽을 것 같다고 했다. 아주머니들은 적이 놀라는 기색이었다. 그렇지 않아도 며칠째 학생들(우리 형제를 그렇게 불렀다.)의 얼굴이 보이질 않아서 어디로 이사를 갔는가 생각했다는 것이었다. 아주머니들이 돌아간 후 곧이어 통장 아주머니인 미덕이 엄마를 비롯해서 동네 아주머니 여럿이서 천막을 찾아와 우리 형제의 핼쑥한 얼굴을 보고 눈시울을 붉히며 돌아가더니 한참 후에 쌀죽을 쑤어가지고 와서 간장을 쳐서 먹으라고 했다. 며칠을 굶었기 때문에 당장 된 음식을 먹어서는 안 된다는 것이었다. 며칠 동안은 죽을 먹고 기운을 차린 다음에 밥을 먹어야 한다는 것이었다.

우리는 고마움에 목이 메었다. 두 형제는 한참 동안 울먹이다가 그 틈에도 주린 배를 채우기 위해 죽사발을 순식간에 비웠다. 동굴에서 사는 동안 평소에도 동네 아주머니들의 신세를 많이 졌다. 물을 길으러 오면서 가끔 김치도 담가다 주고 밑반찬을 챙겨다 주는 아주머니들도 있었다. 명절 때나 집안의 특별한 행사가 있는 날이면 장만한 음식을 싸 오는 아주머니도 있었다. 그중에서도 통장 아주머니의 헌신적인 보살핌은 60여 년 세월이 흐른 지금까지도 잊을 수가 없다. 그 당시 통장님은 국방부 군속(지금의 군무원)으로 다니셨고, 해방 직후 평안도에서 월남한 분이셨는데 그 아주머니는 독실한 기독교 신자였다. 미덕이 엄마라고 불리던 그 아주머니는 장마 때의 사건 이후로는 수시로 우리 천막을 찾아와서 친누나처럼 우리 형제를 정성스레 보살펴주셨고, 가끔은 눈물을 흘리면서 기도까지 해주시며 우리 형제의 건투를 빌어주셨다.

장마철의 추억 · 2

동굴에서 가장 가까운 곳에 판잣집을 짓고 살던 60대 초반의 노부부가 있었다. 아저씨는 함경도에서 1·4후퇴 때 월남하신 분이고, 아주머니는 고향이 전북 임실이라고 했다. 그런데 두 부부 사이에는 자식이 한 명도 없어 외롭게 살고 있었다. 아저씨는 밤낮으로 술에 거의 절어 살다시피 했고, 아주머니가 도라지며 고사리 등 찬거리를 손질하여 내다 팔아서 생계를 이어가고 있었다.

역시 장마 때의 일이다. 며칠째 장마가 계속되다 보니 옷가지며 이부자리 등이 더욱 습기가 차 눅눅해졌다. 그런데 하루는 비가 그치고 아침부터 햇볕이 내려 쪼이기 시작했다. 너무나 반가운 햇살이었다. 나는 아침을 먹고 돈벌이를 나가면서 축축하기까지 한 옷가지와 이부자리 등을 밖으로 내어다가 나뭇가지 등에 걸쳐 널어놓았다. 그런데 점심시간이 조금 지나서부터 먹구름이 덮이더니 후두두 빗방울을 뿌리기 시작했다. 이윽고 장대비로 변해서 두어 시간 동안 퍼부었다. 나는 망연자실했다. 동굴 속이라 한여름에도 저녁에는 한기가 들어 침구를 덮지 않고는 잠을 잘 수가 없는 형편인데 말리려고 내어놓은 이부자리 등이 되레 흠뻑 젖게 되었으니 앞으로 며칠 동안은 한뎃잠을 자는 거나 마찬가지일 것 같았다.

자포자기 심정으로 저녁 무렵 집에 돌아와 보니 그나마 널어놓은 옷가지 등이 보이질 않았다. 혹시 바람에 날아가 버렸나 싶어 주위를 두리번거리고 있을 때 임실댁 아주머니가 방문을 열고 나오며 자기 집으로 오라는 것이었다. 방에 들어가 보니 젖어있어야 할 이부자리는 보송보송하게 잘 말라있었고, 옷가지는 다리미질까지 해놓은 상태였다. 비가 뿌리기 직전에 아주머니가 걷어다가 이부자리는 일부러 연탄불을 피워 방을 덥혀 아랫목에서 완전히 말렸고 옷가지는 떨어진 곳을 꿰매기도 하고 다리미질까지 해놓았다는 것이었다. 아주머니의 세심한 배려가 너무나 고마웠다.

그때도 마음이 여린 나는 다시금 눈물이 핑 도는 것을 느꼈다.

참으로 착한 이웃들이었다. 비록 가난하게 살지만 인정이 넘쳐흘렀고, 서로를 제 피붙이처럼 위하며 오순도순 살아왔던 그 산동네와 동굴 속의 추억을 나는 결코 잊을 수가 없다.

장마철의 추억 · 3

마침 있는 돈을 다 털어서 형 학비(학교 공납금과 학원비)를 주고 나니 내 주머니에는 동전 한 닢도 없게 되었다.

그때도 장마철이었다. 그날따라 부지런히 거리를 누비고 다녔으나 벌이가 시원찮았는데, 석양 무렵부터 비를 뿌리기 시작했다. 얼마 전 장마 때문에 사흘씩이나 굶어본 나는 다시금 장마가 이어질 경우에 대비해서 귀갓길에 식량을 사들고 들어가야 했다. 그런데 내 수중에는 단 이틀 분의 식량을 살 돈도 없었다.

단골 가게가 있기는 했으나 외상 거래를 해본 경험이 없어 궁리 끝에 집으로 돌아와서 손전등을 들고 나왔다. 손전등은 어둠침침한 동굴 생활에서는 꼭 필요한 생필품이었지만 우선 식량이 필요해서였다. 몇 푼 안 되는 물건이었으나 맨손으로 가서 식량을 외상으로 달라고 할 수가 없었기 때문이었다.

지금의 인현시장 입구에서 60대 초반의 함경도 할머니가 조그마한 곡물 가게를 하고 있었다. 그 할머니한테 솔직하게 사정 말씀을 드렸다. 또 장마가 질 것 같은데 돈이 없으니 갖고 온 손전등을 잡히고 3일분의 납작보리쌀을 외상으로 달라고 했다. 할머니는 손전등을 받으시더니 집어던지다시피 하시면서 "그까짓 것이 몇 푼이나 나간다고 들고 왔느냐. 5일분의 식량을 그냥 줄 테니 갖다 먹고 차차 벌어서 갚아라."고 하셨다. 눈물겹도록 고마웠다. 나를 믿어주셔서 고마웠고 정을 주셔서 고마웠다. 예상한 대로 장맛비는 그날부터 시작해서 사흘 동안 계속되었다. 그러나 우리 형제는 그 할머니의 고마우신 배려로 이번에는 굶주림을 면할 수 있었다.

활동 범위를 넓혀가는 구두닦이

형이 완전히 돈벌이를 포기하고 공부에만 전념하다 보니 내가 더 많은 돈을 벌어 들여야만 했다. 형의 책값이며 학원비, 교통비에 학교 공납금까지 내가 감당해야만 했기 때문에 그만큼 부담이 커지고 웬만큼 벌어도 항상 쪼들릴 수밖에 없었다. 생각 끝에 나는 아침잠을 줄이고 일찍 일어나 주택가를 돌며 직장인들 출근 전에 구두를 닦기 시작했다. 주말이면 미군들이 붐비는 곳을 찾아 나서기로 했다.

휴가나 외출 나온 미군들 군화를 닦아주면 더 많은 돈을 벌 수 있다는 말을 들었기 때문이었다.

당시 남산 밑 일신초등학교 서쪽 편에 넓은 공터가 있었다. 주말이면 전방에 주둔하는 미군들이 수십 대의 군용트럭을 타고 그곳으로 나와 주차를 했다. 대화가 통하지 않지만 "헬로, 슈 샤인, 오케이?" 하면 당장 필요한 의사소통이 가능했다. 나는 부지런히 군화를 닦아주었다. 그래서 금요일 오후부터 일요일까지 그들을 상대하다 보면 수입이 제법 짭짤했다.

그런데 미군들을 상대로 돈을 버는데도 여러 가지 길이 있음을 뒤늦게 알았다. 나이가 어린 아이들은 주로 군화를 닦았지만, 나이가 좀 더 든 소년들은 미군들의 성기를 만지거나 빨아주고 두둑한 팁을 받기도 했고 또 그들한테 양공주를 소개해주고 돈을 버는 친구들도 있었다. 이름 하여 핌프 보이(pimp boy)라고 했다.

그 당시에는 서울시 중구 회현동 일대와 필동 일부 지역의 주택 가까이까지 양공주들이 파고들어 버젓이 미군들을 상대로 윤락행위를 하고 있었다. 물론 포주가 따로 있어 집을 마련하고 양공주 몇 명씩을 고용하는 형태였다.

나도 미군 군화를 닦기 시작한 후 얼마 되질 않아서 그들을 양공주에게 데려다주는 일도 해보았다. 운이 좋아 미군 몇 명씩을 데려다주면 우선 포주가 고맙다는 인사치레를 꼬박 했고, 약삭빠른 양공주들은 미군을 졸라 팁을 받아 건네주기도 했다.

그러다 보니 구두 몇 켤레를 닦는 것보다 수입이 많을 수밖에 없었다.

그런데 미군들을 자주 소개하다 보면 노골적이고 변태적인 성행위 장면을 훔쳐보는 것은 아주 흔한 일이었다. 그러고도 쉽게 이성에 눈 뜨거나 악에 물들지 않았으니 정말로 그때도 하나님은 나를 지켜주셨음에 틀림이 없다.

나는 찬송가 제432장을 유난히 애창했고 지금까지도 즐겨 부른다. 그중에서도 그 후렴 가사는 내가 근심 걱정거리가 많고 힘들거나 외로울 때 나에게 큰 위로가 되었고 새로운 힘을 샘솟게 했다.

"주 너를 지키리 아무 때나 어디서나 주 너를 지키리 늘 지켜주시리."

참으로 야박한 세상

하루 종일 거리를 누비며 구두를 닦다 보면 저녁때쯤은 몸이 녹초가 될 정도로 피곤하고 무거웠다. 그러나 형과의 약속을 지키기 위해서는 밤에도 껌과 양담배를 팔러 다녀야만 했다.

지금도 그렇지만 그때도 충무로 입구와 명동 일대는 술집과 다방이 즐비했다. 아무래도 껌과 양담배를 팔려면 사람들이 붐비는 술집이나 다방을 드나들어야 하는데 다른 곳은 명동 일대에 비해 너무 한산한 것 같았다.

주로 종로와 무교동 일대에서 밤 장사를 하던 나는 드디어 명동 일대로 그 활동 무대를 옮기기로 했다.

그 첫날이었다. 정말로 그곳의 밤거리는 번잡하고 화려했다. 어쩐지 장사가 잘될 것만 같았다. 몇 군데 술집과 다방을 돌며 상당한 매상을 올린 후 한참 신이 나서 나오는데 어깨가 딱 벌어진 건장한 체구의 형들 셋이 나타나서 다짜고짜 근처 공터로 나를 끌고 가는 것이었다. 영문을 몰라 몸부림치며 대들었더니 무턱대로 번갈아가면서 주먹뺨을 때리기도 하고 발길질을 해댔다.

듣고 보니 그 일대는 자기들 관할구역인데 겁도 없이 침범해 들어왔다는 것이었다. 그러면서 오늘은 이 정도로 점잖게 돌려보내지만, 다시금 나타나면 그때는 가만히 두지 않겠다면서 으름장을 놓았다.

나는 실컷 얻어맞고 일어서면서 자기들이 뭔데 이곳이 자기들 관할구역이라며 행패를 부리느냐고 항의라도 해보고 싶었지만 그들의 위세는 너무나 당당했고 무섭기까지 했다.

하는 수 없이 며칠 동안은 종전대로 종로와 무교동 골목을 대상으로 껌, 담배를 팔았으나 아무래도 명동 일대에서 파는 것보다는 벌이가 시원치 않았다. 때리면 맞을 각오를 단단히 하고 주말 저녁에 다시 명동거리로 나와 장사를 계속했다. 꽤 많은 물건을 팔았다. 역시 신이 났다. 통금 시간 때문에 더 팔지는 못하고 집으로 가기 위해 명동거리를 막 빠져나올 때였다.

지금의 명동 성당까지 왔을 때쯤 누군가가 내 뒤에서 목을 휘감아 넘어뜨리더니 사정없이 발길질을 계속하면서 왜 또 나타났느냐는 것이었다. 오늘은 곱게 돌려보낼 수가 없다며 피투성이가 되도록 내리치며 짓밟은 것이었다. 그러더니 일어나 땅바닥에 꿇으라면서 주머니에 있는 것을 다 내어놓으라는 것이었다. 매가 무서워 나는 시키는 대로 했다. 그들은 내가 낮에 구두 닦아서 번 돈과 밤 장사를 해서 번 돈을 몽땅 가지고 사라져버렸다. 팔다 남은 껌과 담배 상자도 함께 빼앗아 갔음은 물론이다.

강도라고 외치며 소리도 쳐보았지만 통금이 임박해서였는지 누구 한 사람 도와주는 이가 없었다. 너무나 분하고 원통해서 한참을 그 자리에 앉아 울다 보니 통금 시간을 넘기고 말았다. 나는 명동 파출소로 끌려갔다.

나는 피해를 입은 경위를 설명하면서 어떻게든지 그 나쁜 사람들을 잡아내서 빼앗긴 내 돈과 물건을 찾아달라고 사정을 했다.

그러나 경찰관의 반응은 냉담했다. 내 남루한 행색 때문이었는지 나를 거리를 떠도는 부랑아쯤으로 생각하는 것 같았다. 오히려 우범소년을 다루는 듯한 태도였다. 내가 피해를 입은 것이 사실이라면 며칠을 벼르더라도 그놈들을 내 손으로 잡아오라고 했다. 그러면 자기네들 경찰관이 혼을 내주고 피해 보상을 받게 해주겠다는 것이었다.

실로 황당한 민원처리 방식이었다. 아직은 질서가 덜 잡힌 혼란기라고 하겠지만, 명색이 수도 한복판의 민생 치안을 담당하는 경찰관의 근무 태도가 그 모양 그 꼴이었다. 지금과 비교해보면 호랑이 담배 피우던 때의 얘기로 들릴지도 모르겠다. 힘이 없어 정당하게 노력해서 번 돈을 빼앗겨서 억울했고 피해를 호소해보았지만 소극적인 대응에 분통이 터졌다. 그러나 다시금 이를 악물며 참을 수밖에 없었다. 이것도 나를 성공으로 이끄는 과정에서 하나님이 내게 주신 시련이요, 연단이라고 생각했다.

어두운 터널을 벗어나면 밝은 산야가 나타나는 것처럼, 온갖 고통과 시련을 참고 견디어 내면 언젠가는 성공의 열매가 영글리라고 자위를 하며 스스로를 달랬다. 피해를 본 어린 소년을 친절하게 보살펴주지는 못할망정 오히려 눈을 부라리며 죄인 다루듯이 호통을 치던 경찰관 아저씨였다. 그런데 무슨 생각이 들었는지 내 손등에 빨간 고무인을 찍어주면서 그만 집으로 돌아가라는 것이었다. 누가 통금 시간이라고 단속을 하면 그 고무인을 보여주라고 했다. 명동에서 필동의 우리 집 천막까지는 걸어서 30, 40분이면 충분했다.

그러나 워낙 성한 곳이 없도록 얻어맞아 다리까지 절었기 때문에 절뚝거리며 걷다 보니 2시간도 더 걸린 것 같았다. 밤중에 천막에 도착했으나 그날따라 형은 집에 돌아오지 않았다. 와락 참았던 설움이 복받쳤다. 소리 내어 울고 또 울었다. 동굴 속이라 아무도 울음소리를 들을 수 없는 게 다행이었다. 하나님을 향해 이 고생을 언제까지 해야 하느냐며 눈물로 부르짖다가 뒤늦게 잠이 들었다.

이어지는 봉변

명동에서 봉변을 당한 후 장사 수법을 바꿨다. 밤 장사를 그만두고 일정한 곳에 좌판을 펴놓고 역시 껌과 양담배, 초콜릿 등을 파는 한편 그곳에서 구두 닦는 일도 동시에 하였다.

꼭두새벽에 을지로 5가와 종로 5가 사이에 있던 방산시장에 나가 껌, 담배 등을 도매로 사다가 약간의 이문을 붙여 소매하는 형식이었다. 아무래도 사람들의 왕래가 빈번한 곳이라야 목이 좋을 것 같아 여러 곳을 돌아다니다가 을지로 3가 전차(電車) 승강장 부근의 흥업은행 을지로 지점 앞에 자리를 잡았다. 행인들로 상당히 붐볐고 은행을 찾는 고객들도 자주 있어 그런대로 장사도 괜찮게 되었고, 구두닦이 수입도 제법이었다. 돌아다닐 필요가 없어서 좋았고 관할구역 때문에 시비를 거는 깡패들도 없어서 좋았다.

그런데 하루는 구두를 닦다가 한눈을 팔았다는 이유로 혼쭐이 난 일이 있었다. 한참 구두를 닦는데 아이들이 왁자지껄하며 지나가는 소리가 들렸다. 얼핏 돌아보니 내 또래 학생들이 멋진 교복에 모자를 쓰고 책가방을 들고 가면서 장난을 치는 것이었다. 그들의 모습이 너무나 부러웠다.

나는 언제쯤 저렇게 단정한 교복을 입고 학교를 다닐 수 있을까, 생각하니 그때의 내 처지가 너무나 초라해 보였다. 그들의 행복한 모습에 눈이 팔려 한참을 바라보고 있는데 누가 갑자기 고함을 지르는 것이었다. 나한테서 구두를 닦고 있던 손님이었다. 한눈을 팔면서 갈색 구두약이 묻은 솔질을 하다가 그 손님의 양말과 바지에 구두약이 약간 묻었던 모양이다.

욕설을 퍼붓더니 순식간에 내 따귀를 갈기고 정강이까지 걷어차고는 은행 안으로 들어가는 것이었다. 눈에서 불이 반짝였다. 그분이 바로 그 은행의 차장이라는 사람이었다. 평소에도 거만하고 한껏 멋을 부리는 40대 초반의 은행원이었다. 내 따귀는 동네북인 셈이었다.

하도 자주 얻어맞다 보니 차츰 단련이 되었는지 별로 아프지는 않았다.

그러나 그날만은 달랐다. 그날이 하필이면 내가 열일곱 번째 맞는 생일이었다. 지렁이도 밟으면 꿈틀한다고 했다.

오기가 났다. 분해서 견딜 수가 없었다. 나는 잠시 좌판을 바로 옆의 양복점 아저씨한테 맡기고 은행 안으로 쳐들어갔다. 나를 때린 차장을 찾아보니 창구 안쪽 중간쯤에서 역시 거드름을 피우며 앉아있었다.

나는 그 사람을 향해서 고래고래 소리를 질렀다. 당신이 얼마나 잘났기에 함부로 사람의 따귀를 때리고 정강이를 걷어차느냐고 따졌다. 구두를 제대로 닦지 않았으면 돈만 주지 않으면 되고 옷이 더러워졌으면 세탁비를 달라고 하지 아무리 구두닦이라고 사람을 그렇게 무시하고 잔인하게 폭행까지 할 수 있느냐고 고함을 질렀다. 삿대질도 했다.

그러자 은행 안에 있던 직원들과 고객들이 술렁이기 시작했다. 그때도 차장은 더 맞지 않으려면 빨리 밖으로 나가라고 했다. 내가 수그러들지 않고 계속 대들자 이번에는 부하 직원에게 나를 강제로 끌어내라고 하는 것이었다. 나는 끝까지 발악을 하면서 분풀이를 계속했다.

"내가 비록 가난해서 지금은 구두닦이를 하고 있지만 나도 초등학교 때까지는 전교 일등을 줄곧 하면서 머리가 명석하다는 소리를 듣고 자랐다. 지금부터라도 악착같이 공부해서 너 같은 놈보다는 훌륭히 되어 꼭 복수를 하고야 말겠다."라는 요지로 울부짖으며 악을 썼다. 분하고 창피해서 눈물이 나왔고, 새삼스레 가난이 서럽게 느껴졌다.

한참 소란을 피우고 있는데 상냥한 여직원 한 사람이 나한테 다가오더니 누군가가 나를 사무실 안으로 들어오란다고 했다.

나는 들어가서 집단 폭행이라도 당할 것 같은 예감 때문에 단호히 거절했다. 그랬더니 이번에는 점잖은 신사 한 분이 나를 보고 자기를 따라 안으로 들어가자는 것이었다. 못 이기는 척하고 따라 들어갔다. 지점장실이었다. 나를 의자에 앉히고는 손수건을 꺼내주며 땀과 눈물로 뒤범벅이 된 내 얼굴을 닦으라고 했다.

내 가정환경과 성장 과정을 대충 물어본 지점장은 자기도 가난한 시골집에서 태어났지만 어렵게 공부해서 상대를 나와 동기 중에서 제일 먼저 서울 시내 지점장이 되었다고 했다. 고생이 되더라도 꾹 참고 어떻게 해서든지 많이 배워서 꼭 성공하라고 격려해주는 것이었다.

그 일이 있은 후 얼마 되질 않아서 문제의 차장은 어디로 전근을 갔는지 보이질 않았고, 지점장을 비롯한 남자 직원들은 정기적으로 나한테서 구두를 닦고 월급날에 일정액을 모아서 주었다. 한편 여직원들은 껌 한 통이라도 더 팔아주려고 애를 썼고 점심을 먹고 들어오면서 굶고 있는 나에게 붕어빵이나 풀빵 등을 사다 주기도 했다.

대변혁과 새로운 도전

· · ·

　낮에 분풀이를 하고 집에 돌아온 나는 저녁상을 물리자마자 형과 담판을 시작했다. 내 나이가 몇 살인데 언제까지 나를 희생시켜 형만 공부를 계속할 생각이냐고 대들었다.

　내 또래 친구들은 벌써 고등학교를 다닐 나이인데 나는 3년이 넘게 책과는 담을 쌓고 이 고생을 하고 있지 않느냐고 따지기도 했다. 나도 당장 내일부터라도 공부를 시작할 테니까 길잡이가 되어 달라고 하소연도 했다.

　그러자 형도 양심은 있었던지 크게 나무라지 않고 차분하게 방법을 생각해보자며 나를 다독거렸다. 그날 밤 이후 며칠 동안 형과 나는 별로 말이 없이 지냈다. 나는 나대로 공부할 수 있는 길을 찾아보려고 궁리를 거듭했고 형은 형대로 밤잠을 설치면서까지 고민하는 눈치였다.

　드디어 형이 결단을 내렸다. 낮 동안 구두닦이를 하고 집에 들어가 보니 보지 못한 헌책 더미가 눈에 띄었다. 며칠 동안 침묵으로 일관하던 형이 마침내 입을 열었다.

헌책방에서 중학교 1학년 과정의 교과서와 참고서를 사 왔다면서 내일부터는 좌판 장사는 그만두고 구두닦이만 하다가 일찍 귀가해서 밤에는 공부를 하라는 것이었다. 너무나 고맙고 반가운 소리였다.

피를 나눈 형제지만 나는 마치 어느 독지가의 도움을 받아 하고 싶은 공부를 다시 시작하게 된 것처럼 뛸 듯이 감격해했다.

그다음 날부터 나는 이른 아침과 낮 동안은 열심히 구두를 닦고 밤이면 늦게까지 공부에 매진했다.

나에겐 너무 생소하기만 한 교과서 공부를 혼자 하다 보니 어렵기도 하고 전혀 이해할 수 없는 대목도 많았지만 사전도 찾아보고 형한테 물어도 보면서 아무튼 악착같이 책과 씨름을 했다.

교과서 공부를 하는 한편 형이 대본(貸本)하여 읽던 여러 권의 소설책도 틈틈이 읽었다. 점점 책 읽는 재미가 더해지는 것이었다.

그러다 보니 낮 동안 구두닦이를 하다가도 손님이 뜸할 때는 순정만화도 보고 연애소설도 닥치는 대로 읽었으며, 헌책방을 뒤져 자기계발에 관한 책들도 들여와서 밤이면 되풀이해서 읽곤 했다.

전에도 읽었던 『신념의 마력』이란 책을 비롯해서 『정신력의 기적』, 『적극적 사고방식』, 그리고 당시 베스트셀러였던 데일 카네기의 저서를 번역한 책들을 읽어본 기억이 난다. 지금은 자기계발이나 자기 관리, 성공의 비결을 다룬 책 등이 수도 없이 많이 쏟아져 나오고 있지만 그때는 그렇게 흔하질 않았다.

아무튼 지금 와서 생각해보면 그때 닥치는 대로 읽었던 많은 책들이 훗날 내 인생의 진로를 결정하고 개척해나가는 데 큰 도움이 되었고, 빈약하지만 지금의 내 어휘력과 문장력을 키워준 밑거름이 되었음이 분명하다.

흙과 새벽길

그중에서도 춘원 이광수의 「흙」과 방인근 선생의 「새벽길」이란 소설은 지금도 그 줄거리를 기억할 수 있을 정도로 되풀이해서 읽고 또 읽었으며 향후 내 진로를 선택하는 데 결정적인 영향을 주었다. 그 소설 속의 남자 주인공들은 하나같이 가난한 집에서 태어나 온갖 고난과 시련을 극복하고 고학 끝에 일본 고등문관시험에 합격하여 법조인이 된다. 그런 후 갖은 사회 비리와 부정을 척결하는데 앞장을 서는가 하면 힘없고 억울한 약자의 변호를 도맡아 하면서 사회정의를 바로 세우려고 노력하는 그들의 모습에서 돈도 없고 백그라운드도 없이 오직 머리 하나 믿고 출세해보겠다고 발버둥 치던 당시의 형과 나는 더없이 고무적인 성공 모델을 발견하게 된 것이다.

여기서 "책 속에 길이 있다. 옳게 읽고 바로 가자."라는 어느 해 독서 주간의 표어가 생각난다. 확실히 책의 위력은 대단했다. 몇 권 안 되는 책이, 때로는 한두 줄의 글귀가 한 사람의 인생을 바꿔놓을 수도 있다는 말은 영원한 진리였다.

드디어 학교 문을 두드리다

그렇게 공부를 시작한 지 몇 달이 안 돼 계절이 어느덧 가을철로 바뀌었다. 10월 초순경으로 기억되는 어느 날 저녁이었다.

밤늦게 집에 돌아온 형이 광고 전단 한 장을 읽어보라며 나에게 건네주었다.

고명중학(당시 문교부 인기가 나지 않은 학교였다.)이라는 데서 1년 만에 중학교 전 과정을 수료하는 이른바 속성 교육과정을 개설하고 학생을 모집한다는 내용이었다. 주간반과 야간반이 따로 있고 수업료도 저렴하다고 했다. 정상적으로 중등교육과정을 마치지 못한 나에게는 더없이 반갑고 고마운 소식이었다.

형은 내일이라도 당장 그 학교 야간반에 등록을 하라는 것이었다. 그 대신 학비 조달이 더 어려워지니까 형도 밤에는 돈벌이를 다시 나서겠다고 했다.

나는 그다음 날 곧바로 입학 수속을 마쳤다. 그 학교는 당시 서울대학교 본부와 문리과 대학이 들어서 있던 동숭동 캠퍼스 바로 건너편의 연건동 큰길가에 자리 잡고 있었다. 낡은 2층 벽돌집이었다.

며칠 후에 개강했다. 드디어 나는 어엿한 중학생이 된 것이다. 그렇게도 부러워했고 오매불망 바라던 중학교 입학을 한 것이다. 나는 뛸 듯이 기뻤고 이제는 세상에 부러울 것이 아무것도 없는 것 같았다.

매일 오후 4시 반쯤 해서 구두 닦는 일을 마치고 방산시장 옆 골목에서 꿀꿀이죽으로 배를 채운 다음 구두닦이 통을 그곳에 맡기고 쏜살같이 학교로 달려갔다. 저녁 6시부터 3시간 동안 수업을 받았다.

학생들 대부분이 낮에는 돈벌이를 해야 하는 불우한 청소년들이었지만 어느 한 사람도 지각이나 결석 한 번 하지 않았고 수업받는 태도 또한 그렇게 열심이고 진지할 수가 없었다. 주경야독(晝耕夜讀)을 한 셈이었다.

그 학교에는 정식 교사들도 있었지만 학과별 담당 선생님 중에는 바로 건너편에 있는 서울대학교 고학년의 재학생들도 있었다. 자원봉사자인지 아르바이트생인지는 알 수 없었으나, 그분들도 그야말로 열과 성을 다해가며 한 가지라도 더 가르쳐주려고 애를 썼다.

특히 각 반 담임선생님들은 학생들을 친동생처럼 대해주며 학습 방법이나 진로 문제 등에 대해서 자상하게 상담에 응해주셨고 늘 독려해주셨다.

대학생 선생님들 중에는 기왕에 고생을 하면서 공부를 할 바에는 보다 더 열심히 해서 꼭 서울대학교를 들어오라고 격려해주는 선생님도 있었다.

어차피 대학 진학을 할 바에는 등록금이 가장 싼 국립대학을 선택해야 할 것이고, 국립대학 중에서도 서울대학교는 전국에서 가장 우수한 인재들이 다 모이는 곳이므로 그런 학교에서 경쟁하며 실력을 쌓아야 앞날이 확실히 보장될 것 아니냐는 요지로 우리들에게 희망을 심어주고 뜨거운 자극을 주는 것이었다.

내가 훗날 대학 4년 동안 전 학년 장학금을 지급하는 등 각종 혜택을 준다는 어느 사립대학의 제의를 뿌리치고 굳이 서울대학교 법과대학을 고집스럽게 선택한 것도 어쩌면 그때 대학생 선생님들의 독려와 자극이 은연중에 작용했으리라 믿는다.

아무튼, 나는 그 학교에서 정말로 죽어라 하고 열심히 공부를 했다. 선생님들의 가르침을 한마디도 놓치지 않았으며 참고서 등을 이 잡듯이 뒤지며 알뜰하게 실력을 쌓아갔다. 나 자신이 생각해도 날로 실력이 부쩍부쩍 늘어나는 것 같았고 공부에 대한 흥미와 자신감이 점점 더 커지는 것 같았다. 그럴수록 나는 더욱 희망에 부풀었고 내 꿈의 밑그림도 차츰 선명하게 그려지는 것이었다.

돌이켜 생각해보아도 지금까지의 내 생애 중 그때가 가장 희망이 가득한 시기였고 제일 행복한 때였던 것 같다. 그렇게 공부를 시작하여 약 5개월이 지날 무렵이었다. 중학교 2학년 과정을 중간쯤 배우고 있었다. 그런데 느닷없이 속성 중학이던 그 학교가 정식으로 문교부의 인가를 받아 신학기부터 정규 중학교로 출범하기 때문에 속성 과정은 그만 폐지하고 그때까지의 재학생들은 각자 실력에 맞추어 정규과정의 각 학년에 편입학을 하라는 것이었다.

나는 큰 충격을 받았다. 나의 학습계획에 커다란 차질이 생겼기 때문이었다. 나는 나이에 비해 뒤늦게 공부를 시작했기 때문에 어차피 정규 교육과정을 거칠 수가 없었다. 그래서 속성으로 중학 과정을 마치고 앞으로 2년 안에 고등학교 및 대학교 입학 자격 취득을 위한 검정고시를 통과한 후 곧바로 대학에 들어갈 계획을 세워놓고 정말로 이를 악물고 코피를 쏟아가며 공부를 계속해왔었다. 그런데 날벼락이 떨어진 것이었다. 실망이 크지 않을 수 없었다.

그러나 당장 공부를 중단할 수는 없었기 때문에 하는 수 없이 고명중학교 3학년에 편입학을 하여 1학기부터 정규 수업을 받게 되었는데 학습 진도도 어지간히 더디고 학습 내용도 별로 배울 것이 없었다. 고입 검정고시에 대비해서 중학교 3학년 교과과정을 나 혼자서 거의 마스터해버렸기 때문이었다.

그러던 중에 낮에 구두를 닦기 위해 시내를 돌아다니다가 충무로 5가 근처에 있던 문리고등공민학교 앞을 우연히 지나면서 벽에 붙은 학생 모집

광고를 보게 되었다. 다행히 고등학교 한 학년을 6개월 만에 마칠 수 있는 속성 코스였다. 나는 솔깃했다. 며칠을 두고 혼자서 생각을 거듭하다가 형과도 상의를 했다.

어차피 내 목표는 고등학교 입학이 아니라 뒤늦게 공부를 시작한 만큼 어떻게 해서든지 서둘러서 내 나이에 걸맞게 대학을 들어가는 것이었다.

그렇다면 구태여 정규 중3 과정을 마치고 고등학교 입학 자격 검정고시를 치를 것이 아니라 곧바로 속성 코스로 고교 교과과정을 마친 후 곧바로 대입 검정고시를 치르는 것이 학비와 시간을 절약하고 가장 빨리 대학을 갈 수 있는 지름길이라는 결론에 도달했다. 중학교를 자퇴하기로 했다. 그런데 담임선생님이 한사코 나의 자퇴를 막는 것이었다.

속성 중학교 때부터 나에게 지대한 관심과 기대를 갖고 따뜻하게 격려해주시던 위재현 선생님이었다. 정규 교과과정이 괜히 있는 게 아니라면서 아무리 가정 형편이 어렵더라도 중학교에서 기초학력을 어느 정도 탄탄하게 다진 다음에 검정고시에 도전하라는 말씀이셨다. 그 선생님은 수학을 가르치셨다.

워낙 속성으로 뜀박질 공부를 하다 보니까 외우는 과목은 성적이 특출했지만 수학만은 그게 아니었다. 아마도 기초가 부실한 내 수학 실력을 보고 하시는 애정 어린 타이름으로 생각되었다. 정확한 지적이고 고마우신 충고였다.

그러나 중학교 3학년을 한 해 동안 꼬박 다녀야 할 생각을 하니 그 시간이 너무 아까웠고 학비 부담도 크게 걱정하지 않을 수 없었다. 급할수록 돌아가라는 말이 있긴 하지만 갈 길은 바쁜데 여간 답답한 게 아니었다.

다시 형과 상의 끝에 선생님의 충고대로 중학교 3학년을 당분간 다니기로 하되 야간에서 주간 반으로 옮기기로 하고 저녁에는 고등공민학교에서 고등학교 1학년 과정을 배우기로 했다.

그렇게 결정을 내리긴 했으나 불어나는 학비 조달이 큰 문제였다. 나는 낮에 구두를 닦지 않는 대신에 새벽에 조간신문 배달을 하고 날이 밝으면 아침 식사 때까지 종전처럼 주택가를 돌며 구두를 닦기로 했다. 날로 생활이 고달파지고 있었다.

그래도 하나님의 도우심을 믿고 끝까지 밀고 나가기로 했다.

아무 데도 의지할 곳이 없던 나는 오직 하나님께 무릎 꿇고 매달렸다. "자비로우신 하나님 아버지, 당신이 원하시면 못할 일이 없사옵고, 당신이 도우시면 안 될 일이 없음을 믿습니다. 믿고 간구하오니 나를 도와주시옵소서."

그때 당시 아침저녁으로 눈물 흘리며 부르짖던 나의 기도문이다.

낮에는 중학생, 밤에는 고등학생

참으로 기발한 착상이었다. 상상조차 할 수 없는 결정이었다. 그러나 그때는 환도 직후의 과도기여서 가능했다. 전쟁 중에 정규적인 학교 교육을 받을 시기를 놓쳤거나 가난 때문에 배움의 기회를 잃어버린 청소년들이 너무나 많았다. 그러한 사회적 수요 때문에 속성 중학이나 고등공민학교 같은 비정규 교육기관이 곳곳에 생겨났던 것이다. 그러나 차츰 질서가 잡히고 사회가 안정되어감에 따라 그러한 학교들이 정규학교 인가를 받아

변신을 해가는 과정에 있었다.

어떻든 나는 낮에는 종전대로 중학교 3학년 학생이었고, 밤에는 새로 결심한 대로 고등학교 1학년 과정을 처음부터 배우기 시작했다. 그러다 보니 번거로운 일이 하나둘 생겨났다. 그 당시 중·고교생들은 교복 상의 칼라 양쪽에 학교 배지와 학년 표시를 숫자로 달아야 했고, 모자에는 학교를 상징하는 모표를 달고 다녔다.

그래서 나는 낮에는 고명중학교의 모표와 배지를 달고 3학년 표시를 해야 했고, 밤에는 문리고등공민학교의 모표와 배지를 달고 1학년 표시를 하고 등교를 해야 했다.

하루 이틀도 아니고 여간 귀찮은 일이 아닐 수 없었다. 그러나 나는 너무나 즐겁고 신이 났다. 밤낮으로 하고 싶은 공부를 마음껏 할 수 있다는 것이 우선 감사했고 더없이 행복했다.

한편 연건동에 있던 고명중학이 정규학교로 인가가 나자 교사(校舍)를 돈암동 전차 종점에서도 한참 올라가는 미아리 고개 조금 못 미친 잔등으로 옮겼다. 전차에서 내려서도 학교까지는 상당한 거리였다.

아침식사 직전까지 구두를 닦아야 했던 나는 급히 서둘러도 수업 시작 전에 학교에 도착하기가 여간 힘이 드는 게 아니었다.

그래도 석 달 동안은 지각 한 번 않고 열심히 다녔다. 그런데 예상을 못했던 것은 아니지만 문제가 너무 일찍 터지고 말았다. 역시 돈 때문이었다.

당시 왕십리에 자리한 한영고등학교 야간부를 다니던 형이 고3이 되자 대학 입시 준비를 이유로 다시 돈벌이를 중단하고 밤에는 학교를 나가고 낮에는 대입 준비 학원을 나가 하루 종일 보충수업을 받았다. 게다가 나는 나대로 고등공민학교와 속성이 아닌 정규학교를 밤과 낮으로 다니다 보니 수업료 등 공납금 부담이 너무나 컸고 일요일만 빼고 매일 왕복해서 이용하는 교통비도 결코 만만치가 않았다.

또다시 다른 결단을 내려야 할 시간이 다가오고 있었다. 마침내 나는 중학교 3학년을 딱 석 달 다니고 그만두었다. 다시 낮 동안에 구두를 닦기 시작했고 밤에만 학교에 나가 고등학교 공부를 계속하기로 했다.

한편 새벽의 신문 배달과 아침 식전에 구두 닦는 일도 그만두고 그 시간에 학원을 나가 기초 수학부터 다시 배우면서 대입 검정고시 준비에 더욱 박차를 가하기 시작했다.

대입 검정고시를 준비한다는 내가 기초 수학부터 다시 시작을 하고 보니 한심한 생각도 들었고, 조바심도 났다. 그러나 나는 그 방법을 택할 수밖에 없었다. 수학 기초 실력이 너무나 형편없었기 때문이다. 그 당시 청계천 3가변 관철동에 E.M.I라는 영수학원이 있었다. 그 학원에서는 이지흠 선생님이 기초 수학을 전담하고 있었는데 그야말로 명강의였다. 중학교 전 학년의 수학 교과서 중 꼭 알아야 할 중요 항목들을 요령 있게 정리한 프린트 교재를 중심으로 쉬운 것부터 시작하여 점점 어려워지는 공식과 문제를 너무나 쉽고 재미있게 가르치는 것이었다.

석 달 동안 그분의 강의를 듣고 나니 그때서야 수학에 대한 자신감이 조금은 드는 것 같았다. 어느 정도 수학의 기초를 터득했기 때문이었다. 그분의 독특한 악센트와 제스처가 지금도 눈에 선하다. 비록 석 달 동안 가르침을 받았을 뿐인 학원 강사였지만 지금까지도 그 선생님을 뚜렷이 기억하고 있을 정도로 그분은 내게 참으로 고마우신 선생님이셨다.

고등공민학교 시절

고등공민학교 역시 주간반과 야간반으로 나뉘어 있었다. 주간에는 그래도 형편이 좀 나은 학생들이 다녔고, 야간에는 역시 뒤늦게 공부를 시작한 불우 청소년들이 다녔다. 그중에는 20, 30대의 나이 든 학생들도 있었다. 그들의 향학열은 실로 놀라웠고 그보다 어린 학생들에게 큰 자극제가 되어주었다.

야학을 가르치는 선생님들도 대단히 열성적이고 헌신적이셨다. 후한 대우를 해줄 리가 없는 학교 형편이었기에 박봉에도 불구하고 선생님들은 학생 모두에게 따뜻한 배려와 관심을 잊지 않았고 늘 희망을 갖게 하며 칭찬과 격려를 아끼지 않으셨다.

그분들 중에서도 나는 정연기 선생님을 아직껏 잊을 수가 없다.

선생님은 역시 고학으로 서울상대를 졸업한 후 국비유학생으로 선발되셨는데, 출국할 때까지 1년여 동안 그 학교에서 영어를 가르치기로 했다고 하셨다.

내 성장과정과 당시의 내 처지를 알게 된 선생님은 진정으로 나를 아껴주셔서 내 인생의 길잡이가 되어주셨다. 선생님은 특히 내 진로 문제에 깊은 관심을 보이셨고, 고학으로 대학을 졸업하기까지의 과정을 소상하게 일러주셨다. 역시 서울대학교를 목표로 하되 빠른 취직을 원한다면 상대를 가고 고시 합격을 바란다면 더욱 노력해서 법대를 가라는 것이었다.

나는 서울법대를 목표로 하고 있다고 실토했더니 선생님은 내가 기특해서인지 당돌하다고 생각을 했는지 내 등을 토닥거려주시면서 꿈은 크게 가질수록 좋고 어떠한 어려움이 닥쳐오더라도 좌절하지 않고 끝까지 참고 노력하면 반드시 성공할 날이 올 것이라고 역시 격려해주셨다.

한번은 몸이 아파서 옴짝달싹 못하고 사흘간 무단결석을 했다. 사흘째 누워있던 날 저녁 늦은 시간에 뜻밖에도 선생님이 반장과 함께 동굴 안 천막집을 찾아오셨다. 나는 깜짝 놀랐다. 마치 치부라도 드러내 보인 것처럼 부끄럽고 창피했다.

한기가 도는 천막 속에서 어둠침침한 등잔불을 켜놓고 눅눅한 자리에 누워 끙끙 앓고 있는 내 모습을 본 선생님은 한참 동안 말문을 열지 못하셨다. 눈시울을 붉히셨다. 평소에 나처럼 눈물이 많으신 선생님으로 알고는 있었지만 그날따라 몹시 슬픈 표정을 짓고 계셨다. 선생님은 한참 후에야 내 손을 쥐시며 "네가 이렇게까지 어려운 환경에서 고생하는 줄은 전혀 몰랐다."하시면서 지각 한 번 하지 않던 내가 사흘씩이나 무단결석을 했기 때문에 궁금해서 내 친구 기수한테 물어서 찾아오셨다는 것이었다. 앞으로 내가 좀 더 나은 환경에서 공부에 전념할 수 있는 방법을 찾아보겠다고 위로도 해주셨다. 그리고는 내일은 한 번만이라도 병원을 다녀오라면서 지폐 몇 장을 남기신 채 일어나 가셨다.

역시 자상하고 인정 많은 선생님이셨다.

3년이 넘게 천막생활을 하면서도 절친한 친구 한 사람 외에는 누구한테도 내가 사는 곳을 알려준 적이 없었다. 그 친구가 바로 윤기수 군이었다. 친구는 1·4후퇴 때 전 가족이 피난 나왔다고 했다. 어머니를 여읜 후 아버지는 재취를 맞이하셨단다.

밑에 남동생 기남이가 있었는데 계모 탓인지 늘 풀이 죽어있어서 볼 때마다 가엾은 생각이 든다고 했다. 나는 그 친구를 고등공민학교를 들어가자마자 만났다. 친구라지만 사실은 세 살 위였다. 형 같은 친구였다. 확실히 그 친구는 나보다 생각이 깊었고 슬거웠다.

환경과 처지가 서로 비슷하다 보니 우리는 쉽게 친해질 수가 있었다. 나는 국어, 영어 등 문과 공부에 능했고, 그 친구는 수학, 물리 등 이과 공부에 뛰어났다. 우리는 틈나는 대로 어울려서 진로 문제와 갖가지 고민거리를 털어놓고 의논하며 같이 걱정도 했다. 자주 서로의 가정을 오가며 식구들과도 한 가족처럼 친하게 지냈다. 기쁜 일이 있을 때는 같이 즐거워했고, 슬픈 일을 만나면 서로를 위로하고 용기를 북돋아주곤 했다. 나한테는 참으로 믿음직하고 보배로운 친구였다. 나는 지금까지도 그런 친구를 만난 것을 자랑스럽게 생각한다. 친형제 못지않은 친구였다.

그 친구는 성균관대학교 약대를 나와 유명 제약회사 임원까지 지내다가 지금은 집에서 약대 동급생인 아내와 함께 약국을 경영하고 있다. 종사하는 분야가 서로 다르고 멀리 떨어져서 살다 보니 그렇게도 좋은 친구를 좀 더 자주 만나볼 수 없다는 것이 너무 아쉽고 늘 안타깝다.

한편, 그 학교에서 내 진로 개척에 크게 영향을 주신 선생님이 한 분 더 계신다. 김동찬 선생님이셨다. 선생님은 고려대 법대를 나와 고등고시에 몇 번 응시했으나, 실패한 후 정식 교사자격증을 얻어 그 학교에서 공민(公民) 과목(정치와 경제 분야)을 가르치고 계셨다.

성격이 직선적이고 무척 활달한 분이셨다. 그분은 여러 선생님들 중에서도 특히 내 담임을 맡고 계신 정연기 선생님과 절친하게 지내는 사이였다.

선생님은 정 선생님을 통해서 내가 서울 법대를 목표로 하고 있다는 사실을 들으신 모양이었다. 수업 시간에 들어오시면 주로 나한테 집중적으로 질문을 하셨고 주요 항목에 대해서는 어느 정도 설명을 하신 후 좀 더 깊이 알고 싶으면 어느 책을 참고하라고 자세히 일러주셨다. 그뿐만이 아니었다. 나에게 직설적으로 핀잔을 주며 독려하기도 하셨다. 단도직입적으로 하시는 말씀이 내가 다니던 그 학교에서 성적이 우수한 것만으로는 전국에서 수재들만 모이는 서울 법대 입시에서 그들의 경쟁 상대가 될 수 없다는 것이었다.

더구나 그들은 정규학교에서 중고교 과정을 6년 동안 착실히 배운 우수 학생들이고 나는 비정규 속성 과정을 거치면서 대입 검정고시를 준비하고 그 실력으로 감히 경쟁을 할 수 있겠느냐는 것이었다.

나의 약점을 정확하게 파악하고 정곡을 찌르는 말씀이었다. 그러시면서 지금처럼 공민학교에서의 야학 공부만으로는 턱없이 부족하니 낮에 대입 검정고시 전문 학원을 다니는 한편 실력이 달리는 과목은 별도로 입시학원을 나가 제대로 실력을 보충하라는 것이었다.

그러나 그때 당시 나는 그렇게 내 공부 욕심만을 부릴 형편이 안 되었다. 역시 학비 부담 때문이었다. 나도 그 학교에 입학하자마자 그런 생각을 해보았으나 형이 고3이 되어 밤낮없이 입시 준비에만 골몰하고 있었기 때문에 낮 동안에 나마저 벌지 않으면 형과 나의 늘어나는 학비와 생활비를 마련할 길이 전혀 없었던 것이다. 차라리 내가 좀 더 희생하는 한이 있더라도 입시를 반년 남짓 남겨둔 형한테 털끝만 한 부담도 주고 싶지 않았다.

오로지 공부에만 전념할 수 있도록 내가 온갖 신경을 써주고 끝까지 뒷바라지를 해주는 것이 뒤늦게 공부를 시작한 탓에 서둘러 대학을 들어가려고 발버둥 쳐온 형을 이해하고 돕는 길이라고 생각을 했다.

쌍나팔을 불 수가 없었다. 그렇다고 부모님한테 학비 부담을 시킬 수 있는 형편도 아니었다. 그렇기 때문에 형보다 어린 내가 양보를 하는 것이

순리요 동생으로서의 도리라고 생각했다.

그런데 그 학교에서 6개월 동안 고등학교 1학년 과정을 마쳤을 무렵 역시 당시의 추세대로 문리고등공민학교가 정규고등학교로 인가를 받았다. 교명을 양지고등학교로 짓고 교사(校舍)를 마포 쪽으로 옮긴 후 당장 2학기부터 편입생을 모집한다는 것이었다.

고등공민학교 교사와 학생들이 거의 대부분 신설된 양지고등학교로 옮겨갔다. 그러다 보니 나는 졸지에 정규 고등학교에서 2학년 2학기 공부를 시작하게 되었다. 어차피 나는 뜀박질 공부를 하라는 팔자인 것 같았다.

양지고등학교 시절

신설된 학교라서 시설도 열악했고 학생들의 공부 수준도 천차만별이었다. 어려운 재정 탓인지 마구잡이로 편입학을 시키다 보니 모여든 학생들 중에는 전혀 학습능력이 없는 학생도 있었고 공부하고는 거리가 먼 어깨들도 더러 있었다.

어떻든 나는 그 학교에서 제2외국어로 독어를 처음 배우기 시작했고 역시 영어 담임인 정연기 선생님이 독어도 가르치셨다. 독어는 서울법대 입시에서 필수 선택과목이었기 때문에 그 학교에 독어 강좌가 개설된 것을 천만다행으로 생각하고 열심히 배웠다. 역시 언어영역에 소질이 있었던지 독어 공부는 영어보다는 쉬웠고 재미도 있었다. 여기서 배운 독어 기초가 훗날 여러모로 나를 도왔다.

그런데 정규학교이다 보니 1주일이면 몇 번씩 체육 시간이 돌아왔다. 그 당시 나는 밤에 돈벌이를 하면서 주간반에 다니고 있었다. 체육 선생님은 모 사범대학 체육과에서 유도를 하신 분이었다. 키는 작달막한데 어깨가 딱 벌어진 당당한 체구였다. 성격이 꽤 괄괄하고 말씨가 조금은 저질스러워 가끔 학생들의 실소를 자아내기도 했다.

그런데 날씨가 추워지면서부터 나는 체육 시간이면 운동장엘 아예 나가질 않았다. 아니 나갈 수가 없었다. 그때는 지정된 체육복이 없었기 때문에 자유 복장이었지만 반드시 윗도리 교복을 벗고 나가야 했다. 대부분이 내복 차림이었다. 그런데 내가 입은 내복은 좀 별났다. 낡은 대로 낡은 데다가 여러 곳에 헝겊을 받쳐 꿰맨 자국이 뚜렷이 보였다. 한마디로 누더기 같은 내복이었다. 그 누더기 차림으로는 도저히 체육 시간에 나갈 수가 없었다. 창피해서였다.

계속해서 체육 시간에 빠지자 하루는 체육 선생님이 교무실로 호출을 했다. 왜 체육 시간에 나오지 않느냐는 것이었다. 내가 제때 대답을 하지 않자 선생님은 화를 내셨다. 네가 다른 학과 공부만 잘하면 다냐, 체육도 공부다. 전체적인 평균 점수가 오르려면 음악, 미술과 더불어 체육 점수도 좋아야 한다면서 한두 번도 아니고 연이어 체육 시간을 빼먹는 이유가 도대체 무엇이냐고 다그치는 것이었다. 하는 수 없이 거짓말을 했다. 나는 추위를 너무 잘 타기 때문에 추운 날 조금만 밖에 오래 있어도 몸에 두드러기가 나고 쉽게 감기가 걸린다고 둘러댔다. 그러자 버럭 소리를 지르며 금방 뺨이라도 갈길 것 같은 기색이었다. 여러 선생님들의 시선이 나에게 모아지는 것을 직감했다. 그 순간 역시 담임인 정 선생님이 나서서 자기가 주의를 시킬 테니까 그만 돌려보내 주라고 하셨다. 몹시 자존심이 상했지만 그나마 다행이었다.

그 일이 있은 후 없는 돈에 새 겨울 내복을 억지로 사 입고 체육 시간에 한 번도 빠지질 않았다. 지금 생각하면 그 당시 내 처지와 행동이 서글프기도 하고 고집스럽기도 했다.

그러는 동안에 2학년 2학기가 끝나고 새 학기가 시작될 무렵이었다. 그러자 나는 그 학교에서 3학년에 진급을 할 것인지 아니면 이제 학교는 그만두고 곧바로 대입 검정고시 준비에 전념할 것인지를 놓고 심각한 고민을 하게 되었다.

그러던 중 중구 장충동에 있는 동북고등학교에서 3학년 편입생을 모집한다는 소식을 전해 듣고 즉시 담임선생님과 상의를 해보았다. 내 생각으로는 우선 동북고가 우리 집에서 가까워서 교통비가 들 것 같지 않았고, 두 번째는 양지고보다는 몇 년 더 먼저 설립된 학교였기 때문에 교사나 학생들의 수준이 훨씬 나을 것 같았다. 담임선생님도 내 생각에 전적으로 찬성을 하신다며 추천서를 잘 써줄 테니까 일단 편입학 원서를 접수해보라고 하셨다. 역시 정 선생님은 나의 든든한 조언자요 후견인이었다.

나는 담임선생님이 써주신 추천서와 양지 고등학교 2학년 수료증 및 성적표를 갖고 동북고등학교에 편입할 지원서를 접수했다. 그런데 문제가 생겼다. 왜 2학년 1학기 성적표가 없느냐는 것이었다. 나는 양지고가 신설학교여서 2학년 2학기에 편입학을 했기 때문에 1학기 성적표를 뗄 수 없다고 사실대로 답변을 했다. 그러자 2학년 2학기에 편입하기 전의 학력을 꼬치꼬치 물으면서 고개를 갸우뚱거리는 것이었다. 그분이 그 학교 교무주임선생님이라고 했다. 한참을 머뭇거리더니 이틀 후에 다시 한번 나오라고 하셨다.

다시 찾아갔더니 편입학 심사위원회에서 심사 결과 편입학 불허 결정이 내려졌다고 했다. 나는 뜻밖의 결정에 너무나 실망했고 어찌할 바를 몰라 한동안 당황하기도 했다. 그러나 거기서 물러설 내가 아니었다. 그 길로 교장실을 찾았다. 교장선생님과 담판을 짓기 위해서였다.

서무과 직원의 완강한 제지를 물리치고 들어가 교장선생님 앞에 다짜고짜로 무릎부터 꿇었다. 의아해하시는 교장선생님한테 자초지종을 말씀드렸다. 지금까지의 내 성장 환경과 공부해온 과정 그리고 장래의 포부까지 요령 있게 설명했다.

그러자 교장선생님은 한참을 생각하시더니 지금까지 쌓아온 실력으로 고3 정규과정 공부를 따라갈 수 있겠느냐고 물으셨다. 나는 자신 있게 대답했다. 편입만 시켜주신다면 악착같이 공부해서 졸업할 때에는 반드시 우등상을 타겠다고 했다. 나의 너무나 저돌적이면서도 자신감 넘치는 태도에 조금은 감동을 하셨는지 눈을 지그시 감고 고개를 끄덕이시더니 이윽고 교무주임을 부르셨다. 심사위원회를 다시 열어서라도 나를 편입학시키고 공납금 중에서 수업료만이라도 면제해줄 수 있는 방법을 찾아보라는 것이었다. 그분이 이창기 교장선생님이셨다.

그렇게 해서 나는 수업료 면제까지 받으면서 동북고등학교 3학년에 정식으로 편입이 허용되었다. 하늘은 스스로 돕는 자를 돕는다고 했다. 역시 하나님의 도움이셨다.

"두려워 말라, 내가 너와 함께 함이니라.

놀라지 말라, 나는 네 하나님이 됨이니라.

네가 너를 굳세게 하리라.

참으로 너를 도와주리라.

참으로 나의 의로운 오른팔로 너를 붙들리라." (이사야 41장 10절)

내가 어렵고 힘이 들 때 하나님의 도우심을 구할 때마다 늘 암송하는 성경 구절이다.

형의 고교 졸업과 대학 진학

한편 형은 그때쯤 한영고등학교를 졸업하게 되었다. 중2때 학업을 중단한 후 4년여 만에 처음으로 정규학교 졸업을 맞게 된 것이다.

물론 나도 부모님을 대신해서 형의 졸업식장에 참석을 했다. 주·야간 합동으로 낮에 졸업식이 끝난 후 각 반별로 흩어져서 담임선생님의 마지막 작별 훈화가 있은 후 졸업장을 나누어주었다. 그러나 형을 비롯한 몇몇 학생에게는 졸업장을 주지 않았다.

공납금 미납이 그 이유였다. 명색이 가르쳐준 모교고 육영사업을 한다는 학교에서마저도 돈 없는 학생은 철저히 외면을 당해야 하는 세태였다.

너무 야박하고 매정한 처사에 울분을 감출 수가 없었다. 그러나 어쩔 수 없었다. 졸업을 하고도 원수 같은 돈 때문에 졸업장을 받지 못한 형과 나는 눈물을 머금고 무거운 발걸음을 집으로 돌려야 했다.

그까짓 졸업장은 못 받아도 괜찮았다. 문제는 공납금 미납 때문에 대학교 입학원서에 학교장의 직인을 받는 일과 입학원서에 첨부할 서류를 구비하는 일이 차질을 빚지 않느냐 하는 것이었다. 마음이 다급해졌다. 전기대학 입시 원서 마감일이 코앞에 다가왔기 때문이었다. 그때는 졸업식 후에 대학 입시를 치른 것으로 기억된다.

그러나 형과 나한테는 밀린 공납금을 일시에 납부할 여력이 없었다. 며칠 동안의 궁리 끝에 벌어서 차차 갚기로 하고 통장 아주머니를 찾아갔다. 급한 사정을 얘기했더니 쾌히 승낙하셨다. 밀린 공납금뿐만 아니라 대학 등록금도 빌려줄 테니 차차 갚으라는 말씀이셨다. 너무나 고마웠다.

형은 등록 마지막 날 겨우 동국대학교 법정대학 법학과에 지원을 했다. 그리고 당당히 합격했다.

누가 뭐래도 중학 2학년 1학기를 중퇴하고 무려 4년 만의 우여곡절 끝에 대학 진학의 꿈을 이룬 형이었다. 형이나 내 입장에서는 너무나 감사했고, 더없이 기쁜 일이 아닐 수 없었다. 뜀박질 공부를 계속하면서 천신만고 끝에 얻은 값진 결실이었다. 온실 안의 화초처럼 부모님 슬하에서 줄곧 정상적인 교육을 받아온 사람은 상상도 할 수 없고 전혀 공감이 가지 않는 대목일 것이다.

축구 명문, 동북고등학교 시절

드디어 나는 1957년 신학기 초에 동북고등학교 3학년에 편입하였다. 어차피 다음 해에 대학 진학을 할 바에는 구태여 대입 검정고시를 치를 필요 없이 낮에는 정규학교에서 3학년 과정 공부를 하고 밤에는 학원에라도 나가서 부족하거나 독어 같은 수업이 없는 과목을 보충하여 곧바로 대입 준비를 하는 것이 좋겠다는 정연기 선생님의 충고에 따르기로 했다.

그러다 보니 내가 전혀 돈벌이를 못하게 되었고 형은 형대로 대학을 들어가자마자 이번에는 고시 준비를 해야겠다면서 돈을 벌 생각도 하지 않았다. 결국 또다시 쌍나팔을 불게 된 것이다.

약속을 어긴 형이 무척 야속하기도 했지만 형의 고집을 꺾을 수는 없었다.

고민 끝에 궁여지책으로 고향에 계신 부모님을 서울로 올라오시도록 설득하기로 했다. 당시 부모님은 동생들과 더불어 고향에서 얼마 안 되는 밭뙈기를 일구어 어렵게 살아오고 계셨다. 한편 여동생은 내가 공생원을 나온 후 곧이어 집으로 돌아가 있었다. 형을 제쳐두고 일단 내가 주말을 이용해서 고향에 내려가 부모님을 설득시키기로 했다. 그동안 부모님은 다 커가지고도 돈을 벌지 않고 어린 동생을 고생시키며 공부만 한다면서 형을 몹시 꾸짖어오셨다. 반면에 나는 성격이 온순하고 내성적인 데다가 어려서부터 공부를 썩 잘하고 별 말썽을 부리지 않아서인지 나에 대해서는 늘 짠하게 여기시며 내가 하는 말은 어느 정도 귀담아들으시는 편이었다. 바로 그 점을 이용한 것이었다. 며칠을 두고 아버지를 설득한 끝에 마침내 성공을 했다.

자질구레한 살림살이는 남을 주거나 없애버리고 초가집과 집터 그리고 밭뙈기는 헐값에라도 빨리 처분이 되는 대로 상경하기로 아버지가 결심을 굳히셨다.

나는 아버지의 결심을 듣고 고무되어 즉시 올라왔고, 부모님은 두 동생을 데리고 한 달 후 쯤 상경을 하셨다.

그런데 이번에는 거처가 문제였다. 비좁은 천막 속에서 여섯 식구가 함께 지낼 수는 없었다.

역시 아버지가 신속히 결단을 내리셨다. 동굴 앞의 빈터에 남들처럼 판잣집을 짓기로 하셨다. 방 두 칸에 부엌 한 칸짜리 집을 사흘도 채 안 되어서 뚝딱 지으셨다.

물론 지붕은 비 새는 것을 막기 위해서 루핑으로 덮었다. 무허가 판잣집이라 비록 전기는 들어오지 않았지만 동굴 속의 침침한 천막 보다는 너무나 밝고 스며드는 공기도 맑았다. 낮에도 등잔불을 켜지 않아도 되었고 침구 또한 눅눅하지 않았다. 내가 손수 밥을 짓지 않고 공부에만 전념할 수 있어서 더더욱 좋았다.

문제는 갓 상경하신 부모님이 무슨 수로 돈을 버느냐는 것이었다. 그때 부모님 연세가 50대 초반이셨다. 원래 아버지는 기골이 장대하셨고 힘도 장사라는 소리를 자주 들으신 분이다. 성격도 호방하셔서 집에서는 무섭고 엄한 분이셨지만 밖에서는 사람 좋다는 소리를 들으며 누구하고나 곧잘 어울리는 편이셨다.

상경해서 열흘쯤 되던 어느 날, 시내 나들이를 거듭하시던 아버지가 뜬금없이 지게를 사오셨다. 아버지는 아침저녁으로 동대문 시장이나 남대문 시장을 나가 상인들의 짐을 날라다 주고, 낮 동안은 시장과 거리를 돌며 무거운 짐을 져주고 그 삯을 받는 직업을 택하셨다. 지게 품팔이로 나선 것이다. 장사를 하려야 그 밑천이 없는 아버지로서는 다른 선택의 여지가 없으셨던 모양이다.

예전같이 도박이나 하고 술을 즐겨 마시던 아버지가 아니셨다. 너무나 부지런해지셨다. 궂은 날, 갠 날을 가리지 않으시고 새벽같이 지게를 지고 나가시면 저녁 늦게야 돌아오시곤 했다.

한편, 어머니는 어머니대로 돈벌이에 나섰다. 당시 그곳 산동네에 살던 판자촌 아주머니들은 도라지나 고사리 등을 사다가 손질하여 가까운 화원시장(지금은 인현시장)에 내다 팔아서 가계에 보탬이 되곤 했었다. 어머니도 바로 그 장사를 시작하신 것이다. 그런데 도라지는 그냥 씻어만 가지고는 나물로 먹을 수가 없었다. 물에 한동안 담갔다가 건져서 날카로운 송곳 같은 것으로 일일이 잘게 찢은 다음 씻고 또 씻은 후 먹기 좋게 손질해서 내다 팔아야 한다. 그 일을 계속하신 어머니의 손가락 끝은 성한 데가 없이 찢기거나 굳은살이 박여있었다. 그때 일을 생각하면 지금도 가슴이 아리고 짠하다.

그 후로도 어머니는 여름이면 길거리에서 얼음물에 사카린을 타서 만든 냉차를 파시고 추운 겨울이면 한데서 군고구마 장사를 하셨다. 어머니 역시 눈이 오나 비가 오나 하루도 쉬는 날이 없으셨다.

아! 어머님 은혜

나는 평소에도 유난히 동요나 동시를 좋아했다. 지금 이 나이에도 동요를 즐겨 부른다. 그중에서도 양주동 작사, 이흥렬 작곡의 〈어머니 마음〉을 자주 부르곤 한다.

낳으실 제 괴로움 다 잊으시고 기르실 제 밤낮으로 애쓰는 마음
진자리 마른자리 갈아 뉘시며 손발이 다 닳도록 고생하시네
하늘 아래 그 무엇이 높다 하리오 어머님의 희생은 가없어라

어려선 안고 업고 얼러주시고 자라선 문 기대어 기다리는 맘

앓을사 그릇될사 자식 생각에 고우시던 이마 위에 주름이 가득

땅 위에 그 무엇이 넓다 하리오 어머님의 정성은 지극하여라

사람의 마음속엔 온 가지 소원 어머님의 마음속엔 오직 한 가지

아낌없이 일생을 자녀 위하여 살과 뼈를 깎아서 바치는 마음

인간의 그 무엇이 거룩하리오 어머님의 사랑은 그지없어라

어머니가 소천(召天)하신 지 어언 30년 세월이 다 되어도 지금도 나는 어머니가 못내 그립다. 그럴 때마다 나는 이 노래를 부르며 나도 모르게 눈물을 흘리곤 한다.

사람은 나이가 들어갈수록 어머니에 대한 그리움이 더해가는 것인지도 모르겠다. 어렸을 때는 단순한 의타심으로만 어머니를 찾고 부르지만 커서 부르는 '어머니'란 말 속에는 어머니를 향한 애처로움이 늘 배어있는 법이라고 했다.

본격적인 입시 준비

부모님이 상경하신 후부터 나는 밤낮없이 대학입시 준비에만 몰두할 수 있게 되었다. 새로 들어간 동북고는 전에 다니던 신설 학교와는 판이하게 달랐다. 우선 학교 시설도 잘 되어있었지만 교사진도 좋았고, 동급생들의

학력 수준도 전과는 사뭇 다른 것 같았다.

학생 수는 많지 않았다. 3학년은 이과 한 반, 문과 두 반으로 고작 세 학급뿐이었지만 학습 분위기가 참으로 진지했고 각 반마다 학력 경쟁이 불꽃 튀듯 치열했다.

나는 문과 B반에 배정이 되었는데 다른 문과 C반에 비해 B반은 성적이 상대적으로 우수한 학생들로 편성되어있었고 학교 측에서도 B반 학생들한테 많은 기대를 걸고 집중적으로 입시 위주의 교육을 강화하고 있었다.

나는 무척 긴장이 되었다. B반에서도 상위 그룹 학생들의 실력은 나보다 훨씬 나은 것 같았고, 특히 대수(代數)와 기하(幾何)는 따라갈 수가 없는 정도였다. (그 당시는 수학을 대수와 기하로 분리해서 배웠다.) 나한테는 크나큰 자극제였다. 분발하지 않을 수 없었다.

그때부터 나는 입시가 끝날 때까지 하루 4시간 이상을 자본 적이 없다. 낮에는 학교 공부에 충실하고 밤에는 학원에서 보충수업을 마치고 늦게 집에 돌아오면 무척 피곤하고 졸음이 왔다. 그러나 이래서는 안 된다고 스스로를 채찍질해가며, 밤이 이슥하도록 희미한 석유 등잔불 아래 눈을 비벼가면서 그 당시 잠 안 오는 약이라고 팔던 '카페나'를 몇 알씩 삼키면서 밤늦게까지 공부를 계속했다. 그렇게 기를 쓰고 열심히 하다 보니까 1학기를 거의 마칠 때쯤 되어서는 문과 반 전체에서도 당당히 상위권에 진입할 수 있게 되었다.

그런데 건강이 무척 걱정되었다. 먹을 것도 제대로 먹지 못하는 데다가 운동은 담을 쌓은 채 잠 안 오는 약까지 먹어가며 하루 겨우 4시간 정도 잠을 자면서 강행군을 하다 보니 체력의 한계를 느끼게 되었다. 자꾸만 피로가 엄습해왔고, 얼굴은 수척했으며 온몸이 뼈만 앙상하게 남을 정도로 바짝 말랐다. 그렇다고 보약은커녕 그 흔한 영양제 한 통도 사 먹을 형편이 안 되었다. 달리 원기를 보충해줄 만한 방법 또한 전무했다. 그러나 여기서 주춤하거나 포기할 수는 없었다. 기필코 참고 견디어내야만 했다.

역시 "내가 너를 굳세게 하리라. 참으로 너를 도우리라."라는 하나님만을 믿고 매달릴 수밖에 없었다. 비굴한 삶보다 차라리 분투 중에 쓰러짐을 택하라는 어느 선생님의 말씀을 되뇌며 더욱더 공부에 박차를 가했다.

여기서 잠시 음악시간의 추억을 소개하고 넘어가기로 한다. 아무리 입시 위주의 수업이라 했지만 1학기 초 몇 달 동안은 예체능 시간도 정식으로 배정되어있었다.

그때 음악 선생님이 〈보리밭〉 작곡가로 유명하신 윤용하 선생님이셨다. 선생님은 언제나 덥수룩한 외모에 허름한 차림새였다. 얼핏 보면 늘 술에라도 취해있는 듯한 모습이기도 하셨다. 참 예술가답게 다정다감한 분이셨다. 수업 시간이면 주로 걸출한 음악가들의 생애와 작품세계를 폭넓게 강의해주셨고, 가끔은 학생들의 성화에 못 이겨 손수 작곡한 〈보리밭〉을 잔잔하고 고운 목소리로 직접 들려주시곤 했다.

앙코르를 연거푸 받아주시며 눈을 지그시 감고 은은하게 〈보리밭〉을 불러주시던 선생님의 옛 모습이 지금도 눈에 선하다.

최선을 다한 150일 작전

3학년 2학기에 접어들자 비상이 걸렸다. 드디어 마지막 150일 작전이 개

심은 대로 거두는 인생   73

시되었다. 학교는 학교대로 전 교과과정을 오로지 입시 위주로만 재편성하고 문과 B반 학생들을 상대로 중요 입시과목을 반복해서 학습하는 등, 대입 합격률을 높이기 위한 강도 높은 학습 훈련에 돌입했다. 또 나는 나대로 필사적으로 입시공부에 정진했다.

내 담임선생님은 영어를 가르치시는 이재각 선생님이셨다. 내가 영어공부를 곧잘 하는 탓도 있었지만 편입 초기부터 내 불행한 가정환경과 벅찬 내 포부를 알고 계시던 선생님은 수시로 나를 격려해주시고 퍽이나 자상하게 신경을 써주셨다.

전국의 우수한 학생들과 경쟁을 하려면 그 학교에서의 학습 정도로는 부족하다 하시면서 좋은 참고서도 많이 빌려주셨고, 이른바 명문 고등학교의 모의고사 시험지나 일본 유수 대학의 입시 문제 등을 입수해 참고토록 배려해주셨다. 참으로 고마운 스승이셨다. 나는 그때쯤 모 대학교에서 실시한 전국 단위 학력 경시대회에 참가하여 상당히 우수한 성적으로 입상한 바도 있어서 모교에서도 나한테 기대를 한층 더 걸고 도움을 주신 것 같았다.

또 한 분 생각나는 선생님이 계신다. 국어과목 중에서도 주로 고문(古文)을 가르쳐주신 분이다. 그분이 바로 교무주임을 맡고 계시던 이용흡 선생님이셨다. 선생님은 매 수업 시간마다 약 10여 분 정도는 학생들에게 꿈을 크게 갖고 분명한 인생 목표를 세워서 이왕이면 남보다 더 값진 삶을 살아야 할 것이라는 요지의 훈시를 하셨고, 그때마다 더욱 분발을 촉구하시곤 하셨다. 선생님의 강의 또한 명강의였다.

그 어렵다는 고문을 어쩌면 그렇게도 쉽고 재미있게 가르치시는지 그 비법이 궁금할 지경이었다. 선생님 덕분에 웬만한 고시조와 고사성어는 거의 다 외웠고 지금도 많은 구절을 거침없이 외우고 있을 정도다.

특히 입시에 자주 출제되었거나 출제 가능성이 높은 문제만을 엄선하여 간단명료하게 정리한 프린트 교재는 너무나 인기가 있어 다른 학교 학생들조차 다투어 얻어 보려고 애를 쓰기까지 했다. 선생님은 천성이 타고난 교육자요 자타가 공인하는 실력 있는 교사였다.

나는 여기서 동북고에 관련된 글을 끝맺기에 앞서 그 학교의 자랑인 축구 이야기를 빼놓을 수가 없다. 내가 편입학을 했을 당시만 해도 동북고는 명실공히 전국 최강의 축구 명문고였다. 지방 학교는 자세히 기억나지 않으나 그 당시 동북고와 라이벌 관계에 있던 학교로는 한양고를 비롯하여 중동고, 경신고, 영등포공고 등이 있었다. 이들 학교와 준결승이나 결승전이 벌어지는 날이면 고3까지 포함하여 전교생이 서울 운동장(지금의 동대문 운동장)에 나가 혼연일체가 되어 열띤 응원전을 펼쳤던 기억이 난다.

양손에는 박수를 치는 대신 소리가 잘 나는 판자 조각을 들고 삼삼칠 박자에 맞추어 짝짝짝 두드리는 한편 교가와 응원가를 목이 터져라 부르면서 모든 시름 다 잊고 응원에만 열중했던 그 시절이 정말 그립다.

결승전에서 우승을 하는 날이면 그 운동장은 기쁨과 흥분의 도가니로 변했고 전교생은 교기와 밴드를 앞세우고 그곳 경기장에서부터 장충동 모교까지 보무도 당당하게 시가행진을 하며 시민들한테 뽐냈던 그때 그 추억을 결코 잊을 수가 없다.

우승을 한 그다음 날은 으레 아침 조회시간에 전교생이 모인 가운데 교장선생님으로부터 감독과 선수들에게 노고 치하와 격려의 말씀이 있었고, 전교생은 우승컵을 안고 교단에 올라와 소개를 받는 감독 선생님과 선수들에게 아낌없는 박수를 보내주곤 했었다. 특히 선수들 중에서도 주 공격

수인 이회택과 박이천 선수에게 더 힘찬 박수를 보냈다. 그들 두 선수가
바로 나와 동북고 동기 동창이다.

생전 처음 받아보는 졸업장

드디어 학년말 시험이 끝나고 졸업을 하게 되었다. 뒤늦게 공부를 시작
한 지 정확하게 2년 3개월 만의 일이었다. 더군다나 그 학교에서 받은 졸
업장이 나로서는 생전 처음 받아 보는 정규학교의 졸업장이었다. 거기다
가 문과 전체에서 차석으로 우등상장까지 받은 나는 정말로 눈물이 나도
록 기뻤고 감회가 남달랐다.

이윽고 입학시험 시즌이 시작되었다. 그런데 문제는 또 있었다. 편입학
당시 교장선생님과의 약속대로 나는 우등생으로 졸업을 했지만 대학 선택
을 하는 데는 신중을 기해야 한다는 것이었다.

물론 나는 서울대 법대 지망을 고집했다. 그러나 선생님들의 생각은 나
와 달랐다. 도대체 그 학교가 설립된 지 5년이 다 되어가지만 그때까지 졸
업생 중에서 학과는 불문하고 서울대학교에 입학한 사람이 단 한 명도 없
다는 것이었다.

그러므로 전국에서 수재들만 모인다는 서울 법대는 무리니까 그런대로
취직이 잘 되는 서울 상대나 서울 문리대 영문과에 응시하는 것이 그나마
합격 가능성이 있어 보인다는 것이었다. 교장, 교감선생님을 비롯하여 교
무주임의 의견도 일치했다.

나는 졸업생의 적성이나 장래 포부는 염두에 두지 않고 오직 일류 대학 입학생을 한 명이라도 더 내겠다는 얄팍한 생각에서 그러시는 것이 아닌지 의심도 해보았으나, 선생님들의 충고를 곰곰이 생각해보니 결코 틀린 말씀은 아니라는 결론에 도달했다. 당시 군에 지원 입대하여 최전방에서 복무 중이던 형과는 미처 상의할 경황도 없이 나는 모교 선생님들의 간곡한 충고를 받아들이기로 했다.

마침내 서울 상대에 응시했다. 그러나 아쉽게도 실패하고 말았다. 분석한 결과 과락(科落) 제도가 문제였다. 그때는 모든 대학이 연합고사나 수능시험 같은 것을 치르는 것이 아니라 해당 대학 주관으로 전 과목을 주관식으로 출제하여 입시를 치렀다. 그런데 다른 대학은 알 수 없었으나 유독 서울대학교에서만은 과락 제도를 도입하여 다른 과목에서 아무리 좋은 점수를 받더라도 전체 시험 과목 중 어느 한 과목에서라도 40점 미만의 점수를 따게 되면 과락으로 인정, 불합격 처리를 하고 있었다. 변명 같지만 역시 수학(대수와 기하) 과목에서 과락을 면치 못한 것으로 결론짓고 재수하기로 결심을 했다.

뒤늦게 휴가를 나온 형은 적이 실망하면서 왜 법대 지망을 않고 하필이면 상대에 응시했다가 떨어졌느냐, 공부를 어떻게 했기에 그나마 실패했느냐고 나를 다그치는 것이었다. 그러다가 아무 말도 못하고 고개를 떨구고 있던 내가 안쓰러웠는지 내 등을 두드리며 차라리 상대에서 떨어지기를 잘했다. 다시 심기일전해서 이번에는 확실히 서울 법대만을 목표로 하여 재도전을 당장이라도 시작하라고 위로와 격려를 함께 해주었다. 나는 우선 형한테도 면목이 없었지만 큰 기대를 안고 갖은 고생을 다하시며 뒷바라지를 해주신 부모님께 너무나 죄송했다. 형의 기대에 부응하고 부모님을 다시 실망시키지 않기 위해서도 다시 일어설 수밖에 없었다.

좌절과 도전 끝의 환희

. . .

실패의 원인 분석

나는 재수를 시작하기에 앞서 나 자신을 가혹하리만큼 철저하게 분석하고 점검해보았다. 모두가 수재들인 내 경쟁 상대들과 비교해서 내 실력은 과연 어느 수준인가? 무슨 과목의 어느 부분이 얼마나 부족한가? 그동안 고등공민학교와 신설 고교에서 조금 두각을 나타냈다고 해서 경쟁 상대의 수준을 냉철하게 측정하지도 않은 채 터무니없이 자만하고 우쭐대지는 않았는가? 그리고 그때까지의 내 공부 방법은 제대로 된 것이었는가? 고쳐야 할 부분이 있다면 어느 부분을 어떻게 개선할 것인가 등을 놓고 며칠 동안 꼼꼼히 짚어보았다. 역시 실패할 수밖에 없었다. 어쩌면 서울 상대 입시에 떨어진 것은 당연한 귀결이었다. 정말로 나는 우물 안의 개구리인 셈이었다. 우선 나와 경쟁해야 할 상대는 6년 동안 정규학교에서 단계적으로 탄탄한 실력을 닦아왔고 그들 대부분은 전국 각처에서 모여든, 내로라하는 수재들이었다.

그런데 나는 불과 2년 3개월 동안 그것도 속성 코스나 신설학교를 전전하며 뜀박질 공부를 했고 상대적으로 학력 수준이 낮은 동료들과 비교해서 약간 우수했을 뿐이었다. 그리고 매 과목마다 기초가 너무나 부실했다. 사상누각이었다. 대수나 기하 과목만이 아니었다. 독일어는 두어 달 배우다 말고 독학을 했고 국어나 영어 과목도 보다 철저하게 마스터할 필요가 있었다. 그렇다면 학습 태도나 공부 방법도 당연히 달라져야 했다.

우선 그때까지의 내 실력으로는 절대로 경쟁자의 상대가 될 수 없다는 것을 솔직히 인정하고 처음부터 다시 시작한다는 자세로 전 과목에 걸쳐 기초부터 재점검을 하고 튼튼하게 다지기로 결심했다.

입시학원 원장과의 담판

그렇게 결심을 했으나 엄청나게 늘어날 학원비가 문제였다. 역시 곤궁이통(困窮而通), 궁하면 통한다고 했다. 궁리 끝에 그 당시 입시학원으로 유명한 E.M.I 원장님을 찾아뵙기로 했다. 안현필 선생님이셨다. 나는 고3 시절에 이미 그 학원에서 몇 달 동안 독어와 기초 수학을 수학한 바 있어서 그 학원의 명성과 인기 강사진 그리고 원장 선생님에 대해서 어느 정도는 알고 있었다.

그것이 동인(動因)이었다. 안 선생님은 그때 당시 『영어 실력 기초』와 『영어

연구』시리즈란 베스트셀러를 펴내 전국의 입시 준비생들한테 한참 인기였고, 그 학원에서 직접 영어를 가르치며 명강의로도 유명하신 분이었다.

안 선생님은 역시 고학으로 일본에서 유명 대학을 졸업한 후 국내에서 30여 년간 영어교사로 명성을 떨치다가 앞서 말하던 베스트셀러 덕분에 아예 E.M.I학원을 창립하고 직접 원장이 되셨다고 했다. 그분은 외모와 말투가 무척 깐깐했기 때문에 얼핏 보면 차갑고 상대하기가 어려울 것 같았지만 사실은 그렇지가 않았다.

아무튼 나는 원장님을 찾아뵙고 내 딱한 처지와 장래 포부를 간단하게 설명한 후 아무리 궂은일이라도 시키는 대로 열심히 할 테니까 대신 내가 수강하고 싶은 강의를 그냥 들을 수 있도록 배려해 달라고 간청을 드렸다.

원장님은 나의 당돌한 언행에 적이 놀라며 의아해하시는 표정이었다. 그러더니 자네가 이 학원에서 할 일은 아무것도 없으니까 당장 나가라는 것이었다. 일언지하에 거절을 당했다. 그러나 그다음 날 다시 찾아가서 같은 사정을 했다. 역시 거절당했다.

그래도 나는 포기할 수가 없었다. 내 계획대로 매 과목마다 기초부터 확실히 다지고 경쟁 상대들과 겨룰 수 있는 확실한 실력을 배양하기 위해서는 유명 강사진들이 즐비한 학원 수강을 하는 길밖에는 달리 방법이 없었다.

그 많은 학원비를 감당할 능력이 없는 나로서는 너무나 절박한 입장이었다. 마지막으로 한 번 더 간청을 해보기로 했다. 세 번째로 원장님을 찾아갔다. 자존심을 생각할 때가 아니었다. 실로 비굴할 정도로 허리를 굽히며 통사정을 하며 배수진을 쳤다.

원장님이 끝내 내 청을 들어주지 않으면 절대로 원장실을 나가지 않겠다고 버텼다. 그랬더니 드디어 원장님이 말문을 여셨다. 2년 3개월 닦은 그 실력으로 과연 서울 법대에 합격할 수 있느냐는 것이었다. 의외의 질문이었다.

그러나 나는 단호하고 자신 있게 대답했다. 내가 듣고 싶은 과목의 수강만 허락해주신다면 내 몸이 쓰러지는 한이 있더라도 악착같이 공부해서 기필코 합격하겠다고 다부지게 대답했다.

그러자 이번에는 내가 그 학원에서 할 수 있는 일이 도대체 무어라고 생각하느냐고 물으셨다. 역시 확실하게 대답했다. 그 학원 규모가 커서 강의실도 여러 개이고 변소도 한두 곳이 아닌데 그 청소를 내가 다 하고 교무실과 원장실에서 시키는 잔심부름도 도맡아 하겠다는 요지로 답변을 했다.

그러자 참으로 끈질기고 기발한 아이디어를 가진 학생이라면서 내일부터라도 당장 그 일을 시작하라는 것이었다.

드디어 무료 수강을 허락받았다. 마침내 재수를 위한 준비가 완료된 것이다. 지성(至誠)이면 감천(感天)이라 했다. 역시 하늘은 스스로 돕는 자를 돕는다는 말은 진리였다. 내가 믿는 하나님이 그때도 도우신 것이다.

청소부로 나선 재수생

약속대로 그다음 날부터 학원을 나갔다. 3월 중순이 조금 지나서부터였다. 아침 강의가 끝나면 우선 그 강의실 청소부터 시작했다. 칠판을 닦고 지우개를 털었으며 분필을 가지런히 통 속에 정리한 후 강의실 바닥을 쓸

어내고 물걸레질을 했고 마지막으로 책상과 걸상을 정돈했다.

다행히 아침에는 여러 강의실을 사용하지 않아서 아침 청소는 그런대로 힘이 덜 들었다. 이윽고 서너 군데나 되는 변소 청소를 물로 씻고 냄새 제거를 위해서 소독까지 하고 끝내고 나면 오전 수업이 시작되는 9시부터는 내가 이용할 수 있는 금쪽같은 시간이었다. 낮 수업과 저녁 수업이 끝나면 역시 같은 방법으로 강의실과 변소 청소를 해야 했다.

그런데 낮에는 주로 재수생이 몰리고 저녁에는 고3 재학생까지 몰려드는 바람에 강의실마다 초만원이었고 그만큼 강의실과 변소를 많이 사용하기 때문에 청소 분량 또한 부쩍 늘어났다. 청소부가 3명뿐인데 감당하기에 버거운 업무량이었다. 특히 야간 수업이 끝나자마자 아침 수강생들 때문에 그 많은 강의실과 변소 청소를 끝내고 나면 통금 시간이 임박해서야 귀가하곤 했다.

물론 집에 돌아가서도 곧 잠자리에 들 수는 없었고 새벽 2시경까지는 그전날 배운 강의 내용을 복습을 하고 또 예습도 했다. 그야말로 초인적인 강행군이었다. 오기와 깡다구로 버티면서 모든 정열을 다 쏟아 부었다. 청소가 아무리 힘이 들어도 강의 시간만큼은 청소나 잔심부름을 안 해도 되므로 내가 듣고 싶은 강의는 마음대로 골라서 들을 수 있다는 사실 때문에 고단한 줄도 몰랐고 그저 고맙고 즐겁기만 했다.

그 당시 E.M.I학원은 시설 규모도 거대했지만 무엇보다도 유명한 강사진 때문에 폭발적인 인기를 누리고 있었다. 전국에서 재수생들이 운집했고 서울 시내 대입 준비생들도 저명 강사들의 명강의를 듣기 위해 기를 쓰고 모여들었다.

그 학원에서는 영어는 원장 안현필 선생님과 영어의 달인이라는 신동운 선생님이 가르치셨고, 수학 과목 중 대수는 김현준 선생님이, 기하는 정경진 선생님이 맡으셨는데 두 분이 다 당시 서울 시내 일류 고교의 현직 교사들이었다. 그리고 기초 수학 강의로 명성을 날리던 이지흠 선생님은 그때 서울대학교 대학원에 재학 중이었다. 한편 독일어는 서울 문리대 종교학과 안사균 교수님이 가르치셨다. 특히 교수님은 평소에는 과묵하시면서 강의 시간에는 특유의 미소와 유머 감각으로 딱딱한 독일어를 너무나 쉽고 재미있게 가르치셨기 때문에 수강생들 간에 역시 인기가 높았다.

나는 신학기 초 두 달 동안은 역시 나의 최대 취약 과목인 수학 기초를 더 닦기 위해서 전에도 수강한 바 있는 이 선생님의 기초수학 강의를 다시 들었고 영어는 안 원장님으로부터 그분의 명저(名著)인『영어 실력 기초』를 교재로 기초 문법과 간단한 영작문을 배웠다. 과연 명강의였다. 그분 강의실에는 매시간마다 정말로 입추의 여지도 없이 수강생들이 몰려들었다. 실로 대단한 인기였다. 1학기 중간쯤부터는 안 교수님한테서 독일어를 본격적으로 배웠고 뒤늦게 개설된 국어과목도 나뉘어 배웠는데 그때 강사는 서울고등학교 교사로 재직 중이던 허웅 선생님이 아닌가 싶다.

역시 그분도 명강사였다. 특히 선생님은 소탈하고 서민적인 풍모와 온화하고 인자하신 성품 때문에 학생들로부터 존경을 한 몸에 받고 계셨다. 말년에 한글학회 이사장까지 역임하신 후 몇 년 전에 타계하신 것으로 기억된다.

빈틈없는 마무리 작전

어느새 2학기로 접어들었다. 그때부터는 완전히 실전 위주로 수업이 진행되었다. 각 과목마다 기출문제와 예상문제를 반복해서 풀었고, 1주일에 한 번 정도는 정기적으로 모의고사를 치르면서 각자의 실력 수준을 착실히 점검해나갔다.

나는 2학기부터는 원장님의 영어 강의 외에 신동운 선생님의 입시 특강을 들으며 완벽한 실력을 다져나갔고, 대수와 기하 실력 보강에 최대의 역점을 두고 거의 대부분의 시간을 거기에 할애해서 집중 공략을 해나갔다. 필수 선택인 독일어도 빈틈없이 공부했고 의외로 어렵게 출제된다는 국어도 철저하게 정복해나갔다.

그 무렵 밤늦게 귀가했더니 앉은뱅이 내 책상 위에 원기소와 네오비타가 놓여있었다. 영양제였다. 어머니께서 뼈만 남고 말라버린 아들의 건강을 걱정해서 사 오신 것이었다. 손가락이 찢기고 닳도록 고생해서 버신 그 돈으로 큰마음 먹고 사 오신 것이다.

갑자기 눈시울이 뜨거워졌다. 끝내 어머니를 와락 안고 울어버렸다. 바깥 날씨는 매섭게 추웠지만 어머니의 가슴은 그때도 포근하고 따뜻하기만 했다. 다시금 입시철을 맞게 되었다. 나는 입시 원서 작성을 위해 모교를 찾았다. 그때도 학교 선택의 신중론이 또 대두되었다. 그러나 나는 단호했다. 재고의 여지가 없었다. 3수, 4수를 하는 한이 있더라도 반드시 서울 법대를 가겠다고 끝까지 우겼다. 마침내 내 소원대로 입학원서를 접수시켰다.

외롭고 쓸쓸했던 예비 소집일

입시 하루 전날 예비 소집이 있었다. 오후 2시까지 이화동에 자리 잡은 법대 운동장으로 나오라는 것이었다. 나는 미리 가서 운동장 가를 서성이고 있었다.

그런데 2시가 조금 못 되어서 난데없이 버스 3대가 학교 정문을 들어서는 것이었다. 그때만 해도 버스는 보기가 힘들 정도로 귀했었다. 두 대는 경기고 졸업생들이, 다른 한 대는 서울고 출신들이 타고 온 버스였다고 했다.

버스에서 내린 그들은 출신 학교별로 운동장 한가운데 자리를 잡았고 그 주위를 선배들이 에워싸더니 이윽고 교가를 우렁차게 부르고는 파이팅을 외치는 것이었다. 그러더니 선배 재학생들이 후배들의 등을 일일이 두드려주며 격려하는 모습이 보였다.

나는 격려해주는 선배도 없었고, 같이 시험을 치를 동문도 없었다. 달랑 나 혼자뿐이었다. 너무나 외롭고 초라한 생각이 들었다. 명문고 선후배들의 위와 같은 모습이 몹시 부럽기도 했지만 일부러 기를 죽이는 것 같아 의기소침하지 않으려고 이를 악물었다. "너희들이 명문고 출신이라고 오늘은 뽐내고 있지만 과연 몇 명이나 합격하는지 두고 보자. 비록 뜀박질 공부를 하며 3류 학교를 나왔지만 결코 너희들한테 질 수는 없다."라고 속으로 되뇌며 나 혼자만이라도 필승을 다짐했다. 그 당시 서울 법대 모집 정원은 300명이었는데 그해에 경기고에서 60명이, 서울고에서 30명이 법대 지망을 했다고 들었다.

입시 전날 밤의 슬픈 추억

입시 전날 밤의 일이다.

나는 첫날 치를 시험 과목을 마지막으로 점검하고 있었다. 단 1초가 아쉬운 터였다.

그런데 평소에 술을 자제해오시던 아버지가 하필이면 그날 저녁에 10시가 넘어 술이 만취된 채 들어오셨다.

무슨 속상한 일이라도 있으셨는지 그날따라 밤늦게까지 주무시지 않고 큰 소리로 주정을 하시는 것이었다. 애가 탄 어머니가 내일이 아들 입학시험 날이라며 진정을 간청하셨으나 아버지는 막무가내이셨다.

방은 달랐지만 벽이 판자 한 장뿐이어서 아버지의 푸념 소리는 그날따라 더욱 크게 들리는 것만 같았다. 신경이 쓰여서 공부에 몰두할 수가 없었다. 몇 시간 후면 힘겨운 시험을 치러야 할 자식을 두고 격려는 해주시지 못할망정 저러실 수가 있을까 해서 야속한 생각도 들었다. 그러나 한편으로는 오죽 힘들고 궂은일을 당하셨으면 저러실까 하고 내 스스로를 달랬다. 하는 수 없이 이불솜을 뜯어내서 내 귀를 막고 희미한 석유 등잔불 밑에서나마 두 눈을 비벼가며 끝까지 훑어본 후 새벽 2시가 넘어서야 잠자리에 들었다.

새벽녘의 용꿈

그러나 쉽게 잠이 오질 않았다. 그때까지 공부해온 각 과목의 중요 항목들이 영화 필름처럼 뇌리를 스치며 오히려 잠을 쫓아내고 있었다. 몇 번을 뒤척이다가 겨우 잠이 들었는데 꿈을 꾸었다. 내가 용을 타고 한강을 건너는 꿈이었다. 용꿈은 길몽(吉夢)이라고 했는데 묘한 생각이 들었다.

나는 아침에 집을 나서면서 어머니한테만 그 꿈을 이야기를 해드렸다. 그랬더니 어머니는 참 좋은 꿈이라시면서 내가 정성이 지극해서 하나님이 도우시려고 용을 시켜 현몽(現夢)하신 것이니까 아무 걱정 말고 차분한 마음으로 시험을 치르라고 하셨다. 그러시고는 "두려워 말라, 참으로 너를 도와주리라."라는 성경 말씀을 굳게 믿고 어려운 문제에 부닥치면 하나님께 기도하라는 말씀도 잊지 않으셨다.

밝아온 실전의 날

시험 시작 직전까지 수험생들을 격려하는 각 학교 선후배들의 각종 이벤트가 벌어졌다. 당시 서울 법대에는 경기, 서울고 출신의 응시생들이 제일 많았으나, 지방 명문고 출신들도 대거 몰려들었다. 특히 대전고를 비롯해서 전주고, 광주 일고, 경북고, 경남고, 부산고 등에서도 응시생들이 많았고 매년 합격률도 높았다.

첫날은 국어, 국사와 영어 시험을 치른 것으로 기억된다. 내가 가장 자신 있는 과목들이었다. 예상했던 대로 국어에서 현대문 문제가 상당히 까다롭게 나와 애를 먹기도 했다. 그러나 첫날 세 과목은 가채점 결과 아주 흡족할 정도는 아니었으나 국어를 제외하고는 상당히 고득점을 할 것으로 예상되었다.

어느 정도 자신감이 생겼다.

둘째 날은 마(魔)의 수학과 선택과목 시험을 치르게 되었다. 오전 시간에 수학 시험을 치렀다. 역시 나의 아킬레스건이었기 때문에 처음부터 자꾸만 떨리고 잔뜩 긴장이 되었다. 순서대로 대수 문제를 먼저 풀어나갔다. 결코 쉬운 문제는 아니었다. 그러나 기도로 마음을 가라앉히고 차분하게 풀어나갔다.

그런데 복잡한 방정식 문제 몇 개는 풀긴 했지만 크게 자신은 없었다. 이윽고 기하 문제를 풀기 시작했다. 일부 문제는 풀긴 풀었으나 역시 자신이 없었고, 마지막 세 문제를 놓고는 당황하지 않을 수 없었다. 내가 가장 자신이 없는 투영도(投影圖)에 관한 문제였다. 어떻게 풀어야 할지 전혀 가닥이 잡히질 않았다. 시험 종료 시간은 바짝바짝 다가오는데 조바심에 애가 탔다. 작년처럼 역시 수학 때문에 과락이라도 당하지 않을까 생각하니 눈앞이 캄캄해졌다.

그만 연필을 놓아버렸다.

눈물이 핑 돌았다. 다시 하나님께 매달렸다. 간절히 빌고 또 빌었다.

"참으로 너를 도와주리라."

하나님의 미세한 음성이 들리는 것 같았다. 곧이어 실마리가 풀리는 듯했다. 감이 잡히기 시작했다.

곰곰이 기억을 더듬어보니 학원에서 유사한 예상 문제를 풀어본 것 같기도 했다. 용기를 내서 다시 연필을 들었다. 겨우 두 문제를 더 풀고 나니 어느새 시험 종료를 알리는 벨이 울렸다.

나머지 한 문제는 아예 연필 한 번 대보지도 못하고 말았다. 실망이 너무나 컸다. 아무래도 과락을 면치 못할 것만 같은 불길한 생각이 자꾸 들었다. 나머지 과목 시험은 차라리 포기해버리고 싶기도 했다. 그러나 그럴 수는 없었다. 절대로 포기해서는 안 될 일이었다.

그래서 오후에는 독일어와 생물 시험을 끝까지 최선을 다해서 치렀다. 비교적 자신 있게 답안지를 써냈다. 마침내 전 과목 시험이 끝났다. 법대 앞 이화동에서 버스를 탔다. 집에 가려면 대한극장 앞에서 내려야 하는데 지난밤을 거의 꼬박 새운 데다가 수학 성적 때문에 걱정하다가 깜빡 잠이 들었던 모양이다. 차장(버스 안내양)이 흔들어서 깨어보니 수유리, 그 버스 종점이었다.

환희, 잊을 수 없는 그날의 감격

시험이 끝나고도 20일 넘게 합격자 발표 날을 기다려야 했다. 학원에 나가 문제 풀이도 풀어보았고 모교 수학 선생님한테서도 가채점을 받아본 결과 겨우 턱걸이로 과락은 면할 것 같았으나 발표 날이 다가올수록 입이 바싹바싹 마를 정도로 초조했다.

밤잠을 설치기는 예사였고, 별의별 꿈을 다 꾸며 헛소리까지 하게 되었다. 드디어 발표 날이 돌아왔다. 오후 2시에 법대 본관 건물의 1층과 2층

사이 벽에다가 합격자 명단을 붙인다는 것이었다. 일부러 휴가까지 나온 형은 정오가 막 지난 시간부터 재촉하기 시작했다. 빨리 법대로 가자는 것이었다. 형도 초조하기는 마찬가지인 것 같았다. 그럴수록 나는 마음이 더욱 무거워졌고 학교를 향하는 발걸음도 가볍지가 않았다.

발표 장소에 도착해 보니 1시간 전인데도 많은 사람들이 모여들기 시작했다. 그러나 마음이 불안하고 초조해서 그곳에서 1시간을 마냥 기다릴 수가 없었다. 형과 나는 이화동 뒤의 낙산에 올라갔다. 그곳 산동네에 고향 분들이 많이 살고 있었다. 형은 발표 시각이 가까워질수록 점점 더 초조해지는지 오랜만에 만난 고향 친구들과 낮술까지 마시며 시간을 때우는 것이었다. 그러다가 오후 2시가 조금 넘어서 법대에 다시 도착했다. 아직은 명단이 나붙지 않고 있었다.

잠시 후에 합격자 명단을 벽에 붙이기 시작했다. 웅성거리던 많은 사람들이 일시에 조용해졌다. 나붙은 수험번호는 사정없이 건너뛰기를 계속했다. 당시 경쟁률은 3:1이 조금 못 되었다. 그러니까 900명 가까이가 응시한 것이다. 남의 수험번호는 잘도 보였는데 내 수험번호가 가까워질수록 눈이 아물아물해졌다. 더는 볼 수가 없었다. 나는 게시판 받침대를 붙잡고 돌아서 버렸다.

이윽고 누군가가 내 등을 사정없이 치면서 "575번 붙었다."라고 악을 썼다. 물론 형이었다. 그 순간, 형과 나는 부둥켜안고 엉엉 울었다.

보는 이에 따라서는 떨어져서 우는 걸로 착각했을지도 모른다. 잠시 후에 두 형제는 땅바닥에 무릎 꿇고 감사의 기도를 드렸다. 다시금 눈물이 펑펑 쏟아졌다. 그때까지 나를 지켜주시고 돌보아주신 내 하나님에 대한 감사의 눈물이었고 감격과 환희의 눈물이었다.

나는 지금도 축구 천재 박주영 선수가 골을 넣은 다음 그라운드에서 무릎을 꿇고 감사 기도를 올리는 골 세리머니 장면을 볼 때마다 그때 생각이 난다.

산동네의 큰 잔치

형과 나는 서둘러 집으로 갔다. 전화도 라디오도 없는 우리 집이었기에 한시바삐 그 기쁜 소식을 전해드리고 싶어서였다. 그날은 아버지도 일찍 들어와 계셨다. 급기야 합격 소식을 접한 부모님은 너무 감격해하셨고 어른 아이 할 것 없이 산동네 식구들이 다 나와서 축하를 해주었다. 큰 잔치가 벌어졌다. 아버지는 덩실덩실 춤까지 추셨고 연신 내 등을 두드리시며 자랑스러워하셨다.

등록금에 얽힌 사연

합격자 발표가 있은 다음날 나는 모교인 동북고를 찾았다. 그동안 선생님들의 가르치심과 갖가지 배려에 고맙다는 인사를 드리기 위해서였다. 고3 시절 담임선생님과 교무주임선생님이 제일 반기시며 축하해주셨다. 이윽고 교장실로 안내되었다. 교장선생님 역시 매우 기뻐하시며 축하해주셨다. "참으로 고생 많았다. 너는 기필코 해낼 줄 알았다. 서울 법대 합격은 개교 이래 처음 맞는 경사요 학교의 영광이다." 하시며 위로와 칭찬을 아끼지 않으셨다.

이윽고 나의 어려운 가정 형편을 익히 알고 계신 교장선생님은 등록금 걱정까지 해주시면서 재단 이사장님과 상의해서 도울 수 있는 방법을 찾아보겠다는 말씀도 하셨다. 참으로 자상하고 고마우신 배려에 고개가 숙여질 뿐이었다. 모교 방문을 마친 나는 그 길로 E.M.I 원장님을 찾아뵈었다. 원장님은 합격자 명단을 어떻게 입수하셨는지 이미 알고 계셨다면서 한껏 축하해주셨다. 밤늦게까지 그 궂은일 다 하면서 악착같이 공부하더니 좋은 열매를 맺게 되었다면서 역시 위로와 칭찬을 아끼지 않으셨다. 상당 액수의 격려금도 주셨다. 그러시면서 이제 일차 관문은 통과했으니까 얼마 동안은 조금 쉬면서 입시 준비로 망가진 건강 회복에 좀 더 신경을 쓰라고 거듭 당부하셨다. 당시 내 체중은 40kg을 조금 넘었고, 피골이 상접하여 누가 보아도 병자같이만 보였다. 원장님은 젊은 두 형이 병사(病死)한 후 누구보다도 건강 문제에 관심을 갖고 손수 많은 연구도 하셨고 말년에는 모든 일을 제쳐두고 오직 건강에 관한 연구와 저술에만 몰두하시기도 했다. 120세까지는 거뜬히 건강하게 살 수 있다고 장담하시던 원장님은 우연한 교통사고 후유증으로 85세를 일기로 몇 년 전에 타계하셨다.

한편, 서울대학교는 사립대학에 비해 등록금이 상당히 저렴하였고, 성적이 다소 우수한 학생에게는 동창회 장학금을 비롯하여 각종 장학금 제도가 활성화되어 있었으며 특히 법대에는 특정 독지가들의 장학금 지급 사례가 많았었다. 그 덕분에 나는 졸업할 때까지 매 학기 등록금에 관해서는 부모님한테 크게 부담을 드리지 않았다.

프레시맨 시절의 추억

. . .

유별난 긍지와 자부심

그때만 해도 서울 법대생들의 긍지와 자부심은 실로 대단했다.

신입생 오리엔테이션 때부터 선배들이 다투어 신입생들을 추켜세우기에 열을 올렸다.

너희들은 수재 중에 수재들이라느니 대학 중에서도 으뜸가는 대학을 들어왔다면서 언제 어디서나 서울 법대생으로서의 긍지와 자부심을 잃지 말라는 것이었다. 엄연히 서울대학교 종합대학 배지가 통일되어 있었음에도 불구하고 유독 법대생들만은 청록색 바탕의 직사각형 안에 S法大라고 흰 글씨를 써넣은 법대 배지를 특별히 달고 다니며 뽐내기도 하고 타 대학생들의 선망의 대상이 되기도 하였다.

그때만 해도 매년 10월 15일을 전후해서 개교기념일 행사의 일환으로 각 단과 대학별로 리그전을 벌이는 구기 종목(농구, 배구, 축구 등) 시합이 있었다. 평소에 운동 하고는 거의 담을 쌓고 지내는 법대생들이었지만 그 때만 되면 며칠씩 벼락치기로 연습도 하고 경기장에 나와 열띤 응원을 하기도 했다. 출전한 선수들은 무슨 수를 써서라도 반드시 이겨야 했다. 반칙을 일삼고 상대 선수들한테 야유를 보내며 고함을 치는 것도 예사였다. 극히 비신사적인 행동이었지만 그래도 이겨야 한다는 것이 선배들의 지론이었다. 유별난 자긍심이었다. 오기 싸움이었다는 것이 솔직한 표현일 것 같다.

철학에 심취한 '법학도'

수강 신청이 끝나고 드디어 신학기 강의가 시작되었다. 그 당시 법대에는 전공과목은 물론 저명한 교수님들로만 교수진이 편성되어 있었으나 교양과목도 대부분 내로라하는 우수강사님들이 강의를 맡고 있었다. 1학년 때는 세 과목을 제외하고는 거의 다 교양과목이었다.

그중에서도 나는 철학 강의를 참으로 열심히 들었다. 안병욱 교수님이 맡고 계셨다. 교수님은 소탈하고 선량해 보이는 외모에다 성실하고 자애로운 인품 때문에도 학생들의 존경을 받기도 했지만, 박식과 달변을 바탕으로 한 명강의로 더 많은 제자들의 인기를 누리며 흠모의 대상이 되셨다.

특히 교수님은 올바른 인생관과 가치관 확립에 역점을 두시고 많은 시간을 할애하시며 참으로 정열적으로 유익한 내용의 강의를 반복해주셨다.

우리 인간은 어디서 와서 어디로 가는 존재인가? 그냥 살아버릴 것이 아니라 바로 사는 것이 중요하다. 무엇을 위해 어떻게 사느냐가 중요하다. 그러기 위해서는 모든 사물에 대해서 올바른 신념 체계와 확고한 가치관을 가져야 한다는 것이었다.

교수님이 그다음으로 강조하신 것이 성실한 삶의 자세이다. 성실이 존재의 근본이라고 갈파한 프랑스의 실존주의 철학자 가브리엘 마르셀의 사상과 유교 사서(四書) 중의 하나인 『중용(中庸)』에 나오는 성실주의를 소개하셨다. "誠者天之道也, 誠之者人之道也', 즉 참은 하늘의 길이요 참을 행하는 것, 곧 성실이 사람의 길이라."라며 유난히 성실한 삶을 강조하셨다.

그 후로도 나는 안 교수님의 강의를 빠지지 않고 들었고 교수님의 저서도 거의 빼놓지 않고 많이 읽었다. 그중에서도 교수님이 1976년도에 펴내신 『안병욱 인생론』이라는 저서를 40년이 넘도록 지금까지 간직하고 읽으면서 소중한 인생 교훈을 얻곤 한다. 그 저서에는 내가 들었던 강의 내용도 많이 수록되어 있었다.

(단, 안 교수님의 저서 내용과 문체에 대해서는 일부 제자들과 독자들 사이에 비판적인 시각이 있었다는 것을 나도 인정한다.)

본격적인 독서 삼매경

최근에는 서울대학교 전교생에게 재학 시절에 필독해야 할 도서 목록을 엄선하여 읽기를 권장한다고 들었는데, 내가 재학 당시에는 그런 권장

도서는 없었으나 교수님마다 대학 시절의 독서의 중요성과 필요성을 거듭 강조하셨다.

나는 나대로 정규교육을 못 받은 데다가 입시 때문에 읽지 못한 책이 너무 많아서 교수님들의 조언을 들어가며 나름대로의 독서 계획을 수립하였다. 폭넓은 독서의 필요성을 절감한 것이다.

우선 동서양의 고전(古典)과 명저를 일별했다. 그런 후에 역사와 문학, 철학, 신학, 종교에 이르기까지 다방면의 저서들을 두로 섭렵했다. 특히 역사는 중·근세사에 관심을 갖고 읽었고 문학은 푸시킨, 톨스토이, 도스토옙스키 등의 러시아 문학을 재미있게 읽었으며, 철학은 키르케고르, 그리고 야스퍼스와 사르트르 등의 실존주의 철학에 흥미와 관심을 가졌다.

나는 독서 계획을 차질 없이 실천에 옮기기 위해서 법대 도서관이 아닌 서울대 중앙도서관을 많이 이용했다. 그 도서관은 서울대학 본부, 지금의 마로니에 공원에 자리 잡고 있었는데 주위에 많은 숲이 우거져 있고 조용한 분위기인데다 읽고 싶은 장서가 두루 갖추어져 있어서 좋았다. 지금 생각하면 내 생애에서 아무런 구애도 받지 않고 독서 삼매경에 빠져볼 수 있던 시절이 바로 그때가 아닌가 생각된다. 독서량이 차츰 늘어날수록 세상을 다 얻은 것 같이 아무것도 부러운 것이 없었고 그저 즐겁고 행복하기만 했다.

대학에서 만난 초등학교 동창생

신학기 초라서 낯선 강의실을 찾아 여기저기 돌아다니고 있을 때였다. 어떤 친구가 내 앞에 다가와 말을 걸 듯하더니 그냥 지나쳤다. 나도 어디선가 본 듯해서 뒤돌아보았다. 그 친구도 역시 가던 걸음을 멈추고 돌아보고 있었다. 박영식 군이었다.

내가 초등학교 4학년 2학기 때 그 학교 교장선생님으로 전근해 오신 아버지를 따라와서 5학년 1학기를 마칠 때까지 같은 반에서 공부하던 친구였다. 그 친구는 외모도 준수했고 두뇌도 참으로 명석했다. 1년 내내 나와는 일등 자리를 놓고 치열한 경쟁을 벌였다. 심한 라이벌 관계에 있다 보니 좋은 친구였지만 나와는 별로 친하게 지낸 사이가 아니었다. 그 친구와는 딱 1년간 같이 배우고 헤어졌는데 8년 만에 법대에서 다시 만나게 된 것이다. 참으로 반가웠고 나로서는 감회가 그 친구와는 또 달랐다. 그 친구는 좋은 가정환경에서 교육자이신 아버지의 훈육을 받으며 당시 광주·전남 지역에서는 손꼽히는 명문 초·중·고교를 줄곧 수석으로 졸업한 후 법대에 들어왔고 나는 고작 2년 남짓한 뜀박질 공부를 해서 그 대학을 들어간 것이다.

그 친구는 법대 4학년 재학 시절에 제15회 고등고시 사법과에 수석으로 합격한 후 법관으로 재직하다가 문민정부 초기에 광주지방법원장을 끝으로 법관직을 떠나 지금은 재야 법조인으로서 출중하게 활동을 하고 있다.

농활에서 만난 연상의 여대생

1학년 여름방학 때의 일이다. 당시 법대에는 동아리가 여럿 있었는데 나는 농촌 법학회와 기독학생회에 가입했다. 내가 속한 두 동아리의 멤버들이 주축이 되어 타 대학의 비슷한 동아리 회원들과 연계해서 난생처음으로 농촌 봉사활동을 나가보았다.(농활이라고 약칭한다.) 고추와 칠갑산으로 유명한 충남 청양으로 기억된다. 대천해수욕장이 1시간 거리의 지척에 있었고, 안면도와 천리포, 만리포 해수욕장도 그리 멀지 않은 곳에 있었다.

우리 일행은 낮에는 농부들의 바쁜 일손을 덜어주고 밤에는 몇 개 팀으로 나뉘어 여기저기 흩어져 있는 마을을 돌며 문맹인 부녀자들을 대상으로 한글을 깨우쳐주기도 했고, 초등학생들한테는 밤늦도록 동화와 위인전을 읽어주기도 했으며, 중·고교생들한테는 큰 꿈과 비전을 갖고 분발하라는 내용의 격려를 해주기도 했다.

그때 나와 같은 팀에는 여학생 2명과 남학생 3명이 배속되어 있었다. 그중에 이화여대 교육학과 2학년에 재학 중인 여대생이 한 명 끼어있었다. 이름이 이경희(가명)라고 했다. 나보다 한 살 연상이었다.

4박 5일 동안의 농활 기간 동안 두 사람은 낮 동안에도 틈나는 대로 자주 만나서 대화를 나누었고 저녁 일과까지 끝나면 밤이 이슥하도록 마당에 모닥불을 피워놓고 둘러앉아 팀원들과 같이 어울려 열띤 토론도 했고 단둘이서 깊은 대화를 나누기도 했다. 예정된 농활 스케줄이 끝난 우리 일행은 만리포 해수욕장으로 자리를 옮겨 그곳에서 일박을 더 하게 되었다.

그곳에서 경희 양과 나는 붐비는 인파를 피해 한적한 숲길이나 해변가를 거닐면서 역시 많은 대화를 나누었다.

일행들은 그러는 우리 둘을 보고 다정한 한 쌍의 연인 같다고 놀리기도 했다. 그녀는 독실한 크리스천으로서 특히 인생과 신앙 문제에 대해서 관심이 많았고 대화도 그런 쪽으로 많이 기울었다. 나 역시 그때 당시 한참 철학과 종교 등에 관해서 심취할 정도로 많은 독서를 하고 있던 터라 대화는 더욱 자연스럽게 이어질 수 있었다. 그것이 인연이 되어 그녀와 나는 그 후로도 1년 남짓 자주 만나면서 때로는 연인처럼, 때로는 누이와 동생처럼 스스럼없이 지냈다.

흔들리는 초심, 한때의 방황

학년말 시험이 끝나고 겨울방학이 다가오자 동기생들의 움직임이 차츰 달라지기 시작했다. 으레 그때쯤이면 각자 선택한 진로에 따라 그것에 대비한 학습을 할 때라고 했다. 그때만 해도 고시 합격생이 한 해에 적게는 10여 명에서 많게는 20, 30명 내외였기 때문에 서울 법대생이라 해서 너나없이 고시만을 목표로 하는 것은 아니었다. 300명 동기생 중에서 고시파가 제일 많기는 했으나 학계로 나갈 친구와 졸업 후 곧바로 취업을 희망하는 친구들도 적지 않았다.

그때쯤 고시파인 일부 동기생들은 그 방대한 분량의 민법 교과서를 이미 일독을 끝냈고, 다른 고시파들도 삼삼오오 친한 친구끼리 어울려 겨울방학 동안 조용한 산사(山寺)를 찾아가 본격적인 고시 준비에 돌입할 채비를 갖추고 있었다. 그러나 나는 전혀 달랐다. 당초의 목표대로라면 그때쯤 나는 이미 고시 준비에 박차를 가하고 있어야 했다. 그런데 나는 그때까지도 전공과목을 제쳐놓고 주로 철학과 문학 그리고 종교 등에 관한 책들만 골라 읽으면서 시간을 보내고 있었다. 그뿐이 아니었다. 역시 명강의로 소문난 김형석 교수님의 철학 강의를 듣기 위해 연세대를 드나들기도 했고, 국보(國寶)를 자처하던 양주동 박사님의 문학 강의를 도강하려고 동국대를 찾기도 했다.

주일이면 그 당시 교적을 두고 있던 서울 침례교회 말고도 한경직 목사님과 강원용 목사님이 시무하시는 교회를 전전하며 유명한 설교를 듣기에 바빴다. 세계적인 부흥사인 빌리 그레이엄 목사의 부흥회 집회까지도 기를 쓰고 참석을 했다.

한편 농활에서 만난 그녀와는 강의가 없는 날이거나 주말이면 수시로 만나 극장과 음악 감상실을 드나들며 만남을 이어갔다. 그러다 보니 학습계획에 큰 차질이 생겼고 초심이 흔들리기 시작했다. 차라리 철학이나 영문학으로 전공을 바꾸어볼까? 아니면 신학교를 나와 저명한 목회자나 부흥사로 나서는 것은 어떨까?

그러나 그것은 현실을 외면한 망상이었고, 호사스러운 공상일 뿐이었다. 그 후 형이 제대하고 돌아왔다. 며칠 동안 나를 지켜본 형은 나더러 예비고시에 응시해보라는 것이었다. 그때는 대학 2년 수료의 학력이 없더라도 예비고시에 합격하면 곧바로 고등고시 응시자격을 얻는 시험 제도가 있었다. 나는 크게 당황했다. 스스로를 다시 한번 되돌아보았다. 그때만 해도 서울 법대에 들어갔다면 반 출세는 한 것으로 여기기도 했다. 그만큼 서울 법대생의 고시 합격률이 크게 높았기 때문이다.

그래서 형은 잔뜩 기대를 갖고 예비고시 응시를 제의했을 테지만 나는 그때까지 엉뚱한 곳에 한눈을 팔고 다닌 셈이었다.

　가족들의 기대를 저버리고 허송해버린 10여 개월이 너무나 아까웠다. 더는 방황할 때가 아니었다. 다시금 초심으로 돌아가야만 했다. 지금 생각하면 그때까지 독파했던 그 많은 책들이 훗날 내 인생을 살아가는데 유익한 밑거름이 되었고 길잡이가 되었기 때문에 그때의 외도가 꼭 후회만할 일은 아니었다는 생각이 들기도 한다. 특히 기독교 고전으로서 내가 읽은 단테의 『신곡』과 『어거스틴 참회록』, 그리고 토마스 아 켐피스의 『그리스도를 본받아』는 지금까지 내 신앙의 든든한 초석이 되었고, 삶의 등대가 되고 있다.

정상 정복을 위한
피땀 어린 도전

• • •

철두철미한 전략 수립

미로에서 벗어나 제정신을 차리고 보니 우선 주변 정리가 필요했다. 나는 먼저 삭발부터 했다. 머리가 길면 감고 빗질하고 긁고 자꾸 깎는 등 여간 신경이 쓰이는 것이 아니었고 그 시간이 아까웠기 때문이다. 다음으로 그녀와 절교를 선언했다. 물론 고시 합격 때까지라는 단서를 붙이긴 했지만 확실한 재회를 기약할 수 없는 일방적인 결별 선언이었다. 끝으로 도서관을 옮겼다. 대학 본부의 중앙도서관은 이용 시간에 제한이 있었으나 법대 도서관은 거의 24시간 내내 문을 열어놓고 있었고, 무엇보다도 경쟁 상대들과 직접 대결을 하다 보면 큰 자극제가 될 수 있었기 때문이었다. 주변 정리를 끝내고 배수의 진을 친 나는 곧바로 목표 달성을 위한 전략 수립에 착수했다. 매사가 그렇듯이 결심만으로는 아무것도 이루어지지 않는다. 반드시 실행을 해야 한다. 실행을 하되 면밀히 검토된 전략에 따라 합리적인 노력을 지속적으로 기울여야 한다. 드디어 1학년 겨울방학 때부터 고시 정복을 위한 필사의 도전이 시작되었다.

어떤 목표를 달성하려고 전력투구하기 위해서는 그 목표를 달성해야 하는 절실한 필요성과 강렬한 동기가 마음속에 선명히 각인되어야 한다.

나는 당초 법대 지망을 할 수밖에 없었던 이유를 다시 한번 떠올렸다. 돈도 없고 백도 없는 나로서는 지긋지긋한 가난에서 벗어나기 위해서는 남보다 뛰어난 두뇌를 활용, 공정한 국가고시에 합격하는 것만이 내가 선택할 수 있는 가장 빠른 성공의 길임을 거듭거듭 마음속 깊이 새겼다. 그리고 좌우명도 보다 구체적이고 자극적인 것으로 선택했다.

"노력, 그리고 인내야말로 쓰라린 인생을 광명으로 이끄는 참된 안내자다. 살아서 굴욕을 받느니보다 차라리 분투 중에 쓰러질 것을 택하라."

처음 시작한 법학 공부

명색이 법대생이라면서 법학은 거들떠보지도 않고 외도만 일삼던 나는 그때부터 본격적인 법학 공략에 나섰다. 그때 당시 고시 과목은 국사, 헌법, 행정법, 민법, 민사소송법, 형법, 형사소송법 등이 필수였고 선택과목은 많았으나 나는 그중에서 국제법과 형사정책을 선택했다.

무슨 일이고 계획을 추진함에 있어서는 각 단계별로 그 달성 일자를 분명히 못 박아둘 필요가 있다. 그래야만 나태를 방지하고 그날그날의 목표량을 소홀히 하거나 다음으로 미루는 것을 예방할 수 있다. 나는 고시 과목 전체를 6개월 안에 일독을 끝내기로 했다. 우선 법학개론부터 일독을 했다. 그러고는 곧바로 법철학을 읽었다. 원래 법철학은 법대에서도 고학년 때에나 강의하는 과목이다. 그러나 나는 달리 생각했다. 본격적인 법공부에 앞서 도대체 법이란 무엇이며 법을 지배한 기본 이념과 근본 사상은 시대적으로 어떻게 변천해왔는지를 대강은 미리 알아둘 필요가 있었기 때문이었다. 다음은 헌법을 읽고 이어서 방대한 민법 공략에 착수했다. 그때까지는 당초의 독서 계획표대로 차질 없이 실행해나갔다. 그런데 예상치 않던 국가적인 대사건이 발생하게 되었다.

4·19 혁명의 발발

1960년 4월 19일. 여느 때와 다름없이 아침 7시부터 도서관 구석진 곳에 자리를 잡고 독서에 몰두하고 있었다. 그런데 오전 10시가 지나자 도서관 안팎의 분위기가 뒤숭숭하더니 급기야 수십 명의 대학생들이 도서관까지 난입했다. "지금이 어느 때인데 너희들은 한가하게 책만 읽고 있느냐. 너희들은 나라 일도 걱정이 안 되느냐. 너희들도 이 나라 국민이요 지성인이냐?"라는 식으로 고함을 치며 칸막이를 부수거나 독서대를 집어던지며 한동안 소란을 피우고 나갔다. 서울 문리대 정치학과와 사회학과 학생들이라고 했다.

독서만 하고 있을 분위기가 아니었다. 잠시 후 법대 정의의 종 앞에 수백 명의 시위대가 모여들기 시작했다. 문리대와 수의대, 그리고 법대와 미대 학생들이 함께 모인 것이다. 시위를 해야 할 이유와 그 방법 그리고 행선지 등을 대충 토의한 서울대학교 시위대는 원남동 로터리를 돌아 종로 4가 동대문 경찰서 앞까지 진출했다. 그 경찰서 앞에서 잠시 구호를 외치다가 별다른 저지를 받지 않고 종로를 거쳐 태평로에 있던 국회의사당까지 갔다.

그곳까지 가는 동안 가두에 늘어선 시민들은 "부정선거 다시 하라, 독재 정권 물러가라."라고 구호를 외치는 대학생들에게 박수를 보내기도 하고 마실 물을 퍼다 주는가 하면 미리 준비한 머리띠와 손수건 등을 나누어주기도 하며 뜨겁게 격려하고 호응해주었다. 법대생들은 "대한민국 생명선이 대법원에 달려있다."라는 구호를 따로 외치기도 했다. 대법원이 신속하게 부정선거 무효 판결을 선고해야 한다는 취지에서였다.

국회 앞 광장에 모인 서울대 시위대는 무려 2시간이 넘게 이승만 정권의 독재와 부패, 그리고 부정선거를 규탄하며 열띤 난상토론을 벌이는 한편, 당시 이효상 국회의장의 면담을 요청, 부정선거에 대한 대책을 캐묻기도 한 후 경무대를 향해 자리를 옮겼다. 그러는 사이에 물불을 가리지 않는 순진한 고교생들이 무턱대고 경무대를 향해 질주하며 시위대의 맨 선봉에 나선 상태에서 대학생 시위대들이 그 뒤를 이어 몰려와서 격렬한 시위를 계속하자 다급해진 경찰은 처음에는 소방 호스로 물을 뿌리다가 끝내 발포를 시작했고 앞서있던 고교생과 바로 뒤 대학생 시위대의 사상자가 속출했다.

그러자 사상자들의 피를 본 시위대와 일부 시민들은 극도로 흥분하여 지나는 차량들을 무조건 탈취한 후 시내 중심가를 질주하여 경무대의 만행을 알리는 한편, 권력의 주구 노릇을 한 각 경찰서와 파출소 등 공공건물에 방화를 거듭했다.

이승만 정권의 충실한 나팔수였던 서울신문사도 바로 그날 저녁 때 서울대 시위대가 지켜보는 앞에서 화염에 휩싸이고 말았다. 그 후 이승만 대통령이 하야하기까지 며칠 동안은 전국이 혼란의 도가니에 빠졌고, 특히 수도 서울은 무정부 상태에서 혼란이 극에 달했다. 그렇기 때문에 대부분의 대학생들이 거리로 뛰쳐나와 질서 회복에 안간힘을 썼고, 나 같은 고시파 학생들까지도 교통정리에 임하기도 하고 거리 청소를 거들기도 했다.

계속되는 강행군

4·19로 촉발된 정국의 혼미는 쉽게 가라앉지 않았고 덩달아 대학가의 분위기도 어수선하기만 했다. 특히 법대 강의실과 도서관은 눈에 띄게 빈자리가 늘어만 갔다. 고시생들이 독서에 전념할 수 있는 조용한 곳을 찾아 떠나버린 탓이었다. 대부분 절간이나 한적한 산골의 독방을 선호했다. 그러나 나는 그럴 형편이 못 되었기 때문에 법대 도서관 구석 자리를 그대로 지키며 고시 준비를 계속했다. 굳이 구석 자리를 차지한 이유가 있었다. 출입구 부근은 늘 소란했고 중간쯤에 앉다 보면 지나가는 친구나 선배들과 마주쳐 잡담을 하게 되어 독서에 몰두할 수가 없었기 때문이다.

당시 법대에서는 매 강의 시간마다 출석을 체크하지 않고 교무실 앞에 놓은 책상에 각 학년별로 출석부를 비치해놓고 출석한 학생은 해당란에 도장을 찍게 하고 있었다. 고시 준비에 전념하다 보면 여느 대학생들처럼 매일 출석하여 꼬박꼬박 강의를 들을 수가 없는 형편이었다. 그렇기 때문에 학교에 나올 수가 없는 친구들은 나같이 착실하게 도서관을 지키는 친구들한테 아예 도장을 맡겨놓고 출석부에 날인토록 했다.

학교 당국에서도 그런 사정을 모를 리 없었으나 고시 준비생들의 특수 사정을 감안하여 출석하지 않고도 출석으로 인정되는 사례를 사실상 묵인하고 있었다. 나도 10여 개의 친구들 도장을 갖고 있으면서 매일같이 출석부에 도장을 열심히 찍어주었다. 어떻든 나도 매일 학교는 나가지만 꼬박 강의를 듣는 것은 아니었고 꼭 필요한 과목만 강의를 듣고 출석부에는 모든 강의를 다 듣는 것으로 도장을 찍었다.

도시락 2개를 싸 들고 아침 7시경 도서관에 틀어박히면 한두 과목 강의 듣는 시간을 빼놓고는 통금 시간이 다 되도록 책과 씨름을 했다. 잠은 5시간 넘게 자본 적이 없다. 흡사 고3 시절을 방불케 하는 강행군이었다.

그러나 고시 준비는 대입 준비와 달라 장기전을 예상해야 했기 때문에 잠자는 시간을 2시간 더 늘리고 새벽 5시 반쯤 일어나 거의 매일 집 위의 남산을 올랐다. 집에서 남산 중턱의 약수터까지는 뛰어서는 왕복 40분, 걸어서는 1시간 남짓 거리였다. 나는 몸에 땀이 배도록 달리기도 하고 걷기도 했으며 약수터 부근 개울에서는 냉수마찰로 체력을 단련하고 동트기 전의 어두운 산속에서 악을 써가며 목표 달성을 다짐하기도 했다. 유산소 운동으로 체력을 단련하고 호연지기를 기른 셈이다. 그렇게 강행군을 한 끝에 2학년 1학기 말쯤 되어서는 계획대로 고시 과목 전체의 1회독을 마칠 수 있었다.

숯장수로 나선 아버지

군에서 제대한 형은 곧바로 복학하여 고시 준비에만 매달렸고 나는 나대로 공부에만 전념하다 보니 아버지의 부담은 갈수록 커질 수밖에 없었다. 게다가 어머니마저 건강이 좋지 않으셔서 벌이를 그만두셨다. 걱정이 태산 같았던 아버지는 어느 분의 소개로 그때까지의 지게 품팔이를 그만두시고 동업으로 숯장수를 시작하셨다. 트럭을 빌려 타고 강원도 산간 오지의 숯가마를 찾아가서 숯을 섬 단위로 싸게 사다가 서울 시내와 외곽을 돌며 주로 음식점이나 주택가의 주부 등을 상대로 약간의 이문을 붙여 파신다고 했다. 지게를 지실 때보다 훨씬 고단했지만 수입은 몇 배나 좋다고 하셨다.

그런데 하루는 밤이 늦었는데 아버지가 동업자의 등에 업히어 돌아오셨다. 어둑어둑해질 무렵 숯을 팔기 위해서 트럭에서 숯섬을 내려놓고 뛰어 내리시다가 발을 잘못 디디서서 왼쪽 발목을 크게 다치셨다는 것이었다. 지금 같으면 당장 병원으로 가서 우선 엑스레이를 찍고 의사의 지시에 따라 깁스를 하거나 물리치료를 받으셨어야 했는데 옹색하기만 했던 아버지는 병원은 아예 가볼 생각을 않으시고 한약방에서 며칠 동안 침과 뜸질로 대충 치료를 받으실 뿐이었다. 그것이 원인이 되어 아버지는 돌아가실 때까지 왼발을 절뚝거리는 불구의 몸이 되고 마셨다. 아버지도 그때 일을 생각하면 서럽고 회한이 되시는지 가끔 눈물을 흘리시곤 하셨다.

"찌는 더위 눈보라를 가리지 않으시고 오직 자식들의 성공만을 바라시며 궂은일, 힘든 일을 도맡아 하신 내 아버지 여기 잠드시다."

내가 아버지의 비문에 새겨드린 글귀의 한 토막이다.

참으로 형과 나는 부모님께 섬김을 다하지 못한 불효자식들이다.

아버지에 대한 기억을 더듬다 보니 몇 해 전 인터넷에 띄워져 많은 이들에게 잔잔한 감동을 주고 화제를 불러일으켰던 작자 미상의 한 편의 글이 생각난다. 제목은 '아버지는 누구인가'이다.

'울 장소가 없어서 슬픈 아버지. 손수 모범을 보이라는 속담에 남몰래 콤플렉스를 느끼는 아버지. 남자다워야 한다는 사슬에 스스로를 묶어 힘들고 지쳐도 내색하지 않고 무거운 짐을 나눠지지도 못한 채 묵묵히 혼자서만 견뎌온 아버지!'라는 표현은 언제 읽어봐도 늘 가슴을 메게 한다.

늘어나는 독서 횟수와 움트는 자신감

나의 독서습관

저마다 나름대로의 독서 습관이 있듯이 나도 그렇다. 나는 책을 펴면 제일 먼저 목차를 몇 번 훑어본다. 그러고는 첫 장부터 마지막 장까지 별 신경 쓰지 않고 가벼운 마음으로 대충대충 속도를 내서 읽는다. 묵직한 내용의 책은 한 번 더 위와 같은 속독을 한다. 그런 다음부터는 정독을 한다. 앞뒤의 내용을 자세히 살피며 이해가 잘 안 되는 부분은 체크 표시를 하고 중요한 대목을 만나면 밑줄도 그으면서 몇 번 더 읽는다. 끝으로는 숙독을 한 후 마무리를 짓는다.

혹서기(酷暑期)의 독서

2학년 1학기 여름방학을 맞았다. 바캉스는 생각지도 않았지만 더위를 피해 조금은 시원한 곳을 찾아 독서에 집중할 수 있었으면 했다. 하지만 그럴 수가 없었던 나는 찜통 같은 도서관 구석지에 틀어박혀 독서를 계속해야만 했다. 에어컨은 물론이고 그 흔한 선풍기 한 대도 없이 연신 부채질을 해가며 더위를 쫓아보기는 했으나 찌는 듯한 삼복더위와 싸우며 책을 읽는 일은 문자 그대로 고역이었다. 러닝셔츠에 염색한 군복을 잘라 만든 반바지만을 입고 머리에는 물수건을 동여매고 무더위와 싸워가며 책과 씨름했던 시절을 회상하면 그 모습이 우습기도 하지만 그때의 그 고난과 고역이 훗날 내가 법조의 길을 걸을 수 있게 한 초석이 되었음은 물론이다.

거듭되는 법서 정복

전 고시 과목의 일독을 마친 나는 4학년 1학기쯤 해서 고시에 도전하기로 하고 2학년 2학기 때부터는 1년 안에 각 과목별로 최소한 3, 4회씩 정독을 마치기로 계획을 세웠다. 정독을 거듭하면서 출제 가능성이 희박하거나 출제 빈도가 낮은 항목들은 아예 뛰어넘고 중요 부분 위주로 집중 공략을 하다 보니 독서 진도도 훨씬 더 빨라졌고, 고시에 대한 자신감도 서서히 움트기 시작했다.

드디어 독서에 가속도가 붙기 시작했고 독파를 거듭할수록 메마르고 딱딱하게만 느껴왔던 법학 공부의 진미를 느끼다 보니 무척 힘은 들었지만 가슴은 보람에 차서 뿌듯했다.

비장한 각오

시간이 참으로 빠르게 흘렀다. 드디어 3학년 1학기를 맞았다. 절간으로 들어가 버린 동급생들과는 달리 2학년까지만 해도 고시 과목에 대해서는 착실히 강의를 들어왔다. 그러나 3학년에 올라와서는 달라져야 했다. 고시 정복을 딱 1년 정도 앞두고 있었기 때문이었다.

나는 김증한 교수님의 민법과 유기천 교수님의 형법 강의를 제외하고는 일체 다른 강의는 듣질 않고 오직 고시 과목 위주로 정독에 숙독을 계속하면서 독파해나갔다.

그때쯤에는 각 과목별로 주요 항목들을 일목요연하게 정리한 서브 노트도 거의 완성이 되었다. 수면시간도 줄이고 새벽 등산도 중단한 채 다시 고3 2학기 시절로 돌아가서 최후의 일전을 준비하기에 여념이 없었다.

뜻밖에 날아든 엽서 한 장

1학기가 중간쯤 지나고 있던 초여름 어느 날이었다. 그날도 출석부에 도장을 찍으려고 교무실 앞을 찾았다가 우연히 그곳의 우편함을 뒤져보았다. 지방에 내려가 있는 친구들이 고시 정보가 필요하거나 도서 구입을 원할 때면 나에게 가끔 우편물을 보내오곤 했기 때문이다.

그런데 뜻밖에도 그녀가 보낸 엽서 한 장이 눈에 띄었다. 한 번만 더 만나자는 내용이었다. 내 일생 처음으로 연정을 느끼게 한 그녀, 서로 사랑을 하면서도 미처 그 고백을 못했던 나와 그녀였다. 내 첫사랑이었다. 잊으려고 어지간히 노력을 했지만 그래도 그립기만 했던 그녀였다. 종로 2가 '디·쉐네'에서 그녀를 만났다. 그녀와 가끔 만나던 음악 감상실이었다. 1년

반 만에 만난 그녀의 얼굴은 창백했고 수심이 가득해 보였다.

찻잔만 홀짝거릴 뿐 한참 동안 말이 없던 그녀가 드디어 입을 열었다. 그녀의 아버지는 그 당시 문교부(지금의 교육인적자원부)의 고급 공무원(국장급)으로 재직해오셨는데 부하 직원이 저지른 부정 사건에 연루되어 재판까지 받고 불명예 퇴직을 하고 말았다는 것이었다.

지금도 그렇지만 그때에도 직무와 관련된 범법 행위로 재판을 받고 불명예 퇴직을 할 경우에는 아무리 장기간 근속을 했다 하더라도 퇴직금을 전액 또는 일부를 지급하지 않는 제도가 있었다. 그녀는 아버지가 퇴직금을 거의 못 받고 한참 일을 하실 나이에 갑자기 퇴직을 당했기 때문에 가정 형편이 너무 어려워져서 대학 졸업을 꼭 1년 앞두고 신학기 등록을 포기해 버렸다고 했다. 그러면서 부모님들이 대구에서 고등학교 교편을 잡고 있던 아버지 친구 분의 장남과의 결혼을 서두르면서 성화를 내신다고 했다.

마침내 그녀는 고개를 떨구며 눈물을 흘리기 시작했다. 그녀에 대한 짠한 생각에 나는 나대로 가슴이 미어지는 것 같았다. 이윽고 나는 그녀를 데리고 혜화동 고갯마루에 있던 동굴 속 학사주점을 찾아갔다. 주머니가 가벼운 대학생들이나 가난한 연인들이 주로 찾는 퍽이나 낭만적인 술집이었다. 나는 그때까지만 해도 술과 담배를 제대로 배우지 못하고 있었다.

그러나 그날만은 달랐다. 취하도록 실컷 마시고 싶었다. 미치도록 마시고 싶었다. 그녀와 나는 한동안 말없이 주거니 받거니 술만 퍼마셨다. 술이 약한 나는 몇 잔 기울이자 취기가 돌았다. 술에 취한 나는 푸념을 늘어놓기 시작했고 그녀는 말없이 들으면서 눈물만 흘리고 있었다. 술의 힘을 빌려 뒤늦은 사랑 고백을 했던 모양이다. 그 술집 벽에는 술 취한 대학생들이 갈겨놓은 낙서들이 빼꼭했다. 나도 그 여백에 뭐라고 흔적을 남겼다.

아마도 사랑을 하면서도 붙들지 못하는 못난 나의 서글픈 심정을 써놓았으리라 짐작이 간다.

어떻든 나와 그녀는 통금이 임박하도록 술을 더 마셨고 몸을 제대로 가누지 못할 정도로 취해버린 나는 그 근처 삼선교의 어느 허름한 여인숙에서 처음이자 마지막으로 그녀와 함께 하얀 밤을 지새웠다. 그것으로 우리 둘의 만남은 끝이 났다. 그러나 아직껏 그녀의 이름은 내 가슴에 묻힌 채 잊히질 않는다.

정상을 눈앞에 둔 마지막 사투

그녀와 헤어진 후 한동안은 좀처럼 책이 손에 잡히질 않았다. 그러나 그 것은 '호화스러운 방황'이었다. 정상 정복을 눈앞에 둔 나로서는 그럴 만한 여유가 없었다. 단 1시간의 허송도 용납되지 않았다. 다시금 법서 공략에 집중했다. 기본서와 참고서를 중요 항목만 골라 암기하며 독파를 거듭했다.

이미 요점 정리가 끝난 서브 노트를 암기하는 한편 폭넓게 수집한 고시 정보에 따라 기출문제와 예상문제 그리고 수년간 고시 위원을 역임한 각 대학 교수님들이 고시 관련 잡지나 학술지에 게재한 주요 논문과 기말고사 문제 및 일본의 고시 기출문제를 입수하여 철저하게 정독을 하며 답안 작성도 반복했다.

한편 이미 두세 번씩 낙방 경험이 있는 고시 선배들 및 책벌레로 소문이

난 몇몇 동료들과 나는 1주일에 두 번씩 도서관 휴게실에 모여 각자 수집한 고시 정보를 교환하고 각 과목별로 출제 빈도가 높거나 출제 가능성이 많은 문제들에 대해서는 집중토론도 하고 각자가 작성해온 답안지를 바꿔보며 객관적인 입장에서 평가도 해왔다. 지금으로 말하면 일종의 그룹 스터디를 계속한 셈이다.

그렇게 하다 보니 학습 능률도 최고조에 달했고 자신감도 점점 커졌다. 그때까지만 해도 지금처럼 1차 시험은 객관식, 2차 시험은 주관식으로 출제하는 것이 아니라, 곧바로 주관식 논문 형식으로 단 한 번 시험을 치렀다. 그렇기 때문에 간결하고도 요령을 갖춘 논문 작성법도 익혀야 했고 법률 과목 특유의 답안 작성 요령도 세심하게 주의를 기울여 연습했다. 특히 내가 고득점을 노리던 전략 과목에 대해서는 판례의 동향과 입법론적 고찰까지를 곁들여 완벽하게 대비를 했다.

역시 고시에도 서울대 입시처럼 과락 제도가 있었기 때문에 한 과목이라도 40점 미만을 득점할 경우에는 무조건 불합격 처리가 되었다. 그래서 어느 한 과목도 소홀할 수가 없었다. 그러나 평균 점수가 높은 순서대로 합격자를 결정하기 때문에 평균 점수를 남보다 더 높이기 위해서는 자기가 가장 자신이 있거나 득점이 용이한 과목을 택해서 고득점 전략을 세우는 것이 필수였다. 그것을 고시생들은 '득의 과목'이나 '전략과목'이라 불렀다.

아무튼 3학년 2학기도 중간쯤에 접어들었고 이듬해 본고시가 수개월 앞으로 다가오자 고시 준비생들의 눈에는 핏발이 섰고 경쟁은 살벌할 정도로 치열해갔다. 머지않아 마지막 스퍼트를 내야 할 때가 바짝 가까워지고 있었다.

피로 물든 책갈피

마지막 결전의 날이 다가옴에 따라 독서에 피치를 올리고 있을 때인 그해 늦가을 오후였다. 몇 그루 안 되는 대학 본부의 마로니에 잎도 이미 시들고 대학로의 플라타너스 잎새도 낙엽 되어 스산하게 흩날리고 있던 어느 날이었다.

아침부터 피로감이 더해오고 기침이 자주 나오고 신열이 나기도 했다. 그러나 나는 거기에 개의치 않고 평소와 다름없이 독서에만 전념하고 있었다. 그런데 오후 3시쯤 갑자기 어지럽고 눈이 가물거리더니 마침내 피를 토하고 말았다. 각혈을 한 것이었다. 읽고 있었던 책갈피는 붉은 피로 흥건히 젖어 들었다. 놀란 주위 친구들이 나를 서울대병원 응급실로 옮겼고, 나는 그곳에서 세밀한 진단과 각종 검사를 받았다. 의사는 먼저 나의 병력과 당시의 자각증상에 대해서 물었고 나의 안색과 영양 상태 등을 살핀 후 목의 임파선이 잡히는지를 만져본 후 혈액 및 객담 검사를 받게 하였고 여러 장의 엑스레이 단층 촬영을 한 후 내일 결과를 보러 오라고 했다. 불안하고 초조해서 밤잠을 이룰 수가 없었다. 거의 뜬눈으로 밤을 새운 후 중죄를 범한 피고인이 선고를 기다리는 심정으로 다음 날 의사를 찾아갔다.

담당 의사는 결과를 말하기에 앞서 나를 보자마자 나의 가정환경부터 물었다. 숨김없이 있는 그대로 말했다. 그랬더니 의사는 손을 이마에 얹은 채 한참 동안 말이 없었다. 의사의 일련의 제스처로 보아 불길한 예감이 들었다. 그때까지의 자각증세로 보아 결핵일 수도 있다는 예상은 했지만 의사의 심각한 태도를 보니 더욱 안달이 났다. 나는 다그쳤다. 급기야 의사가 말문을 열었다. 여러 가지 검사 결과와 진찰한 소견을 종합해보니 폐결핵 중증이라고 최종 진단을 내렸다. 나는 또다시 망연자실했다. 아니 경악하고 말았다. 나는 발악하듯이 따져 물었다.

중증이라면 도대체 어느 정도의 증상을 말하는 것이냐고 대들어 물어보았다. 그러자 의사는 잠시 머뭇거리더니 중증 중에서도 '몹시 심한 증상'이라며 말문을 닫았다. 그렇다면 나는 폐결핵 말기 증상에 가깝다고 받아들이지 않을 수 없었다. 나는 '조건부 사형선고'를 받은 셈이었다.

그 당시 의학용어는 아니지만 일반인들은 폐결핵 말기 증세를 흔히 '폐결핵 3기'라고 부르곤 했다. 게다가 내 친척 중에서도 심한 폐결핵 증세로 3년여를 투병하다가 젊은 나이에 세상을 떠난 사례까지 떠올라 불안한 마음을 떨쳐버릴 수가 없었다.

이윽고 의사는 가정 형편상 아무리 고시 합격이 급하다고 하더라도 앞으로 최소한 1년 동안은 절대로 책을 손에 쥐지 말 것과 공기 맑은 조용한 곳을 찾아가서 절대 안정을 취하면서 요양을 하되, 영양을 골고루 섭취하고 약물요법을 정기적이고 지속적으로 실시해야 한다며 자세한 소견서와 함께 처방전을 내주며 서울대학교 보건 진료소를 찾아가라고 했다.

당시 서울대 보건 진료소는 서울 의대 구내에 위치에 있었는데 그곳에서는 서울대학교 재학생들의 보건 진료와 건강 상담을 맡아오고 있었다. 나는 곧바로 진료소를 찾아가 진료소장을 만났다. 그분도 50대 초반으로 보이는 의사였는데 퍽 자상하고 인자한 모습이었다.

주로 일반 외래환자를 다루는 대학병원 의사와는 달리 진료소장은 재학생을 상대해야 하는 그 직책 때문이었는지 아니면 내가 가난한 고시 준비생이어서 동정심이 생겨서 인지는 몰랐으나, 아무튼 그분은 나를 친동생처럼 따뜻하게 대해주면서 앞으로의 치료방법과 그 예상 기간, 그리고 예상되는 치료비 및 요양비와 치료 시의 주의사항 등을 자세히 설명해주었다. 그분도 역시 최선을 다해서 치료에만 전념하게 될 경우 1년 정도면 증세가 많이 호전될 수 있으니까 그동안 고시에 대한 미련을 깨끗이 버리고 책을 멀리하라고 신신당부를 했다. 그러고는 약물치료에 관해서 상세히 설명해주었다. 폐결핵 치료제로는 당시 상용 중이던 나이드라지드와 파스를 정기적으로 복용하고 항생제 주사약인 스트렙토마이신을 병행해서 맞는 것이 치료 효과를 더욱 높일 수 있다고 일러주었다. 그런 후 앞으로 치료 과정에서 의문점이 생기거나 어려움이 있으면 언제든지 자기를 찾아와서 상담도 하고 도움을 받으라고 했다.

원래 서울대 보건 진료소는 서울대 재학생과 현직 교직원들만이 혜택을 받을 수 있고 휴학생이나 졸업생은 그 대상이 될 수 없었지만 진료소장이 휴학을 할 수밖에 없는 나의 딱한 사정을 감안해서 그렇게 깊은 배려를 해준 것으로 기억된다. 참으로 고맙다는 생각이 들었다. 그러나 나는 온몸에 힘이 빠지고 두 다리가 휘청거려 한 발짝도 걸을 수가 없었다. 가까스로 진료소를 빠져나와 부근 함춘원 뜰에 놓인 벤치에 몸을 내려놓았다. 날씨가 찬 데다가 늦은 오후 시간이라 인적이 뜸했다. 음산한 바람만이 앙상한 나뭇가지를 흔들 뿐 주위는 사뭇 고요했다.

갑자기 고독이 엄습해왔다. 멀리 외딴섬에 혼자 버려진 느낌이 들었다. 외롭고 서러운 생각에 나도 모르게 눈물이 흘러내렸다.

역시 친구가 제일 가까운 존재였나 보다. 나는 절친한 친구 기수 군을 불러냈다. 옥인동 친구네까지 갈 차비도 없었고 걸어갈 힘도 없어서였다. 나는 친구와 함께 싸디싼 대폿집을 찾았다.

당시 법대 입구에는 간단한 안주에 막걸리를 파는 대폿집이 서너 군데

있었다. 단골 학생한테는 외상술도 주고 술이 부족한 듯싶으면 덤으로 막걸리를 듬뿍 퍼주기도 하고, 나 같이 낯이 익지 않는 학생들한테도 손목시계나 책 한 권 맡기면 외상술을 팔던 곳이었다. 나는 학생증을 맡기고 막걸리를 시켰다.

그 친구도 나처럼 술이 약했다. 둘이는 한참을 말없이 술만 마셨다. 내 심상치 않은 표정을 보고 눈치를 챘는지 친구는 자꾸만 나한테 술잔을 건네며 말문 열기를 재촉하는 기색이었다. 막걸리를 어지간히 들이켠 나는 그동안 내 신상에 벌어진 사연들을 주섬주섬 더듬거리며 털어놓았다. 그녀와의 슬픈 이별과 조건부 사형선고를 받은 경위 등을 듣고 난 친구는 크게 놀라면서 눈시울을 붉혔다.

이윽고 친구는 내 손을 감싸 쥐며 그래도 상심하지 말고 용기를 내서 닥친 시련을 반드시 이겨내야 한다고 위로와 격려를 계속하는 것이었다.

우리 두 사람은 문리고등공민학교 야간부에서 처음 만나 친형제처럼 지내왔기 때문에 서로의 불우한 가정환경과 온갖 고생을 무릅쓰고 그날까지 지내온 사연을 누구보다도 잘 알고 있었다.

그날 우리는 술잔을 연거푸 기울이며 서러웠던 과거와 슬픈 그때의 현실을 얘기하다가 부둥켜안고 울기도 많이 하였다.

우리들이 연출한 슬픈 장면과는 대조적으로 그 술집 벽에는 법대생들의 익살스러운 낙서가 가득했다. "뛰고 나는 천재들이 다 모여들어 육법전서 맡겨놓고 술 퍼마시며 고등고시 핑계 삼아 연애만 하니 부모님과 애인에게 크나큰 고통~."

법대생들의 일그러진 낭만을 희화화한 낙서였지만, 나에게는 그런 낭만을 구가할 자격조차 주어지지 않았다.

생과 사의 갈림길

열세 살 어린 나이에 고학을 해서라도 그 지겨운 가난에서 벗어나 보겠다고 서울로 올라온 나였다. 그 후 3년 넘게 온갖 고생 다하며 형의 공부 뒷바라지를 도맡아 했고 다시 3년 가까이 혼자의 힘으로 악착같이 분투노력해서 정상적인 교육을 받고도 힘들다던 서울 법대에 합격을 했다. 법대에 들어가서도 법서가 아닌 폭넓은 독서로 교양을 넓힌 다음 곧바로 고시 준비에 착수, 2년이 넘게 그 많은 악조건을 무릅쓰고 오로지 고시 준비만을 목표로 온갖 정성을 다해온 내가 아니었던가?

그런 나에게 조건부 사형선고가 내린 것이다. 이는 책을 덮고 1년 이상 제대로 치료를 않는다면 끝내 죽고 만다는 최후통첩이 아니던가? 하늘도 정말 무심했다.

나에게 죄가 있다면 그 지긋지긋한 가난에서 벗어나 내 부모 형제도 남같이 사람답게 살게 하기 위해서 못 먹고 안 자며 공부만 한 죄밖에 없지 않은가?

아무런 대상도 없었지만 너무나 억울하고 분했다. 그렇다면 밀어닥친 이 무거운 시련을 극복할 수 있는 대책은 과연 무엇이란 말인가? 안정요법과 대기(신선한 공기)요법을 쓰고 영양요법과 약물치료를 병행하라는 의사들의 처방은 정확하고 당연한 것이었다. 그러나 문제는 어려운 가정 형편이었다. 나이 드신 불구의 아버지가 혼자 벌어서 다섯 식구의 생계를 꾸려가기도 힘든 형편인데 거기서 약값과 요양비까지 염출해낸다는 것은 전혀 불가능한 일이었다.

형의 고시 준비에도 차질이 생길 것은 뻔한 일이었고, 시름시름하시던 어머니의 건강도 걱정이 앞설 뿐이었다. 그렇다고 정말로 내가 살아날 길은 없는 것일까? 기적이 일어나지 않는 한 다른 방법은 없을 것만 같았다.

몇 날을 두고 되풀이 생각을 해봐도 묘책은 발견할 수가 없었다. 목회자님들과 상담도 해보았지만 낙심 말고 쉼 없이 기도하라는 말씀밖에 들은 것이 없었다.

관할 보건소도 찾아가 보았다. 우선 필요한 치료제라도 무상으로 공급받을 수 있는지를 알아보았다. 거기서도 실망만을 안겨주었다. 국가에서도 뒤늦게나마 망국적 전염병인 폐결핵의 심각성을 인식하고 범국가적으로 결핵 퇴치 운동을 시작하긴 했으나, 열악한 재정 형편 때문에 그 많은 결핵환자들에게 필요한 약을 제때에 충분히 공급해주기는 어렵다는 설명이었다.

한마디로 운이 좋으면 치료약을 타 갈 수도 있지만, 그렇지 못할 때는 자비로 사서 복용해야 한다는 것이었다. 결국 남는 것은 절망뿐이었다. 절망은 곧바로 죽음을 떠올리게 했다.

결연한 최후의 선택

고민하다가 나는 스스로 목숨을 끊기로 작심하였다. 이 세상을 등지고 싶었다. 그래서 나는 여러 군데의 약국을 돌며 수면제(세코날로 기억된다)를 사서 모았다. 30알은 족히 될 것 같았다.

나는 마지막으로 법대 도서관의 구석진 내 자리에 앉았다. 자는 시간 외에는 도서관에서 살다시피 했던 나는 아예 도서관에 내 지정석이 있을 정도였다. 나는 바로 그 자리에서 2년 넘게 내 목표 달성을 위해 있는 정열을 쏟으며 분투하다가 피를 토하고 쓰러졌던 것이다. 지금은 다시 그 자리에서 삶을 마감하는 유서를 쓰기 위해 앉은 것이다.

유서는 2통을 썼다. 형과 기수 친구한테 보내는 것이었다. 유서 내용은 간단했다. 죽음의 변(辨)을 요약한 후 내가 죽으면 결코 무덤을 만들지 말고 화장해서 어느 강물에 뿌려달라는 부탁이었다.

수면제와 유서까지 준비한 나는 다니던 교회를 찾았다. 끝까지 하나님께 매달리고 싶어서였다. 울며 드린 마지막 기도문이다.

"인간의 생사화복을 주관하시고 자비로우신 내 하나님 아버지, 결코 감당할 수 없는 시련을 주지 않으시는 하나님임을 믿습니다. 저는 지금, 당초 저에게 생명을 주신 당신의 뜻을 미처 깨닫지도 못한 채 이 생을 마치려 하고 있습니다.

나에게 중병을 주시고 일찍 숨을 거두게 하는 것이 당신의 뜻이라면 불쌍한 내 영혼을 흔쾌히 받아주시고, 단지 연단(鍊鍛)만이 목적이시라면 이 시련을 이겨낼 수 있도록 저에게 긍휼을 베풀어주옵소서! 예수님의 이름으로 기도하옵니다. 아멘."

교회를 나온 나는 '디·쉐네'로 발길을 옮겼다. 언제 가보아도 늘 조용하고 아늑한 분위기였다. 실내에는 감미로운 클래식이 잔잔하게 흐르고 있었다. 마침 그녀와 마주 앉던 그 자리가 비어있었다. 잠시 후면 생을 마감해야 하는 그 순간인데도 그녀가 몹시 그리워졌다. 만약 그녀가 곁에 있어 이 순간을 같이한다면 이토록 외롭지는 않았을 텐데, 라고 생각하자 다시 두 눈에 눈물이 고였다. 역시 그녀와 진지한 대화를 나눌 수 있었다면 이

길이 아닌 다른 길도 택할 수 있지 않았을까 하는 아쉬움에 설움이 더해지는 듯했다. 모든 것이 다 끝나가고 있었다. 너무나 허무했다.

그러나 그때까지의 나의 삶에 후회는 없었다. 주어진 여건 속에서 나름대로 최선을 다했노라고 자위를 했다. 이제 정말로 마감을 해야 할 시간이었다. 최후로 내 영혼을 부탁하는 기도를 한 번 더 드렸다.

준비한 수면제를 한꺼번에 입속으로 털어 넣었다. 나는 그다음 날 새벽녘에 어느 병원 회복실에서 눈을 떴다. 지켜보던 간호사로부터 자초지종을 듣게 되었다.

어젯밤 11시가 넘어서 경찰차에 실려 그 병원 응급실에 도착했는데 주머니에서 유서가 나와 음독한 것으로 보고 위세척을 실시한 후 회복실에 옮겨놓았다는 것이다. 듣고 보니 그곳은 을지로 5가에 있는 메디컬센터였는데 국영이기 때문에 행려병자나 극빈자들이 많이 찾는 병원이라고 했다.

이윽고 담당 의사가 들어왔다. 내 손을 잡더니 천만다행이라고 했다. 수면제도 치사량에 가까우면 생명이 끊기는 수가 있는데 나는 다행히 약 기운이 온몸에 퍼지기 전에 발견되어 서둘러 위세척을 했기 때문에 무사했다는 것이었다.

의사 선생님은 자신을 소개한 후 내 유서를 다 읽으면서 자신의 불우했던 지난날이 새삼 떠올라서 눈시울이 뜨거웠다고 했다. 그분은 중학교 3학년 때 교통사고로 부모님을 동시에 여의고 그때부터 자기 혼자 힘으로 고학 끝에 서울 의대를 나왔다고 했다. 그러면서 폐결핵은 결코 불치나 난치병이 아니고 최선을 다하면 끝내는 완치할 수 있는 병이니까 결코 낙심하지 말고 용기를 내서 재기해 꼭 성공하라고 위로와 격려의 말씀을 아끼지 않으셨다.

"주 너를 지키리. 아무 때나 어디서나 주 너를 지키리. 늘 지켜주시리."

위 찬송가의 후렴처럼 그때, 그곳에서도 하나님은 나를 지켜주셨고 나에게 제2의 새로운 생명을 허락하신 것이다. 그렇다면 나는 하나님의 역사하심을 믿고 다시 일어서야 했다. 새롭게 출발을 해야만 했다.

생각을 바꾸고 보니 이 절망의 구렁텅이에서 헤어날 희망의 등대를 찾을 수 있을 것 같았고, 재기의 의욕이 다시 샘솟고 더 지독한 대가를 치르더라도 기필코 당초의 목표는 달성하고야 말겠다는 도전 의식이 전신을 휘감았다.

시작되는 투병 생활

죽지 못하고 살아난 이상 어떻게 해서든지 병마와 싸워 이겨야만 했다. 우선 관할 보건소에 폐결핵 환자 등록을 했다. 그래야만 그나마 부족한 약이라도 운이 좋으면 무료로 타낼 수가 있었기 때문이다.

그 다음에는 현 권사라는 분을 찾아 나섰다. 현 권사님은 치유의 은사를 받아 많은 중환자들을 상대로 보수 없이 안수를 해주고 완쾌의 이적(異蹟)을 낳고 있다고 했다. 어머니가 교회 성도들 간에 퍼진 소문을 들으신 것이다.

나는 어머니와 함께 현 권사님의 집회 장소를 한 달이 넘게 열심히 찾아다녔다. 아침 일찍 그곳에 도착해도 예배를 마친 다음 안수를 받으려면 적어도 두세 시간은 순서를 기다려야 했다. 안수 받는 시간은 길어야 10여

분이었지만 안수받기를 원하는 사람들이 그만큼 많이 몰려들었기 때문이었다. 공부 때문에 뜸했던 교회도 열심히 다녔다. 목사님은 물론이고 장로님과 권사님들한테 중보기도를 간곡히 부탁했다.

나는 대학 1학년 때까지는 충무로 5가에 있던 '서울 침례교회'를 다녔으나 어머니의 권고로 을지로 3가와 4가 사이의 주택가에 자리 잡은 '을지로 교회'로 교적을 옮겼다. 그러던 중 늦은 봄날에 너무나 반가운 소식을 접했다.

그 교회 장로 한 분이 자기 고향 어른께서 경기도 고양군 외딴곳에서 농장을 하고 계시는데 그곳은 경관도 좋고 공기도 맑아서 요양하기에는 안성맞춤이라고 했다. 그러시면서 그곳에 거처할 수 있는 공간이 있는지 스스로 알아보겠다고 했다. 이 역시 하나님의 인도라고 생각했다.

산촌에서의 요양 생활

• • •

장로님의 주선으로 그 농장을 찾아갔다. 당시 경기도 고양군 진관면 진
관외리의 외딴 산골 마을이었다. 주위가 너무나 조용했다. 소나무가 제법
들어선 산 밑으로는 맑은 시냇물이 졸졸 흐르고 있었고 공기 또한 더없이
신선하고 깨끗했다.

농장 주인을 만나보았다. 고향이 평안북도인데 해방 후 월남하여 여러
직종에 종사하다가 10여 년 전에 그곳에 들어와 기존의 밭을 사기도 하고
산 밑을 개간하여 농장을 만들었다고 했다. 그 농장에서는 철 따라 여러
가지 채소와 양념류를 심기도 하고 참외와 수박 등 여름 과일을 심어 상당
한 수익을 올리고 있다고 했다.

60대 초반의 주인 부부도 독실한 가톨릭 신자였는데 아들, 딸 두 남매를
일찍 결혼시킨 후 그곳에서 남의 손을 빌리지 않고, 그 넓은 농장을 두 분
이 땀 흘려 가꾸며 행복하게 살고 있었다.

이미 장로님을 통해서 내 사정을 전해 들은 노부부는 자신들도 외롭던 차에 잘 찾아왔다면서 나더러 농장에 딸린 빈 오두막집에서 거처하되 절대로 집세는 받지 않을 테니 부담을 갖지 말고 병 치료에나 전념하라고 하셨다.

눈물겹도록 고마운 분들이셨다. 역시 하나님은 나의 갈 길을 미리미리 예비해두시고 때가 되면 인도해주셨다.

웬만큼 돈을 들이고도 찾기 힘든 최적의 요양지와 참 좋은 주인까지 만나게 해주신 하나님께 그저 감사를 드릴 따름이었다.

그 농장을 다녀온 바로 다음 날부터 나는 간단한 취사도구와 식량을 준비하고 몇 권의 책을 챙긴 후 어머니와 함께 하나님이 마련해주신 나의 보금자리, 그 오두막집을 찾아 본격적인 요양생활에 접어들었다.

어머니는 식구들 때문에도 그곳에 오래 머무르실 수가 없으셨지만, 나는 좁은 방에서 숙식을 같이하는 어머니한테 혹시라도 내 병이 전염될까봐 걱정이 돼 1주일도 되기 전에 어머니를 집으로 가시게 한 후 나 혼자 남아 요양을 계속했다.

그 후 어머니는 한 달이면 두 번 정도 내 약과 식량 및 밑반찬 등을 마련하여 내가 있는 곳을 찾아오시곤 했다. 나는 그곳에서 책과는 완전히 담을 쌓은 채 의사의 지시대로 요양에 힘쓰며 정해진 시간에 산속의 오솔길을 따라 산책도 하고 명상도 했으며, 아침저녁으로는 역시 정해진 시간에 열심히 기도를 드렸다. 성경도 처음부터 되풀이해서 읽었고 찬송도 그때만큼 많이 부른 적은 내가 살아오는 동안 아직까지 없다. 그중에서도 제528장 찬송은 중병을 앓고 있던 나에게 더없이 큰 위로와 희망과 마음의 평안을 주었다.

주여 나의 병든 몸을

주여 나의 병든 몸을 지금 고쳐주소서
모든 병을 고쳐주마 주 약속하셨네
내가 지금 굳게 믿고 주님 앞에 구하오니
주여 크신 권능으로 곧 고쳐주소서

주여 당신 뜻이라면 나를 고쳐주소서
머리 위에 기름 붓고 주 앞에 엎드려
모든 것을 다 바치고 간구하는 나의 몸을
지금 주의 약속대로 곧 고쳐주소서

이 찬송은 작사 및 작곡가가 모두 미상이지만, 주님의 능력을 믿고 주님의 뜻이라면 자기 병을 고쳐달라는 애절한 기도문 형식으로 되어있어 나 같은 중환자나 그 가족들이 자주 부르는 곡이다. 특히 늦은 밤이나 첫 새벽 조용한 시간에 이 찬송을 부르면 나도 모르게 눈물이 흘러내리면서 마음이 그렇게 편안해질 수가 없었다. 환자들에게 더없이 은혜로운 찬송이 아닐 수 없다.

주인 부부의 따뜻한 배려

내가 그곳에서 요양을 시작하면서부터 나는 주인 부부에게서 많은 신세를 졌다. 집세를 기어코 받지 않으셨음은 물론이고, 가끔 내 거처를 들러 불편한 점은 없느냐며 물으시고 필요하면 언제든지 말하라곤 하셨다. 내가 살던 오두막집 앞에는 4, 5평 남짓한 뜨락이 있었다.

주인아저씨는 그 뜨락 한편에 채송화, 봉선화, 분꽃, 나팔꽃, 맨드라미, 튤립 등의 꽃을 심어 화단을 만들어주셨고, 날씨가 추워지기 시작하자 푸짐한 땔감도 마련해주셨다.

한편, 주인아주머니는 별미나 색다른 반찬을 만드실 때는 꼭 그것들을 나누어주셨고, 여름철에는 손수 만든 수제비를, 겨울밤에는 호박범벅을 곧잘 만드셔서 갖다 주곤 하셨다. 특히 여름철에는 아주머니가 텃밭에서 갓 뜯어다 주신 상추와 쑥갓에 막된장을 얹고 찬 보리밥을 싸 먹곤 했는데 그 쌈밥 맛을 나는 지금도 잊을 수가 없다.

너무나 고통스러웠던 항생제 주사 맞기

내가 살던 필동 동장님의 협조로 내가 필요로 하는 복용 약은 중구 보건소로부터 차질 없이 무상으로 공급을 받았으나, 항생제 주사약은 사정이 여의치 못해 한 달에 두어 번씩 어머니가 오시면서 약국에서 구입해 오셨다.

그런데 그 주사를 맞는 일이 문제였다. 이웃이라고는 단지 농가 세 채에 사는 나이 드신 농부들뿐이었고, 누구도 나에게 주사를 놓아줄 만한 사람이 없을 것 같았다. 하는 수 없이 나는 1시간 남짓 거리의 시골 보건소를 찾아가 주사기 소독법과 주사 놓는 법을 배워가지고 와서 손수 주사를 놓기로 결정했다.

석유곤로에 냄비를 얹어 물을 펄펄 끓인 다음 주사기를 소독해서 항생제를 흡인한 후 벽에 기대어놓은 거울을 보아가면서 손수 엉덩이에 주삿바늘을 꽂는 것이었다.

그러나 내가 내 몸에 일반 주사도 아닌 항생제 주사를 놓는 일은 생각보다 쉽질 않았다. 뜻밖에도 양호교사 경험이 있으시다는 주인아주머니의 신세를 또 지게 되었다. 그린데 주사약은 왜 그리 더디게 들어가고 주사기를 뺀 자국의 통증은 왜 그리도 심하고 오래갔었는지, 주사를 놓을 때마다 겪는 그 고통은 스스로 체험해보지 않고는 상상하기 힘들 정도였다. 그래도 병마를 이기고 살아나야 했기 때문에 이를 악물고 그 고통을 참아가며 투병 생활을 계속했다.

텅 빈 마음의 넉넉함

요양을 시작한 지 서너 달이 지나자 그곳 생활에도 제법 적응이 되어서 별로 불편함이 없이 마음을 완전히 비우고 치료와 요양에만 전력투구를 했다. 모든 잡념과 욕심을 떨쳐버리고 성경을 읽고 기도하며 찬송하기를 힘썼고 즐겨 읽던 시집이나 소설책 외에는 법률 책은 펴보지도 아니했다. 아침저녁에는 〈꽃밭에서〉라는 동요를 흥얼거리며 화단의 꽃에 물도 주고 돋아나는 잡초를 뽑기도 했다.

한여름에는 시냇가를 따라 산에 올라가 계곡물에 발을 담그기도 하고 목욕을 자주 할 수 없던 나는 아예 홀랑 벗고 들어가 시리도록 맑은 계곡물에서 머리도 감고 때도 밀면서 시원하게 목욕을 즐기기도 했다.

고생만 하시던 부모님한테는 죄스러운 얘기지만 그때 내 생활은 그야말로 신선놀음이나 다름없었다. 그 당시 내 처지 때문에서였는지 그때 나는 주로 감상적인 시를 즐겨 읽었다. 그중에서도 김소월의 시는 하도 자주 읽어서 웬만한 시구는 외울 정도가 되었고 천형(天刑) 시인 한하운의 애절한 시구들도 병들어 외로운 나의 심금을 많이 울려주었다.

다시 살아나는 희망의 불씨

투병을 시작한 지 여덟 달 만에 중간 검진을 받아보았다. 서울대학교 보건 진료소를 찾았다. 초진(初診)은 아니었지만 역시 불안하고 초조했다. 다시 객담 검사 등을 받아보고 여러 장의 엑스레이 사진과 비교해가면서 자세한 설명을 듣게 되었다. 놀라울 정도로 좋아지고 있다는 것이었다. 가래도 많이 깨끗해졌고, 공동(空洞)도 서서히 아물고 있다고 했다.

가물가물하던 희망의 불씨가 차츰 살아나는 느낌이었다. 그러나 속단은 금물이라 했다. 회복 단계에 접어들고는 있으나 완쾌될 때까지는 앞으로도 상당 기간이 필요하기 때문에 결코 방심하지 말고 전과 다름없이 요양과 약물치료를 정성스레 계속하라고 했다. 그러면서 내 형편에는 경제적 부담이 적지 않았던 항생제 주사약 한 박스를 주었고, 아직은 절대로 책을 쥐지 말라는 부탁도 잊지 않고 해주었다.

나는 그 기쁜 소식을 형과 부모님께 전한 후 다음 날은 오랜만에 교회를 나가 하나님께 감사드리고 나를 위해 힘써 중보 기도를 해주신 목사님과 여러 성도님들한테 고맙다는 인사를 하고 다시금 나의 보금자리로 찾아들었다.

산의 고마움

중간 검진을 마치고 다시 산속을 찾아든 나는 새삼스럽게 산의 고마움을 실감했다. 산에는 푸른 숲에서 뿜어져 나오는 신선한 공기와 계곡을 따라 쉴 새 없이 흐르는 맑은 물이 있어 좋았다. 더군다나 폐결핵을 앓고 있던 나에게는 신선한 공기와 맑은 물이 더할 나위 없는 보약이었다. 나의 요양 생활을 물어본 진료소장도 산골에서의 요양이 바닷가에서의 요양보다 낫다면서 쾌적한 환경과 신선한 공기의 중요성을 재삼 강조했다.

나는 어릴 적부터 산을 무척 좋아했다. 산골은 아니었지만 내가 자란 고향 마을 인근에는 높고 낮은 산들이 줄줄이 이어져 있었고, 내가 다니던 초등학교 가는 길엔 제법 높은 두대산이 있어 하굣길에 가끔 정상까지 올라가서 병정놀이를 하며 시간 가는 줄 모르던 때도 있었다. 커서는 대학교 1학년 때 사설 산악회 회원이던 친구의 권유로 주말 등산을 가끔 따라가기도 했고, 30, 40대에는 본격적인 등산으로 전국의 유명산은 거의 올라보았다.

철학자 안병욱 교수는 「산의 哲學」이란 수필에서 "왜 우리는 산에 가는가. 산이 우리를 부르기 때문이다. 봄의 산은 연한 초록빛의 옷을 입고 수줍은 처녀처럼 우리를 부른다. 여름의 산은 풍성한 옷차림으로 힘 있게 우리를 유혹한다. 가을의 산은 단풍으로 성장하고 화사하게 우리를 초대한다. 겨울의 산은 순백(純白)한 옷차림으로 깨끗하게 단장하고 우리에게 맑은 미소를 던진다."라며 산을 찾는 이유를 적기도 했다.

그 수필은 또 산은 신이 만든 책이고 위대한 의사이며 조화의 극치요 진실의 덕과 인간의 한계를 가르치는 교사라고 예찬한다. 한라의 웅장함, 내장의 단풍, 가야의 계곡, 설악의 골짜기, 백운의 바위가 철 따라 옷을 갈아입으며 우리에게 손짓을 한다. 그래서 일에 지쳤을 때, 정신에 피곤을 느꼈을 때, 인생의 고독을 느낄 때, 삶이 메말라졌을 때 우리는 산을 찾아야 한다고 끝을 맺고 있다.

산촌의 가을 정취

나는 원래 시골 태생이지만 병든 몸으로 한적한 산골에서 맞는 가을의 정취는 여느 가을과는 아주 달랐다. 어느새 여름이 가고 선들바람이 불더니 단풍이 곱게 물들기 시작했다.

오곡백과는 무르익었고 농가에서는 가을걷이를 서두르고 있었다. 나는 주인집 일을 돕기 위해 밭에 나가 고구마도 캐보고, 옹챙이 논에서 벼 베기도 거들었다. 주인집 담장을 촘촘히 둘러싼 단감나무엔 탐스러운 감들이 주렁주렁 열렸고, 야산을 일구어 조성한 밤나무 밭에는 터질 듯한 밤송이들이 걷어갈 주인을 기다리고 있었다.

소슬바람이 불며 가을이 깊어감에 따라 나는 따뜻한 겨울을 나기 위해 땔감 준비에 바빴다. 물론 거기까지 연탄 배달이 가능했지만 연료비를 아끼기 위해서 낙엽도 긁어다 모았고 마른 나뭇가지나 고목 뿌리 등을 캐다가 뜰에 차곡차곡 쌓아놓았다. 이를테면 월동준비를 착실하게 한 셈이었다. 물론 주인집 아저씨가 장작을 패다가 가져오시기도 했으나 늘 신세만 지는 것이 미안하기도 해 내 힘으로 할 수 있는 일을 내가 손수 하고 싶어서였다.

한편 나는 온실 안의 화초보다 유난히 들꽃을 좋아했다. 봄·여름·가을 없이 밭둑길이나 산길을 걷다가 곳곳에 흐드러진 들꽃들을 보면 나는 언제나 발길을 멈추곤 한다. 아침저녁으로 산책을 하다 보면 그곳 산촌에도 여기저기 들국화가 많이도 피어있었다. 들꽃 중에서도 나는 들국화를 유난히 좋아한다. 이슬을 머금고 아침 햇살을 받아 반짝이는 보라색의 들국화는 언제 보아도 청초한 것 같으면서도 은근한 품위와 예쁜 자태를 지니고 있어 더욱 사랑스러웠다. 그러나 늦가을 해 질 무렵 호젓한 산길을 걷다가 보는 들국화는 너무 쓸쓸해 보이기도 했다. 나의 외롭고 서러운 처지 때문이었는지도 모른다.

산촌의 설경

비는 몰라도 눈은 싫어하는 사람은 거의 없을 것 같다. 나는 눈을 참 좋아한다. 그런데 복잡한 도시에서 보는 설경과 한적한 산촌에서 보는 설경은 그 느낌이 너무나 달랐다. 내가 산골 오두막집에 들어와 처음 맞은 겨울이었다. 하필이면 그해 겨울엔 보기 드물게 많은 눈이 내렸다. 우선 산촌에 내리는 눈은 깨끗하다. 순백의 으뜸이다. 도시에 내리는 눈처럼 먼지와 오염된 대기에 물들지 않고 행인이나 차량에 쉽게 짓밟히지 않아 깨끗함을 상당 기간 유지할 수 있어서 좋다. 그리고 산촌에 눈이 내릴 때면 고독과 사색을 즐길 수 있어서 더욱 좋다.

그래서 조지훈 시인은 '홀로 지니던 값진 보람과 / 빛나는 자랑을 모조리 불사르고 / 소슬한 바람 속에 / 낙엽처럼 무념(無念)이 썩어가면은 / 이 허망한 시공(時空) 위에 / 내 외로운 영혼 가까이 / 꽃다발처럼 꽃다발처럼 / 하이얀 눈발이 / 나려 쌓인다'고 눈 오는 날을 노래했는지 모르겠다.

한편, 나는 설경 중에서도 특히 눈꽃을 좋아한다. 설악산이나 한라산, 지리산, 덕유산 등의 큰 산의 눈꽃이 그 웅대한 절경과 장관으로 큰 감동을 주고 감탄을 자아낸다면, 고즈넉한 산촌의 크고 작은 나뭇가지에 사뿐히 내려앉은 하얀 눈꽃은 아기자기한 예쁨으로 잔잔한 감동을 주기도 하고 순진무구한 상념에 잠기게도 한다.

그래서인지 수필가 김진섭은 그의 유명한 「백설부(白雪賦)」에서 '부드러운 설편(雪片)이 생활에 지친 우리의 군은 얼굴을 어루만지고 간지럽힐 때 우리는 어떤 연유에서 인지 부지중 온화하게 된 마음과 인간다운 색채를 띤 눈을 가지고 이웃 사람들에게 경쾌한 목례를 보내지 않을 수 없다.'고

적고 있기도 한다.

내가 애송하는 김광균 시인의 「설야(雪夜)」를 끝으로 눈에 얽힌 사연을
접기로 한다.

설야(雪夜)

어느 머언 곳의 그리운 소식이기에
이 한밤 소리 없이 흩날리느뇨

처마 끝에 호롱불 야위어 가며
서글픈 옛 자췬 양 흰 눈이 내려

하이얀 입김 절로 가슴이 메어
마음 허공에 등불을 켜고
내 홀로 밤 깊어 뜰에 내리면

머언 곳에 여인의 옷 벗는 소리

희미한 눈발
이는 어느 잃어진 추억의 조각이기에
싸늘한 추회(追悔) 이리 가쁘게 설레이느뇨

한줄기 빛도 향기도 없이

호올로 찬란한 의상을 하고

흰 눈은 내려 내려서 쌓여

내 슬픔 그 위에 고이 서리다

착잡한 심정

중간 검진 결과 증상이 매우 호전되고 있다는 고무적인 소식도 접했으나 오랜만에 사가지고 온 고시 잡지에 실린 기사는 나의 심기를 불편하게 건드렸고 착잡하게 만들었다. 내 동급생들이 그 해 치러진 고등고시에 10여 명 넘게 무더기로 합격을 했다. 더군다나 나하고 초등학교 때 1년간 같이 공부했던 박영수 군이 전체 수석을 차지했다는 기사를 읽고 뒤늦게나마 축하라도 해주어야겠다는 생각이 들면서도, 숱한 고생 끝에 같은 반열에 올라선 후 역시 같은 목표를 향해 도전을 하다가 중도에 낙마해서 뒤쳐져 버린 나의 처지에 마음 한편이 너무나 쓰리고 아팠다. 역시 대학 동기인 이용훈 전직 대법원장도 그해 고시에 합격했다.

그러나 밀어닥친 시련은 피해갈 수가 없었다. 진료 수장도 방심하지 말고 정성 어린 요양과 치료를 계속하라고 당부하지 않았던가. 나는 아무리 추운 날씨에도 신선한 공기를 마시고 적당량의 운동을 하기 위해서 아침저녁으로 산책을 계속했고 복용약과 항생제 주사를 절대로 거르지 않고 정해진 시간에 먹고 맞았다. 우선 질병이 완쾌되어야만 제2, 제3의 도전이 가능했기 때문이었다. 나는 다음 해 새 학기에 4학년 1학기 복학을 결심하고 그에 따르는 계획들을 추스르며 오직 투병 생활에만 전념했다.

형의 경찰관 임용 시험 합격

한편 고시에 낙방을 거듭해온 형은 산골에서 요양하는 나를 가끔 문병 온 적이 있었다.

나를 찾은 형은 너무나 여러 번 고배를 마신 탓에 자신감도 떨어지고 가족들에게 미안한 생각도 들었겠지만 우선 연세가 드신 아버지의 부담을 덜어드리고 병세가 회복되면 곧바로 다시 고시에 도전해야 하는 나 때문에 더는 쌍나팔을 불 수가 없었는지, 자기보다는 합격 가능성이 큰 나를 적극 지원하기 위해서 고시는 이미 포기를 했고, 그 이듬해 봄에 있을 학사 경찰관 임용시험을 목표로 마지막 정열을 다 쏟고 있다고 했다.

형은 1963년 봄에 드디어 경찰관 임용 시험에 합격을 했다. 내 형은 참으로 대단한 분이고 아까운 분이시다. 두뇌도 나보다 더 명석했고 성격도 활달하고 적극적이었을 뿐만 아니라 상당한 카리스마도 지녔기 때문에 부모님이 어느 정도 뒷바라지만 해주셨으면 좀 더 성공적이고 풍요로운 삶을 살았으리라 생각되어 나는 늘 형한테는 미안하고 죄스러운 생각이 남는다.

부활의 날갯짓

어느덧 만물이 긴 동면에서 깨어나 막 소생의 기지개를 켤 무렵이었다. 1963년 2월 하순경 나는 신학기 복학을 앞두고 다시 서울대학교 보건 진료소와 중구 보건소를 잇따라 찾았다. 확실한 검진을 다시 받아보기 위해서였다. 그런데 두 곳의 소견은 약간씩 달랐다. 우선 서울대 보건 진료소 측에서는 거의 완치 단계에 이르기는 했으나 결핵균을 근치(根治)하기 위해서는 앞으로도 상당 기간 약물치료를 계속해야 하고 고시 공부는 재개를 하되 종전처럼 절대로 무리를 하지 말고 충분한 수면을 취하면서 영양 보충도 제대로 해야 한다고 했다. 그러나 중구 보건소 측에서는 완쾌되었으니 치료제는 더는 쓸 필요가 없고 허약한 체질을 보강하는 것에나 신경을 쓰라고 했다.

나는 일단 복학을 했고 서서히 부활의 날갯짓을 시작했다. 먼저 그해 가을에 실시될 제16회 고등고시 사법과에 일단 응시키로 하고 1년 넘게 놓아버린 법률 책을 다시 독파하는 한편 고시 과목은 학년에 구애받지 않고 강의를 착실히 들으며 기억을 되살렸다.

그러나 공든 탑이 무너진다고, 내 병이 재발할 가능성을 전혀 배제할 수가 없었기 때문에 치료제 복용은 물론이고 없는 돈에 영양 보충에도 상당히 신경을 썼다. 우선 왕성한 기력을 회복하고 유지해야만 법서와의 긴 싸움을 이겨낼 수 있기 때문이었다.

남산 약수터를 오르내리며 맑은 공기도 마시고 냉수마찰로 체력을 단련하기도 했다. 그리고 남산을 오르내리면서 미국 시인 롱펠로(Longfellow)의 「인생 예찬」을 좌우명처럼 되뇌며 힘찬 재기를 다짐하곤 했다. 그중에서도

"행동하라, 내일이 오늘보다 낫도록. 세상의 넓은 싸움터에서, 인생의 야영장에서 말 못하고 쫓기는 짐승이 되지 말고 투쟁하여 영웅이 되라."라는 구절은 나에게 새로운 희망과 용기를 북돋아 주는 듯했다.

혜국사에서의 막판 준비

경북 문경새재의 제1관문 쪽에서 한참을 들어가는 깊은 산속의 절간이었다. 혜국사(惠國寺)라 했다. 1학기 기말고사를 끝내자마자 멀리 그곳까지 내려간 나는 그곳에서 결전의 날까지 두어 달 동안 마지막 스퍼트를 낼 계획이었다. 여름이 다가왔지만 워낙 깊은 산속이라 더위를 잊을 정도로 시원했고 인적도 드물어서 독서하기에는 더없이 좋은 환경이었다.

그러나 호사다마(好事多魔)라고나 할까. 의사는 결코 무리하지 말라고 했으나, 결전의 날이 눈앞에 다가오는데 평상시같이 잘 잠 다 자고 쉴 것 다 쉬며 한가하게 공부할 수는 없었다. 그래서 하루 4시간 정도 잠을 자고 밥 먹는 시간을 빼놓고는 거의 19시간 이상을 독서에 빠지게 되었는데, 그러다 보니 몸에 무리가 갔고 다시금 기침이 심해지고 몸에 식은땀이 자주 나면서 피로가 쉽게 오는 바람에 쉬는 시간이 점점 늘어나 당초 예상과는 달리 결전에 대비한 마무리를 제대로 할 수가 없게 되었다.

부득이 템포를 줄이고 원점으로 돌아가 건강에 신경을 다시 쓰다 보니 독서 능률이 오를 수가 없었고 당초의 목표는 차질을 빚을 수밖에 없었다. 그래서 그해 고시를 포기할까도 생각해보았다. 그러나 경험 삼아서라도 일단은 시험을 치르기로 작정하고 전 과목을 대충 훑어본 후 응시했으나 예상대로 낙방이었다. 그러나 값진 체험이었다.

다가온 졸업식

고시에 떨어지고 실의에 젖어있는 사이에도 시간은 흘러 졸업 시즌이 다가오고 있었다. 그런데 나는 졸업식 날 입을 양복 한 벌이 없었다.

그때는 대학생들도 제복 제도가 있었다고는 하지만 대개 1, 2학년 때까지는 교복을 입다가도 고학년이 되면 차츰 교복은 멀리하고 신사복을 입거나 아예 작업복이나 캐주얼한 차림들을 하고 다녔다.

그러나 나는 대학 생활 내내 교복 아니면 작업복에 허름한 점퍼 차림이었을 뿐 신사복이라고는 걸쳐본 적이 없었다.

이를 딱하게 여겼는지 하루는 형이 출근하면서 오후에 당시 남대문 근처에 위치한 시경(서울시 경찰국) 옆의 어느 양복점으로 나오라고 했다. 약속 장소에 나가 난생처음 양복을 맞추어보았고 그 옷을 입고 졸업식장에 나갈 수가 있었다. 1964년 2월 26일 오후의 일이었다.

눈물겨운 졸업장

나는 초등학교와 중학교 졸업을 못했기 때문에 정식 졸업장이 있을 리 없고 동북고등학교 졸업장은 있으나 그것도 뜀박질 공부 끝에 3학년 편입하여 1년 다니고 받은 졸업장이었다. 그런데 정규 4년제 국립대학인 서울대학교에서 받은 졸업장은 4년을 제대로 수학했고 그나마 1년간의 투병을 위한 휴학 끝에 받은 졸업장이라 감회가 남다를 수밖에 없었다.

나는 그 졸업장을 받는 순간 두 눈에 눈물이 가득 고였다. 졸업장을 받은 후 그날이 있기까지 고생만 하신 아버지와 어머니께 번갈아 학사모를 씌워드리고 사진도 찍었다. 그 사진이 어디에 숨어있는지 이 글을 쓰는 순간에도 찾을 길이 없다.

사진 찍는 시기를 놓쳐 대학 앨범까지 없는 나는 대학을 다녔다는 증표로는 졸업증서와 대학교 4학년 2학기 때의 성적표가 어쩌다 남아있어 그것으로 위안을 삼고 있다.

따로 있는 인연

대학교 4학년 2학기 겨울방학 때 교회에서 나에게 주일학교 중·고등 학생부 중에서 남녀 고3 학생들을 대상으로 진로 문제 등에 관한 특강을 해달라고 부탁을 해서 두어 번 강의를 해준 일이 있었다. 같은 교회를 다녔고 특강까지 했기 때문에 얼굴이 익은 학생들은 있었으나 이름은 거의 모르는 상태였다.

그런 상태에서 대학을 졸업하고 처음으로 교회를 나갔다.

그런데 정신여고를 다니던 얌전한 여고생이 있었는데 그녀가 이대 배지를 달고 있는 것이 눈에 띄었다. "네가 이대를 들어갔구나, 공부 잘했나 보다. 축하한다."고 했더니 그녀가 축하하는 뜻에서 빵 좀 사달라는 것이었다. 그래서 대한극장 건너편에 있던 제과점에서 빵을 사준 것이 인연이 되어 그 뒤로도 교회에서 만나면 서로 인사를 주고받는 정도였다. 그뿐이었다.

그런데 당시 중앙대 체육학과 2학년에 다니던 외사촌동생이 있었는데 그 친구는 성격도 쾌활하고 남성적이어서 그 주변에는 많은 여대생이 늘 스스럼없이 따랐던 것으로 기억된다.

아무튼 나는 외사촌동생이 가교가 되어 그녀와 몇 번의 편지를 주고받다가 1964년 10월 8일 오후 6시에 국도극장 옆 서울제과점에서 첫 만남을 가졌다. 그것이 공식적인 첫 데이트였다. 그 후 3년 반을 열애 끝에 그녀와 나는 1968년 5월 4일 결혼을 하게 되었다. 그녀와의 러브스토리는 뒤에서 기회 있을 때마다 엮어가기로 한다.

다시 찾은 산사

대학을 졸업하자마자 연기되었던 징집영장이 나왔다. 1964년 10월 19일에 입영하라는 것이었다. 그러자 나는 그해 여름에 시행될 고시에 한 번 더 도전을 해보고 실패하면 징집에 응하기로 하고 좀 더 집중적인 독서를 위해서 친구 이영범 군의 소개로 경북 점촌에 있는 운암사(雲岩寺)라는 절간을 찾게 되었다.

이영범 군은 문경고등학교를 수석으로 졸업한 후 서울 법대에 들어와 나와 만나게 되었는데 성격이 온후하면서도 다부진 데가 있었고 달필에다가 두뇌가 명석했다. 대학 2학년 때까지는 동급생 중에서 나와 가장 친하게 지냈는데 그 후로는 서로 공부에 쫓기고 더군다나 내가 폐결핵으로 1년을 휴학하는 바람에 만날 기회가 뜸해진 상태였다. 그 친구는 졸업하던 해에 제16회 고등고시 사법과에 합격한 후 검사 임관을 했다가 판사로 전관한 다음 광주고등법원장을 끝으로 법관 생활을 마치고 지금은 서울에서 변호사로 지내고 있다.

아무튼, 나는 고향이 경북 문경인 그 친구가 자기도 그곳에서 한때 고시 준비를 했다면서 그 절간을 소개해 주어서 운암사를 찾아간 것이었다. 그 사찰은 상당히 높은 산 중턱에 있어서 찾는 이가 드물었고 조용한 데다가 나무숲이 우거져서 공기도 맑았고 경관이 빼어났다.

내가 처음 그 절간을 찾았을 때는 나 말고도 3명의 고시 준비생이 더 있었고 한 소녀가 요양차 거기에 와있었다. 식사 시간이면 공양을 알리는 종을 쳐서 한자리에 모여 식사를 했고 공부는 각자 독방에서 했다.

그 사찰의 주지 스님은 대처승(帶妻僧)인데 1년 전에 외아들이 죽자 씨받이로 심신이 두루 정상이 못 되는 30대 후반의 첩을 거느리고 살고 있었다. 본처는 그곳에서 20여 리 떨어진 점촌 오일장에서 포목 장사를 한다고 했다. 주지 스님은 장날만 되면 그 오일장에 나가 저녁 무렵에야 술이 거나하게 취해서 돌아오시면서 고시 준비생들을 위해서 막걸리와 돼지고기 등을 꼭 사 들고 오셨다. 그분은 50대 후반으로 기억되는데 정력이 젊은이 못지않게 왕성해 보였고 곡주라면서 술도 잘 마시고 입담도 걸쭉해서 세상을 아주 낙천적으로 사시는 것 같았다.

두어 달이 지나자 나보다 먼저 왔던 3명이 산을 내려가 버려서 나 혼자 남게 되자 종을 치는 대신 식사를 내 방으로 갖다 주기 시작했다. 처음에는 첩인 젊은 보살님이 밥상을 날라주더니 얼마 안 가서 허리가 조금은 굽은 칠순의 보살님이 가져왔다. 묻지도 않았는데 주지 스님이 젊은 보살더러 총각이 혼자 있는 방에 자주 드나들면 안 된다며 늙은 보살님을 시켰다는 것이다. 스님도 질투하는 모양이었다. 그러다가 어느 날부터는 늙은 보살님이 아니라 이번에는 요양하러 왔다는 그 소녀가 하루 세 끼 꼬박 밥상을 나르기 시작했다.

밥상을 물리면서 대화를 나누어보니 그 소녀는 바로 젊은 보살님의 친정 동생인데 시골에서 여고 2학년을 다니다가 휴학하고(학비는 주지 스님이 부담했다고 함) 병명은 얘기하지 않았으나 몸이 아파 조용한 곳에서 요양해야 한다는 의사의 권유로 부모님이 자기를 언니네 절간으로 보냈다는 것이었다. 이름은 춘희(가명)라고 했다.

나는 그곳에서도 기상 시간과 식사 시간 등을 규칙적으로 지켰는데 내가 이른 아침 지정된 시간에 일어나 절간 입구의 우물가로 가면 늘 그 소녀가 먼저 나와 반기며 인사를 했고 세수를 끝내면 내가 가져간 수건은 더러워졌다면서 그녀가 들고 온 수건으로 얼굴을 닦게 한 후 내 수건은 번번이 그 자리에서 빨아주곤 했다.

그러던 어느 날 저녁 밥상을 들고 온 그 소녀는 내가 상을 물릴 때까지 침울한 표정으로 다소곳이 앉아있었다. 여느 때는 밥상을 들여만 놓고 갔다가 내가 식사가 끝날 때쯤 와서 숭늉을 따라준 후 밥상을 가져갔는데 그날따라 평소와 달라 이상하다고 생각되었다.

144

한참 만에 입을 연 그 소녀는 그곳에 온 지 6개월이 다 되었는데 병세의 차도가 없어서 부모님이 한방요법을 써야 한다며 시골집으로 내려오라고 해서 내일 그곳을 떠나야 한다는 것이었다. 나도 요양 경험이 있어서 무슨 병인지 물어보고 싶었으나 굳이 병명을 처음부터 밝히지 않은 것으로 보아 여자에게는 치명적인 어떤 병이 아닌가 짐작이 갔다.

이윽고 그 소녀는 눈물을 글썽이더니 여름이라 러닝셔츠만 입은 내 어깨에 얼굴을 기대는 것이었다. 나는 순간 당황했고 어떻게 해야 할지를 몰랐다. 나는 단지 그동안 나에게 여러 가지로 도움을 준 그 소녀가 착하고 고맙다는 생각 외에 다른 감정은 전혀 없었다. 잠시 후 나는 마음을 다잡은 다음 무슨 병인지는 몰라도 치료를 잘 하면 나을 테니까 너무 걱정하지 말고 부모님 말씀을 따르라고 위로한 후 방문을 열어젖혔다.

상대가 아무리 소녀라고는 하지만 별로 밝지도 않은 침침한 독방에서 남녀가 그것도 얇은 옷을 입은 상태에서 더 시간을 끌면 무슨 일이 일어날지 나도 모른다는 생각이 번뜩 들었기 때문이었다. 어떻든 그 소녀는 그다음 날 예정대로 떠났고, 그 절간 식구 말고는 나만 혼자 남게 되었다.

워낙 인적이 드문 곳이라 절간에서 넉 달째 독서만 하며 지내다 보니 여간 사람이 그리운 게 아니었다.

낮에 독서를 하다가 가끔 인근 산등성이에서 나무를 베는 사람들 소리가 들리면 별 볼 일 없이 그들을 찾아가 말을 붙여보기도 하고 못 피우던 꽁초 담배도 한 움큼 얻어 종이에 말아 빨다가 기침 때문에 혼쭐이 난 적도 있었다. 나는 그곳에서 심신도 수련하는 한편 당초 계획대로 알뜰하게 독서를 한 후 마지막 마무리를 법대 도서관에서 하기로 마음먹고 그해 7월 초순경 하산을 했다.

30개월간의 재충전

• • •

건강의 중요성

"돈을 잃은 것은 조금 잃은 것이고, 명예를 잃은 것은 많이 잃은 것이다. 그러나 건강을 잃은 것은 모두를 다 잃은 것이다."

건강의 중요성을 갈파한 명언이다. 미국의 시인이자 사상가인 에머슨은 건강은 제일의 부(富)라고 했고, 독일의 철학자 쇼펜하우어는 "어리석은 일 중에 가장 어리석은 일은 이익을 얻기 위해 몸을 희생하는 일이다."라고 했다.

사실 건강하지 않고는 아무것도 할 수가 없다. 건강은 매우 중요하다. 그런데도 실제로 건강을 잃어보고 그 회복을 위해 발버둥 쳐본 경험이 없이는 건강의 중요성을 피부로 느끼기란 쉽지 않다.

나는 뜀박질 공부를 하면서 한창 성장할 나이에 제대로 먹지도, 자지도 못했고 규칙적인 운동과는 담을 쌓은 채 무리하게 공부를 해서 원하는 일류 대학에 들어갔으나 남은 것은 중병뿐이었고, 그것이 두고두고 나의 진로를 막는 장해물이 되고서야 건강의 중요성을 실감하게 되었다.

그러나 이미 엎질러진 물이었다. 한번 망가진 건강을 정상으로 회복시켜 평상시와 같이 튼튼한 체력을 유지한다는 것이 결코 말처럼 쉽지 않음을 깨달았다. 정성 어린 노력과 많은 시간 그리고 적지 않은 비용을 대가로 지불하고서도 완전하게 원상회복을 하기는 어렵다는 생각이 들었다. 마치 매끄럽게 잘 나가던 승용차가 한번 크게 부딪친 사고로 큰 수리를 하고 나면 아직 차령(車齡)이 남아있다 하더라도 그 성능이 전과 같지 않게 어딘지 모르게 떨어지고, 고장 또한 잦아서 많은 수리비를 지불해야 하는 것과 같은 이치이다.

흔히 인생을 마라톤에 비유한다. 출발 직후부터 체력 안배를 잘하고 스피드를 알맞게 조절해야만 끝까지 완주할 수가 있고, 좋은 기록도 낼 수 있다는 것이 마라톤의 기본 상식이다.

그런데도 나는 우선 조급한 마음에 남보다 빨리 목표달성을 위해서 체력 안배나 속도 조절은 안중에도 없이 무리하게 질주를 거듭한 끝에 중도에서 체력을 소진하고 중병을 얻어 대오에서 이탈한 꼴이 되고 말았다. 내 경쟁자들은 상당수가 이미 완주를 했고 좋은 기록도 내었다는 것을 생각하면 참으로 어리석었다는 생각이 들었지만 이미 때늦은 후회였다.

선택의 기로

대학을 졸업하고 입대하기 전에 한 번 더 도전해보려고 했으나 확실한 자신이 없어 포기한 후 나는 심각한 번민에 싸이게 되었다. 그대로 징집에 응할 것인가? 아니면 기피를 하고서라도 고시 준비를 계속할 것인가?

형은 기왕에 해오던 공부니까 기피를 해서라도 몇 년 안에 고시 합격을 하면 징집 기피 정도는 용서받을 수 있고, 군법무관을 지원하면 병역 문제는 말끔히 해결될 수 있다고 했다.

그러나 나는 생각이 달랐다. 대학 4학년으로 복학한 뒤 벼르던 고시에 응했으나 실패한 원인은 부실한 체력이라고 생각되었다. 투병생활이 끝났고 회복 단계라고는 하지만 이미 저하된 체력 때문에 전과 같이 물불 가리지 않고 고시 준비에만 올인할 수 있는 용기가 나질 않았다. 혹시 또 건강을 잃지 않을까 하는 불안감 때문에 결코 무리할 수가 없었으며 체력 또한 따라주지를 않았다.

그래서 나는 비록 사병 신분이지만 징집에 응해서 입대한 후 엄격한 통제 아래 규칙적인 생활을 해 건강도 회복하고 체력도 튼튼하게 단련을 한 후 제대하고 나면 병역 기피에 대한 부담도 없이 차분하게 고시 준비에 매진할 수 있으리라 생각하고 내 고집을 관철했다.

육군 사병 입대

그때만 해도 입영대상자들은 본적지에 집결, 입영해야 했기 때문에 나는 입영일 이틀 전에 고향으로 내려갔다. 뒤늦은 입영이었지만 귀향하던 날 저녁 서울역에는 몇몇 친구와 교회 청년회원들이 많이 나와 전송해주었다. 물론 그 자리에는 10여 일 전에 나와 첫 데이트를 했던 그녀도 나와 있었다.

유난히 수줍음을 많이 타던 그녀는 붐비는 와중에서 망설이다가 무엇인가 포장된 작은 상자 하나를 건네주며 몸 성히 군 복무 잘하다가 건강한 모습으로 돌아오라는 말을 남기고 서둘러 발길을 돌리는 것이었다.

한참 만에 열차에 오른 나는 서둘러 그녀가 준 선물 포장지부터 뜯어보았다. 아담하게 잘 다듬어진 목각 인형이었다. 목판에 젊은 두 남녀가 마주 보고 다정하게 서있는 모습이었다. 그때까지만 해도 나와 그녀는 편지를 몇 번 주고받았고, 정식 데이트도 한번은 했지만 솔직하게 서로의 감정을 털어놓은 상태는 아니었다. 그런데 그 목각 인형이 상징하는 언어는 무언(無言)이었지만 그녀의 심정을 웅변으로 표현해주고 있었다.

나는 금방 후회했다. 좀 더 대범하게 그녀에 대한 감정을 숨김없이 털어놓아야 했는데 떠나는 날까지도 끝내 침묵한 채 그녀로 하여금 먼저 간접적으로나마 자기 의사 표시를 하게 한 것이 남자답지 못했다고 자책을 했다. 그녀의 이름은 김정숙(金貞淑)이었다.

고향에 도착하자 마침 숙부님은 사촌 여동생의 출생신고를 하지 않고 있다면서 나더러 좋은 이름을 지어서 면사무소에 가서 출생신고를 해달라고 하셨다. 나는 항렬이나 돌림자를 따질 것도 없이 이름을 곧을 정(貞), 맑을

숙(淑)으로 지어서 출생신고를 했다. 그 여동생은 어느덧 두 아이의 엄마가 되었고 사업 수완도 뛰어나 조그마한 기업체의 대표로 활동하고 있다. 그만큼 나도 나이가 들었고 늙었다는 생각이 새삼 든다.

1964년 10월 19일 밤. 드디어 나는 입영열차에 몸을 실었다. 밤중에 도착한 곳은 논산 훈련소 수용연대라고 했다. 나는 그곳에서 군번을 받고 정식으로 입대할 때까지 약 1주일 이상을 대기해야 했다.

수용연대에서 있었던 일

수용연대라는 곳은 전국에서 징집된 장정들을 임시 수용하여 신체검사 등 각종 심사를 통해 현역 가능 판정을 받은 입영 대상자에게 군번을 주어 신병 훈련소로 넘기고 불합격 판정을 받은 장정은 귀향 조치를 하는 곳이었다.

대기하는 동안 낮에는 틈틈이 사역(使役)을 시키는 데 요령 좋은 친구들은 이리저리 피해 사역을 면했으나 나는 한 번도 빠지지 않고 시키는 대로 꼬박꼬박 따랐다. 그러는 나를 보고 같이 입소한 동기들은 고문관이라고 놀려대기도 했다. 그러나 징집 연기 끝에 대학을 졸업하고 입소한 나는 나보다 4, 5년 후배인 동기들과 같이 요령을 피우다가 적발이 돼서 못 당할 일을 당할까 봐 매사를 솔선수범하기로 한 것이었다.

대기 4일째 되는 날 오후 2시 드디어 신체검사를 한다고 했다. 사실 나는 기왕에 군에 입대하기로 마음을 굳히고 그곳까지 왔으나 폐결핵을 앓은 병력 때문에 과연 엑스레이 촬영 결과가 깨끗하게 나올 것인지와 체중이 45kg에 도달할지를 두고 여간 불안하게 지낸 것이 아니었다. 그곳에 오기 전 목욕탕에서 달아본 나의 체중은 겨우 45kg가 될까 말까 했다. 최소한 45kg은 되어야 현역 판정을 받을 수가 있다는 말에 신경이 쓰이지 않을 수 없었다. 신체검사 직전에 식당 옆의 음수대로 가서 수돗물을 배가 터지도록 들이키고 신검에 임했다. 다행히 체중을 달아본 결과 45.5kg으로 1차 관문은 통과했으나 엑스레이 판독 결과가 심히 궁금했는데 다행히 역시 통과되었다. 드디어 나는 11377340이라는 육군사병 군번을 부여받고 논산 훈련소 제25연대로 배속을 명받았다. 그렇게 기쁠 수가 없었다.

훈련병 생활

앞서 언급한 중대 체육과에 다니다던 외사촌동생과 나는 그 많은 장정 중에서도 같은 부대, 같은 내무반에 배속되었다. 그렇게 되기까지는 역시 요령이 필요했다. 나는 대졸 학력이고 동생은 대재 학력이었으나 초등학교 학력이 제일 많다는 점에 착안해서 수용연대에서 각 연대별로 학력을 감안하여 병력을 분산시킬 때 나와 동생은 두 손을 꼭 잡고 학력을 속인 채 무조건 초졸(그때는 국졸)자를 부를 때 그곳에 휩쓸려 들었다. 그러다 보니 같은 연대에 배속되는 데까지는 일단 성공을 했다.

그다음 제25연대로 와서도 같은 요령을 피운 결과 같은 부대, 같은 내무반에 들어가게 되었고 거기서도 동생은 1분대, 나는 2분대로 갈라졌으나 2m 안팎의 복도 하나를 사이에 두고 침상 배정을 받다 보니 점호시간마다 마주 보고 서게 되었다.

첫눈이 내린 지는 이미 오래였고 날씨는 매섭도록 추워지는데 제식 훈련부터 시작된 6주간의 신병 훈련은 한 치의 차질도 없이 강행되었다. 연병장에서만 실시하는 제식 훈련은 정신 집중만 하면 얼마든지 잘해낼 수가 있었으나 야외 훈련장을 나갈 때가 문제였다.

야외 훈련장은 각각 연대 훈련병이 교대로 사용을 하기 때문에 연대 본부로부터 멀리 떨어진 교육장까지 갈 때는 교육 시작 시간에 맞추기 위해서 으레 완전군장에 M1 소총을 들고 구보를 해야만 했다. 그때 체력이 약한 나는 너무나 힘이 들었다. 그러나 힘든 내색은 전혀 않고 이를 악물고 뛰고 또 뛰었다. 그것은 신병 훈련이자 나 자신과의 싸움이기도 했다. 추운 날씨에도 이리저리 뒹굴며 고된 훈련을 받다 보면 어느새 등에는 땀이 배고 온몸은 흙먼지투성이가 되었다.

저녁 무렵 귀대한 훈련병들한테는 가장 기다려지는 것이 있었다. 그것은 편지였다. 향도(嚮導)가 중대 본부에서 우편물을 수령해 와서 수신자를 호명할 때 내 이름이 없으면 그렇게 서운할 수가 없었다. 다행히 내가 25연대에 정식으로 배속된 뒤부터는 틈만 나면 그녀한테 편지를 띄웠고 그녀 역시 꼬박 답장을 보내주어서 고된 훈련 과정에서도 큰 위로가 되었다.

고된 훈련병 생활도 중반이 넘어선 어느 날 저녁 무렵이었다. 먼 사격장까지 나가서 M1 소총 사격 훈련을 마치고 귀대하자 기다리던 그녀의 편지가 전해졌다. 특별한 사연은 없었고 평범한 안부 편지였는데 그 편지 말미에 "out of sight, out of mind."라고 쓰여있는 것이 여간 마음에 걸리는 것이 아니었다.

"안 보면 멀어진다."는 영어 숙어를 인용한 것이었지만 멀리 떨어져서 만날 수가 없다 보니 혹시 그녀가 변심이라도 한 것이 아닌가 싶어 적이 걱정되기도 했다. 그러나 그 뒤로도 편지 교환을 계속하다 보니 그녀가 일부러 장난삼아 그 숙어를 인용했을 뿐 다른 뜻은 없었다고 해명을 해 와서 한때의 해프닝으로 끝난 일도 있었다.

참으로 아팠던 생손앓이

제식 훈련과 사격 훈련도 끝나고 이제 마지막 과정인 각개전투 1단계 훈련이 막 시작되었을 때였다. 그날도 저녁 점호 준비를 위해서 M1 소총을 분해해서 손질하는 과정에서 약실 청소를 끝내고 노리쇠를 전진시키다가 동작이 느려 오른손 엄지손톱이 약실에 끼고 말았다. 엄지손톱이 빠질 정도여서 통증이 이루 말할 수 없었다.

대충 점호를 받고 침상에 누워 모포를 뒤집어썼는데 통증이 점점 더 심해지는 것이었다. 아무리 참으려고 애를 써보았으나 통증이 점점 심해져 신음이 모포 밖으로 새어 나왔고 급기야는 설움이 복받쳐 혼자 훌쩍거리기 시작했다. 나의 신음과 훌쩍거리는 소리를 들은 맞은편의 사촌 동생이 살며시 내 곁으로 건너와 많이 아프냐며 내 아픈 손을 잡아주는 순간 참았던 눈물이 한꺼번에 쏟아지자 두 형제는 얼싸안고 소리 내 엉엉 울고 말았다. 놀란 부대원들이 삽시간에 내 주위에 몰려들어 마치 자기 일처럼 안타까워하며 같이 울기 시작하자 내무반은 온통 울음바다가 되고 말았다.

이윽고 선임하사관과 당직사관이 달려와 나는 그날 밤으로 훈련소 내 의무대로 후송되어 입원 치료를 받게 되었다. 그런데 고된 훈련 과정이 생지옥이라면 의무대에서의 입원 생활은 천국, 그 자체였다. 우선 아침저녁으로 그 호된 점호를 받지 않아도 되고 머나먼 교육장으로 완전무장을 하고 구보를 하지 않아도 되었다. 의무대에서는 치료 시간이 끝나면 병상에 누워 안정과 휴식을 취하거나 간단한 독서 등을 하며 자유롭게 시간을 보낼 수 있었다.

그런데 한 가지 걱정이 생겼다. 훈련 종료 2주를 앞두고 입원을 했는데 입원 기간이 1주일을 초과하면 유급이 되어 다음 기수와 함께 처음부터 훈련을 다시 받는다는 것이었다. 치료를 다 못 받는다 하더라도 그럴 수는 없었다. 입원 1주일 만에 고집을 부려 퇴원해서 최종 훈련 과정에 합류했다. 각개전투 3단계였다.

입원해있는 동안 혼자 있는 시간이 많다 보니 그녀가 그렇게 그리울 수가 없었다. 편지를 쓰자니 하필이면 오른손을 다쳐서 펜을 잡을 수도 없었다.

입원해있으면서 또 한 가지 기이하게 생각한 것은 멀쩡한 환자들이었다. 구체적으로 알 수는 없었으나 겉으로 보기에는 아무 이상이 없어 보이는데 몇 주일씩 훈련도 받지 않고 입원해있는 나이롱환자들이 적지 않았다. 지금은 생각지도 못하는 일이겠지만 그때만 해도 가끔 훈련소에만 있는 비리의 한 단면이기도 했다.

어떻든 나는 그녀에 대한 그리운 정을 옆의 나이롱환자의 손을 빌려 애절하게 전했고 그녀는 지난번 편지에서의 "out of sight, out of mind." 사건을 거듭 사과하며 따뜻한 위로의 편지를 하루가 멀다 하고 전해왔다.

154

육군 부관학교 시절

6주간의 신병교육을 마친 나는 법대 출신이라는 이유에서인지 행정 병과로 분류되어 당시 경북 영천에 있던 육군 부관학교에서 8주간의 주특기 교육을 받게 되었다. 같은 내무반에 있던 외사촌동생은 헌병 병과를 받아 역시 경북 영천에 있는 육군 헌병학교로 갔다.

부대 도착 후 점심시간이 지나자 소대장의 개별 면담이 시작되었다. 나는 정확하게 육군 부관학교 사병 184기생으로 제1구대 제1소대에 배속되어 있었다. 한 명씩 차례대로 면담을 시행했는데 드디어 내 차례가 되었다. 관등성명을 소리 높여 외친 후 소대장 책상 앞에 앉았다.

소대장은 말없이 빙그레 웃고 있었다. 나도 소대장과 눈이 마주치는 순간 너무나 놀랐다. 내 눈을 의심할 정도였다. 소대장은 대학 동기였다. 별명이 '키다리 미스터리'인 이동춘 소위였다.

내가 대학교 2학년 1학기 때부터 우리나라에서는 처음으로 ROTC(학생 군사 교육단) 제도가 도입되었는데 이동춘 군은 대학 졸업과 동시에 제1기 ROTC 장교로 임관하여 그곳에서 소대장 보직을 맡고 있었다.

대학 동기 동창이 한 사람은 어엿한 장교로, 한 사람은 초라한 이등병 신분으로 마주 앉게 된 것이다. 소대장은 미리 내 병적 기록 카드를 보고 깜짝 놀랐다면서 나더러 어떻게 해서 거기까지 오게 되었느냐고 물었다. 창피해서 한동안 대답을 하지 않고 있다가 어차피 알려야 할 사항이었기 때문에 나는 자초지종을 얘기했다. 폐결핵으로 1년 휴학을 했다가 복학해서 졸업하자마자 징집영장이 나와 기피할 수 없어서 사병으로 입대하게 되었다고 했다. 그러자 소대장은 "너만은 고시에 합격할 줄 알았는데 그런 사연이 있었구나." 하면서 몹시 아쉬운 표정을 지었다.

소대장은 내가 8주간 그곳에서 교육을 받는 동안 표시 나지 않게 나에게 많은 도움을 주었다. 부관학교에 입교한 지 1주일도 채 안 되어서 연말연시가 되었다. 점호가 끝났는데 소대장이 호출이 있다 해서 가보았더니 원래 피교육생은 외출, 외박이 금지되어 있는데 연말연시를 기해 집에 한번 다녀오라면서 외박증을 끊어주는 것이었다.

거기에 적힌 나의 계급은 이등병이 아닌 상등병이었고, 그 계급장도 미리 준비해서 나에게 건네주는 것이었다. 사소한 온정 같지만 피교육생인 나로서는 상상도 할 수 없는 자상한 배려였다. 동료들한테는 집에서 조부 사망이라는 관보(官報)가 왔다고 둘러대고는 2박 3일간 서울을 다녀왔다. 집에서도 놀랐고 그립던 그녀도 반가워하면서도 퍽 놀라는 기색이었다. 친구인 소대장의 호의를 설명했더니 그때야 안도하는 듯했다.

소대장은 당직 근무를 할 때면 점호가 끝난 후 나를 불러내어 밤참을 먹게도 했다. 창고에다 하얀 쌀밥을 해놓고 맛있는 배추김치에다가 돼지고기 볶음까지 곁들인 후 실컷 먹으라는 것이었다. 역시 따뜻한 우정이 고맙기 그지없었다.

소대장은 육군의 각 급 특기 교육기관에서 1등부터 5등까지의 우수한 수료자에게는 규정상 육군본부의 충원지시 범위 내에서 자기가 원하는 곳에서 근무할 수 있는 특전이 부여된다면서 내무점수는 소대장인 자기가 알아서 매길 테니까 나더러 학과 점수에 신경을 좀 쓰라는 당부도 잊지 않았다.

나중에 알고 보니 종합 성적을 낼 때 학업 성적은 70%, 내무 적성은 30%를 참작한다는 것이었다. 물론 학과 성적은 별 신경도 쓸 것 없이 줄곧 수석을 기록했는데 내무 성적은 솔직히 표현하면 별 볼 일 없는 정도였다.

그런데 수료 1주일 전 쯤 해서 소대장이 다시 나를 불렀다. 자기가 알아 보았더니 나의 수료 성적이 일등인데 어디로 가서 근무하고 싶으냐고 물었다. 나야 어느 부대가 근무 환경이 좋은지 알 수가 없었지만 선배 기수나 동기생들한테 얻어들은 바에 의하면 육군본부는 고급장교들이 많아 근무하기가 힘이 들고, 제일 좋기로는 서울의 수도육군병원(박정희 대통령 시신이 안치되었던 곳)이나 여군 훈련소라고 했다.

소대장한테 내가 주워들은 대로 얘기했더니 그래도 사병이 육군본부에 근무한다는 것이 영광스러운 일이고 나같이 행정 능력을 제대로 갖춘 사병이 그곳에 근무하는 것이 나라를 위해서도 유익한 일이라면서 극구 육군본부 근무를 권고한 것이었다. 소대장의 권고도 일리가 있다는 생각에 나는 두말하지 않고 육군본부를 지망해서 육군본부 경리감실 서무과에서 군복무를 정식으로 시작하게 되었다.

육군본부에서의 생활

나의 근무처는 육군본부(지금의 전생 박물관 자리) 경리감실이었으나 나의 소속 부대는 육군본부 본부 사령실 제3중대였다. 경리감실 근무 사병들과 다른 참모부 근무 사병 등 40여 명이 같은 내무반에 편성되어있었다.

경리감실에서 근무를 시작한 지 처음 몇 주 동안은 내가 서무계 업무를 보았기 때문에 각종 문서 수발이나 장교들의 잔심부름을 하는 것이 내가 하는 일의 전부였다. 별로 신경 쓸 것 없이 너무 편하게 지냈다.

그런데 한 달쯤 지나자 과장(대령)과 보좌관(중령)이 과장실로 나를 불러들이더니 내가 서울 법대 출신이고 부관학교 일등 수료자인데 문서 수발이나 시키는 것은 유능한 인재를 제대로 활용하지 못하는 처사라면서 그날 이후부터는 각종 공문서 기안과 경리 관계 규정을 정비하는 업무를 보좌하라는 특명이 내려졌다. 겨우 일등병 신분으로 고급 장교들이 해야 할 업무 일부를 내가 떠맡게 된 것이었다. 한편으로는 자랑스럽기도 했으나, 속으로는 난 일개 사병일 뿐인데 내가 왜 그런 거창한 일을 해야 하느냐고 짜증을 부리기도 했다.

어떻든 나는 기왕에 하달된 각종 업무 지침 공문과 제정 관계 법령을 샅샅이 뒤져 웬만한 공문은 내가 직접 기안하되 작성 명의는 담당 장교로 해서 결재를 올렸고 각종 규정도 용어의 정의부터 시작하여 상호 모순된 조문을 정리하고 상위 법령에 저촉되는 부분을 수정하는 등 전반적인 규정 정비 작업을 하는 데 일조를 했다.

그러다 보니 감실 내 장교(최하가 소령 급이었다.)들도 내 업무 능력을 인정해주고 보다 인격적으로 대해주었다. 그러나 내무반으로 돌아가면 내가 제일 밑에 있는 졸병이었다. 그 탓으로 학력으로 보나 나이로 보나 나보다 한참 아래인 내 상급자들한테 인격적인 모욕을 감수하면서까지 온갖 궂은 일을 시키는 대로 해나갔다.

지금은 아니겠지만, 그때는 내무반에서 군기를 잡는다는 명분으로 자기보다 하급자한테는 거칠고 상스러운 언어를 구사하는 것은 예사로운 일이었고, 기합과 집단 구타가 하루가 멀다 하고 자행되고 있었다. 근무처가 안방이라면 내무반은 감옥이었다.

158

그러던 어느 주말이었다. 내가 육군본부로 배속된 지 이미 6주가 지나고 있었다. 내가 부관학교에서 배운 인사 규정에는 분명히 작전이나 업무에 지장이 없는 한 휴가나 외출·외박은 누구에게나 공평하게 실시하도록 명시되어 있었다. 그러나 나보다 상급자들은 매주 제한 없이 외출·외박을 나가는데 나는 최말단 졸병이라는 이유 하나만으로 벌써 6주째 외출한 번 나가지 못하고 계속 대기병으로 남게 되어 분통이 터질 지경이었다.

지금의 국방부 청사(삼각지 소재) 왼편 내리막에 사병들이 쓰는 막사가 밀집되어 있었고 그 입구에서부터는 사방을 둘러 철조망이 촘촘히 처져 있었다. 한편, 내가 소속한 제3중대 막사에서 나와 정면으로 바라보면 남산이 있었고 바로 그 산 밑에 내 집이 있었으며 집에서 멀지 않은 중구 오장동에는 내가 사랑하는 그녀가 살고 있었다. 6주째 대기하던 토요일 오후에는 그날따라 유난히 그녀가 그립고 보고 싶었다. 바로 건너편 산 아래 그녀를 두고도 졸병 신세라서 대기를 해야 하는 내 처지가 처량하기까지 했다.

나는 용기를 내서 주번 사관실을 찾아갔다. 내 집이 바로 저 남산 밑인데 벌써 6주째 외출 한 번 못 나가고 대기만 하고 있으니 정식 외출증이 아니면 공용 외출증(공무 수행차 부대 밖으로 나갈 수 있는 외출증) 이라도 만들어주면 나갔다가 당일 저녁 점호 시간 안에 귀대하겠다고 사정을 해보았다. 그러나 졸병 주제에 건방지다면서 한마디로 거절하는 것이었다. 그러나 거기서 주저앉을 내가 아니었다. 일단 결심을 하면 어떠한 대가를 치르더라도 기필코 관철을 시켜야 직성이 풀리는 나였다. 규율이 엄한 군대라고 예외일 수는 없었다. 우선 날이 저물기를 기다렸다가 위병 초소로부터 약간 떨어진 곳의 철조망 가로 가보았다. 높은 철조망이라 뛰어넘을 수는 없었고 나 같은 시도가 많았을 것으로 짐작하고 철조망 밑의 개구멍을 찾아보

앉다. 다행히도 쉽게 개구멍 하나를 발견했다. 나는 그 개구멍을 통해 부대를 빠져나온 후 집으로 가서 우선 사복으로 갈아입고 그녀를 찾아갔다.

토요일이라 혹시 외출이라도 나올 것 같아 오후 내내 눈이 빠지게 기다렸다면서 반갑게 맞아주었다. 통금 시간이 임박할 때까지 데이트를 즐기고 집으로 갔다. 군복을 갈아입고 그 시간에라도 귀대할까 생각도 해보았으나 어차피 일은 저질렀고 그다음 날은 일요일이었다.

처벌받을 각오를 하고 그다음 날 저녁에 귀대하기로 마음먹은 후 일요일에도 그녀를 만나 즐거운 시간을 보내다가 점호시간이 다 되어서 귀대를 했다.

무단이탈의 대가

점호시간 직전에 귀대하자 부대는 왈칵 뒤집혀 있었다. 내가 탈영한 것으로 알고 중대장과 인사계까지 비상소집이 되었고 내무반은 그야말로 살벌한 분위기였다. 그러나 나는 어떠한 처벌도 감수하겠다고 각오를 했기 때문에 의외로 담담할 수 있었다.

먼저 중대장실로 불려갔다. 당연히 무단이탈한 이유가 무엇이냐고 따져 물었다. 나는 서슴없이 대답했다. 내 집이 저 남산 밑에 있고 나한테는 장래를 약속한 애인까지 있다. 그런데 6주째가 되었는데도 외출 한 번 보내주지 않았다. 인사 규정상 외출·외박 기회는 누구에게나 공평하게 주도록 되어있지 않으냐. 6주 동안 대기만 한 이유는 오직 맨 졸병이라는 것밖에 없지 않느냐? 나는 이런 부당한 대우를 받지 않기 위해서라도 처벌을 각오하고 무단이탈을 했었다고 미리 준비한 대로 이유를 들이댔다.

그러자 중대장은 인사계한테 최근 몇 주 동안의 외출·외박자 명단을 가져오라더니 살펴본 후 인사계한테 내가 매주 신청을 했는데도 왜 한 번도 외출·외박이 허가되지 않았느냐고 오히려 힐책하는 것이었다.

인사계를 내보낸 후 중대장은 며칠 전에 참모총장 비서실에서 임 일병은 몸도 허약하고 군대가 늦어 나이도 들었으니 잘 보살펴주라는 전화가 왔었다면서 애로사항이 있으면 중대장 자신한테 직접 얘기하라고 말한 후 나가라고 했다. 당시 참모총장 비서실에는 대학 동기 동창인 홍웅식 병장이 나보다 1년 반 정도 먼저 입대해서 근무하고 있었는데 일과 후에 가끔 만나 이런저런 대화를 나눈 적이 있었다.

내가 내무반에 들어서자 분위기는 더욱 험악해져있었다. 최인홍(가명) 병장이 내무반장이었는데 외출 나갔다가 귀대하면서 술까지 마신 것 같았다. 나를 보자 야전용 곡괭이 자루를 들고 설치면서 고참들까지 차례로 줄빠따를 맞게 할 거냐 아니면 나 혼자 빠따 20대를 맞을 거냐고 다그치는 것이었다.

최 병장은 고등학교를 갓 나와 지원 입대를 했기 때문에 나보다는 너덧 살 아래였고, 인천에서 학교 다닐 때부터 어깨 패들과 어울려 다녔다고 자랑 아닌 자랑을 하던 왕고참으로서 거구였다. 게다가 곡괭이 자루는 1m는 족히 넘는 긴 것이었고 참나무로 만들었기 때문에 몇 대 맞으면 안 쓰러질 장사가 없을 정도로 아프다는 것을 나는 이미 경험을 통해 알고 있었다. 그래서 이미 각오는 했지만 한 번쯤은 버텨보기로 작심을 했다. 내가 군법을 어겼으니까 법적인 처벌은 감수하겠지만, 내무반에서의 구타에는 응할 수 없다고 단호하게 대들었다.

그러자 내무반 여기저기서 졸병이 버릇이 없다면서 안 죽을 만치 두들겨 패라고 고함을 지르는 것이었다. 나는 하는 수 없이 줄빠따는 원치 않으니 나 혼자 빠따를 맞겠다며 엎드려뻗쳐 자세를 취하고 이를 악물었다. 이윽고 빠따를 내리치는데 대여섯 차례까지는 아파서 뒹굴기도 했는데 그 이후부터는 누가 몇 대를 더 때렸는지 통증을 거의 의식하지 못할 정도로 집단 구타를 당했다.

둔부의 통증 때문에 밤잠을 설치다가 아침에 눈을 떴으나 도저히 하체를 움직일 수가 없었고 특히 피범벅이 된 팬티가 살에 말라붙어 떨어지지를 않았다. 그날로부터 1주일 동안 의무대에서 통원치료를 받는 일 외에는 근무처에 나가지도 않고 꼼짝없이 내무반에 누워 지내야 했다. 의무대 화장실에서 하의를 내리고 거울에 엉덩이를 비추어 봤더니 둔부 전체가 시퍼렇게 피멍이 들었고 군데군데 찢긴 자국이 선명했다.

나는 군의관한테 환부의 사진을 찍어주고 정식으로 진단서를 발부해 달라고 요구했다. 그랬더니 군의관은 의아해하면서 약 10일 정도 치료를 받으면 피멍도 빠지고 상처도 아물 텐데 사진이나 진단서가 왜 필요하냐고 오히려 나를 나무라는 말투였다. 그래서 나는 부당하게 집단 구타를 당했기 때문에 법적으로 문제를 제기했을 경우에 대비해서 증거를 확보해두려고 한다고 분명히 말을 했다.

그러자 군의관은 졸병생활을 하다 보면 그까짓 구타쯤이야 흔히 있는 일인데 그런 것을 문제 삼으면 되겠느냐면서 꾹 참고 지내는 것이 앞으로 군 생활을 하는 데 편할 것이라고 점잖은 충고를 늘어놓는 것이었다.

마치 졸병은 기본적인 인권마저도 유린당해도 된다는 식의 군의관의 말을 듣고 만약 당신이 내가 요구하는 증거를 마련해주지 않으면 당신도 문제로 삼을 수 있다고 엄포를 놓았더니 환부의 사진 몇 장과 둔부 타박상 및 열상으로 3주간의 통원치료를 요한다는 내용의 진단서를 발부해주었다.

치료를 받고 내무반으로 돌아오자 그사이 군의관이 연락했는지 중대장과 인사계가 내무반으로 나를 찾아와 꼭 법적으로 문제를 삼겠느냐고 물었다. 나는 주동자는 자대 징계를 해서라도 반드시 처벌을 해주고, 다시는 내무반에서 어떠한 이유로도 집단 구타가 없도록 보장해주면 더는 문제 삼지 않겠다고 양보를 했다.

그 결과 주동자인 내무반장은 영창 5일의 징계를 받았고, 그 후로 내가 있는 동안은 내무반에서의 집단 구타나 사적인 폭력 행사는 없었으며 외출·외박도 정상적으로 이루어지게 되었다.

그녀와 함께 보낸 첫 휴가

그 일이 있은 후 근무처에서나 내무반에서 제대로 인격적인 대우를 받게 된 나는 별 탈 없이 안정적으로 군 복무에 임했다.

그러던 중 나는 그녀의 여름방학 시작과 때를 맞추어서 첫 휴가를 나왔다. 그녀와 나는 4박 5일 간의 일정으로 남해안 일대 섬들을 둘러보기로 했다.

첫날은 부산으로 내려가 해운대를 둘러본 후 태종대를 찾았다. 등대 건너편의 넓은 바위에 앉아 끝없이 펼쳐진 남해의 수평선을 바라보며 그녀와 나는 최무룡과 츄 부론디가 함께 부른 〈단둘이 가봤으면〉이란 노래를 부르며 사랑을 속삭였다.

'늘 푸른 나무들이 무성한 섬 찾아서 꽃을 심고 새도 길러 맑은 샘 파놓고 그대와 단둘이서 살아봤으면'이란 가사는 다른 밀어가 필요 없을 정도로 그 당시 우리 둘의 심정을 그대로 표현하고 있는 듯했다.

둘째 날은 부산에서 여객선을 타고 장승포를 거쳐 거제도를 지나 충무까지 가서 일박을 했다. 기암괴석으로 형성된 소금강은 과연 그 이름에 걸맞게 절경이었고, 이순신 장군의 전승지로 유명한 한산도는 유적지답게 경건하고 청결하게 잘 보존되어있었으며 울창한 숲 사이로 난 오솔길은 연인들의 데이트 장소로도 안성맞춤이었다.

셋째 날은 거문도를 돌아 여수에서 일박을 했다. 원래 일정은 거문도에서 관광선을 갈아타고 백도(白島)까지 돌아볼 계획이었으나 기상 악화로 포기하고 거문도에서 싱싱한 회를 맛본 것으로 자위하고 아쉬움을 안은 채 여수로 돌아와서 오동도를 구경했다.

넷째 날은 하루 종일 장맛비가 내렸다. 당초 계획은 날씨가 좋으면 일찍 서울로 올라가서 교외선(校外線)을 타고 나가 송추계곡쯤에서 일박하기로 되어있었으나 비가 오는 바람에 여수에서 늑장을 부리다가 밤에 수원역에서 내렸다.

언젠가 한 번 가본 적 있는 사도세자 능(陵)을 채 못 가서 용주사라는 큰 절간이 있었는데 그 근처 어느 민가에서 다시 일박을 하게 되었다. 그날 밤도 둘은 문학과 인생, 그리고 사랑 등을 주제로 시간 가는 줄 모르고 자정이 넘도록 대화를 나누었다. 그녀는 화학을 전공하는 과학도였으나 철학이나 문학 분야에 대해서도 상당한 수준의 교양을 지니고 있어서 대화는 끊이지 않고 자연스럽게 길게 이어졌다. 새벽녘이 다 되어서야 잠자리를 펴게 되었다. 믿기지 않을지 모르겠지만 서로 사랑하는 연인끼리였으나 우리 둘은 3박을 하면서도 이성 간에는 아무 일도 없었다.

그녀는 나를 믿기 때문에 같이 여행을 떠나자고 먼저 제의를 했고 나 또한 그 신의를 저버리지 않기 위해서 무진 애를 쓴 결과였다.

그녀는 그날 밤도 잠자리를 따로 펴면서 한가운데에 옷가지 등으로 경계선을 쳐놓고 어떠한 경우에도 그 선을 넘지 않기로 나한테 다짐을 받은 후 각자 자리에 누워 잠을 청하게 되었다. 밖에는 장대비가 주룩주룩 퍼붓고 있었다. 가끔씩 천둥번개도 쳤다. 더군다나 그날 밤이 여행 기간 중 마지막 밤이었다. 쉽게 잠을 이룰 수가 없었다. 그녀도 나를 경계해서였는지 잠이 들지 못하고 자꾸 뒤척이는 눈치였다.

그녀에 대한 신의도 중요했지만, 그녀가 다니던 대학교의 학칙에는 재학 중 임신을 하거나 결혼을 하게 되면 무조건 퇴학 처분을 하게 되어있어서 더욱 참아야만 했다.

그러나 그날 새벽만큼은 도저히 참을 수가 없었다. 이것저것 따져보고 앞뒤를 헤아릴 여유가 없었다. 드디어 그 선을 넘고 말았다. 1965년 7월 17일은 제헌절이자 우리 둘에게도 특별한 날임에 틀림이 없었다. 두 사람 다 같이 첫 경험을 한 것이었다.

우정 어린 배려

참모총장 비서실에 근무하던 홍웅식 병장이 제대를 한 달 정도 앞두고 나더러 자기 후임으로 비서실에 근무하면 어떻겠냐는 제의를 해왔다. 참모총장이 퇴근 후에는 수행 부관(비서 역할)이 따로 있고 총장공관에도 별도로 사병들이 근무하기 때문에 일단 총장이 퇴근하고 나면 비서실 사병은 거의 할 일이 없다는 것이었다. 내무반 생활을 안 해도 되고 저녁 시간에는 사복을 입고 자유롭게 외출도 할 수 있으며 임의로 여가를 선용할 수도 있다고 했다. 우정 어린 배려였으나 나는 정중하게 사양했다. 우선 나는 영어 회화 능력이 부족했다. 총장실에는 수많은 외국 장성들을 비롯한 외국 인사들이 수시로 드나드는 곳인데 통역장교가 따로 있다고는 하지만 어느 정도 의사소통을 할 수 있는 회화 능력이 필요했다. 그러나 나는 영문을 해독할 수는 있었지만 회화는 별로 자신이 없었다. 다음은 고지식한 나의 성격 때문이었다. 비서실에서 근무하려면 눈치 빠르게 상황 판단을 해야 할 경우도 있고 임기응변식으로 대처해야 할 경우도 있을 텐데 나는 결코 그런 성격이 못되었다.

고대하던 만기제대

어떻든 나는 육군본부에서 의무복무 연한을 무난히 마치고 영농 교육까지 착실하게 받은 다음, 1967년 4월 15일에 드디어 만기 제대를 했다. 1964년 10월 30일에 육군 제2 훈련소에 정식으로 입소한 지 만 29개월 하고도 15일을 더 복무하고 육군 병장으로 만기제대를 한 것이다. 입대 전보다 건강도 훨씬 좋아졌고 체력도 몰라보게 향상되어 무슨 일이든 해낼 수 있을 것 같은 자신감을 안고 귀가를 했다.

재도전과 정상 정복

• • •

재도전의 시작

제대하고 보니 여러 가지로 달라진 것이 많았다. 우선 고시제도가 많이 바뀌었다. 한 해에 봄·가을 두 번씩 고시를 볼 수 있게 되었다. 한 번 고시를 치르는데도 1차 시험과 2차 시험으로 나누어 실시하고 상법을 2차 시험의 필수과목으로 추가해놓았다. 1차 시험은 객관식 사지선다형이었는데 외국어가 필수 선택이어서 대학을 나온 지 여러 해가 된 고참 수험생들한테는 큰 부담이 되었다. 어떻든 1차 시험에 합격해야만 2차 시험인 본고사를 치를 수가 있었는데 그 합격률이 높아야 전체 응시자의 20% 내지 25%였기 때문에 1차 시험도 여간 부담이 되는 것이 아니었다.

나는 건강도 자신할 수 있을 정도로 회복되었고 병역문제도 이미 해결을 했기 때문에 이듬해 봄에 실시되는 사법 고시를 목표로 전력투구하기로 하고 치밀한 계획을 세웠다. 한편 우리 가족은 1965년 봄에 남산 밑 동굴 앞의 판잣집에서 서대문구 응암동 낡은 한옥으로 이사하게 되었다.

나는 1967년 5월경부터 응암동 버스 정류장에서 조금 떨어진 조용한 독서실에 자리를 잡고 식사하고 잠자는 시간 외에는 오로지 독서에만 전념했다. 그녀와의 만남도 자제하기로 했음은 물론이다. 우선 필수과목으로 추가된 상법부터 공략하기 시작했다. 그전에는 필수과목이 아니어서 대학 다닐 때 강의도 신경 써서 듣지를 않았고 기본 서적마저 그 분량이 방대해서 독파해나가기가 결코 쉽지만은 않았다. 그러나 내년 봄 고시까지는 10여 개월의 시간이 남아있었기 때문에 크게 걱정할 일은 아니라고 생각했다.

갑작스러운 임용시험 공고

그런데 제대를 하고 본격적인 고시 준비를 시작한 지 채 5개월도 안 되었는데 그해 9월 하순에 제1회 군법무관 임용시험을 실시한다는 공고가 나왔다. 그때까지만 해도 고시 합격자 중에서 병역 미필자를 골라 군법무관으로 임용시켜 왔는데 그 숫자가 많지 않기 때문에 각 군에서 필요로 하는 적정 수의 군법무관 요원을 충족시킬 수가 없게 되자 군법무관 임용시험제도를 별도로 시행하게 된 것이다. 그 시험에 합격하면 당연히 변호사 자격을 주는 것은 물론이고 판사나 검사에 준하는 대우를 해주고 성적이 우수하면 국비로 유학까지 보내주는 특전까지 있다고 했다.

나는 이미 병역의무를 필했기 때문에 그 시험에는 별로 관심이 없었다.

그런데 그 공고가 난 후 내가 수집한 고시 정보에 의하면 의무 복무 기간이 다소 장기라는 것 외에는 결과적으로는 사시 합격자와 별로 다른 점이 없어 보였고, 그 시험 첫해에 한해서 부족한 법무관 요원을 충원하기 위하여 약 80명 정도를 선발할 예정이어서 합격할 가능성도 커보였다. 내 대학 동기들도 다수 응시한다고 했다. 그래서 나는 내년 봄에 사시를 치르더라도 내 마음을 긴장시켜 학습 능률을 더 높이고 2년 6개월 만에 다시 독서를 시작한 내 실력의 중간 평가도 받아볼 겸 해서 그 시험에 응시하기로 결심했다.

그해 9월 하순경에 1차 시험이 실시되었는데 처음 보는 객관식 시험 방식이라 약간은 생소했으나, 독어와 형사정책을 선택한 덕분에 전체 평균 점수가 높아 어쩌면 1차 관문은 무난히 통과할 수 있을 것 같았다. 20여 일 후에 1차 합격 통보를 받고 본격적으로 한 달 안에 실시될 2차 시험 준비에 박차를 가했다. 2년 6개월간의 공백이 있었지만, 대학 2, 3학년 때 온 힘을 다해 다져놓은 실력은 결코 헛된 것이 아니었다. 마음을 다잡고 집중적으로 공략을 하다 보니까 단기간에 종전의 실력 수준으로 회복할 수가 있었다. 그러나 상법만은 역시 쉽지가 않았다. 겨우 1회독을 끝냈을 무렵 그 시험이 공고되었는데 제대로 상법을 정복하려면 최소한 몇 개월은 더 걸릴 것 같았다.

나는 하는 수 없이 문제집 위주로 어느 정도 정리를 했으나 역시 자신은 없었다. 마지막 상법만을 남겨놓고 3일간의 2차 시험이 끝났다. 다른 법률 과목은 평소의 실력을 십분 발휘하여 어느 정도는 제대로 답안을 작성했는데 민법과 형법에서 예상 밖의 케이스 문제가 출제되어 수험생들 대부분이 곤욕을 치렀다. 케이스 문제란 실제 생활에서 발생할 수 있는 사례를 시나리오 형식으로 적시해놓고 그 사례 속에 포함된 제반 문제점을 법률적으로 추리, 조명해서 결론을 도출해내는 출제 방식이었다.

대학 4학년 때 민사연습이나 형사연습 강의를 듣긴 했으나 고시 본고사에서의 케이스 문제 출제는 다소 의외였다. 그러나 이웃 일본의 그 당시 고시 출제 경향은 케이스 문제도 포함하고 있다는 점을 이미 알고 있었기 때문에 그런 문제에 대한 대비가 전혀 없지는 않았다. 최악의 경우라도 과락은 면할 수는 있을 것 같았다.

드디어 마지막 상법 시험을 치르게 되었다. 오전 10시 정각에 시험장 앞의 칠판에 문제가 걸리는 순간이었다. 단 두 문제뿐이었다. '주식회사와 유한회사의 이동(異同)을 논함'과 '환어음과 약속어음의 이동을 논함'이었다. 문제가 걸리는 순간 내 눈을 의심했다. 두 문제는 다 내가 완벽하게 마스터한 문제였다. 이윽고 두 눈에 눈물이 고였다. 역시 그때도 하나님은 나를 도우시고 계셨다. 감사 기도를 드린 후 차분하게 답안지를 써 내려가다 보니 어느새 시험 종료 10분 전을 알리는 예비 종이 울렸다.

아직도 쓸 것이 더 남았지만 서둘러 결론을 매듭짓고 홀가분한 마음으로 시험장을 나왔다. 시험장 밖에서는 그녀가 벌써 와서 나를 초조하게 기다리고 있었다. 내가 상법은 자신이 없다고 고민을 많이 했기 때문에 그녀도 시험이 끝날 때까지 불안해서 마음을 놓을 수가 없었다고 했다. 그러나 내가 생각보다는 성적이 괜찮을 것 같다고 했더니 그녀는 뛸 듯이 기뻐하며 그 자리에서 감사 기도를 드리는 것이었다. 최종 합격자 발표는 그해 11월 27일로 예정되어 있었다.

어머니의 길몽

하루도 거르지 않고 나를 위해 새벽 기도를 드리던 어머니가 합격자 발표 이틀 전에 꿈을 꾸셨다고 했다. 새벽 기도를 끝내고 막 눈을 붙이려는데 하늘에서 하얀 보자기가 덮인 큰 책상이 내려오더니 내가 쓰는 방 지붕을 뚫고 내려앉더라고 했다. 어머니는 길몽이라시며 아무에게도 말하지 말라고 하셨다.

나는 2차 시험을 치르고도 그 결과에는 크게 연연하지 않고 며칠 뒤부터 평소와 다름없이 내년 봄 고시를 위해 공략을 거듭했다. 만약의 경우에 대비해서였다. 그 시험을 통해서 최근의 출제 경향을 파악할 수 있었던 것도 소득이었지만 2년 6개월간의 긴 공백 기간에도 불구하고 열심히 하면 목표를 달성할 수 있다는 확신을 갖게 된 것이 가장 큰 소득이었다.

1967년 11월 27일 그날의 감격

그날 오전 10시에 총무처 고시과에서 중앙청 앞 게시판에 합격자 명단을 공표하게 되어있었다. 집이 멀다 보니 발표 시각을 약간 지나서야 그곳에 도착했더니 그녀는 벌써 와서 많은 사람들 틈에 끼어 이리저리 밀리면서 게시판에 붙은 내 수험번호를 확인하기 위해 애를 쓰고 있었다. 그때 마침 대학동기 한 명이 합격자 명단 사본을 입수했다며 내 수험번호와 이름을 확인해 주었다. '175번 임태유'. 드디어 합격했다. 너무나 기뻤다. 그녀와 나는 한참 동안 뜨거운 포옹을 했다.

그 순간의 결실을 위해서 나는 얼마나 힘에 겨운 대가를 치러야 했던가? 공부하다 피를 토하고 쓰러졌던 일, 자살까지 기도했던 일, 산촌에서의 고독한 투병 생활, 2년 6개월간의 고달픈 사병 생활, 그간의 과정들이 주마등처럼 스치면서 내 두 눈에서는 기쁨과 감사의 눈물이 하염없이 흘러내리고 있었다.

형과 어머니가 제일 기뻐하셨고 그녀의 부모님들 또한 무척 좋아하시며 축하해주셨다. 한편 고향 동네에서는 물론 잔치가 벌어졌고 그다음 날 벽제면 용미리 공동묘지 한 모퉁이에 자리 잡은 아버지의 묘소에서는 한 불효자가 한없는 회한의 눈물을 흘리고 있었다.

아버지의 쓸쓸한 운명(殞命)

아들 셋 중에서 유난히 나에 대한 기대가 크셔서 오매불망 나의 고시 합격만을 바라시며 지게 품팔이, 숯장수 등 온갖 고생을 다 하시다가 끝내는 발목이 불구까지 되신 아버지였다. 그런 아버지는 내가 군에 복무 중이던 1966년 초에 간암 말기 판정을 받고 8개월여의 투병 생활을 하시다가 한 많은 이 세상을 하직한 것이다.

돌아가시던 날 새벽 일이다. 으레 새벽녘이면 통증이 심해지셔서 온 가족을 불안에 떨게 하시던 아버지가 그날 새벽에는 통증을 느끼지 못하시는 건지 제법 또렷한 목소리로 나와 형을 부르셨다.

형한테는 부디 형제간에 우애할 것을 말씀하셨고 나한테는 제대한 후에라도 꼭 고시 합격을 해서 아버지의 한을 풀어달라고 하시면서 고시 공부는 너무 힘이 드니까 막냇동생은 의대를 보내서 의사를 시키는 것이 좋겠다는 말씀을 하셨다. 어머니를 잘 모시고 살 것과 특히 막냇동생 뒷바라지를 부탁하는 말씀도 잊지 않으셨다.

형과 나는 약간의 불길한 생각이 들긴 했으나 투병 기간 동안 가끔 하시던 말씀이어서 설마 그 말씀이 아버지가 마지막 남긴 유언이실 줄은 생각을 못 했다. 그날은 하필이면 주일이었기 때문에 동생들은 어머니를 모시고 을지로 4가에 있는 교회를 나갔고 형은 근무조라 출근했으며 나는 외박을 나온 터라 그녀와의 데이트 약속이 있었다. 결국 환자인 아버지 혼자 집에 누워계셨는데 막냇동생이 학생부 예배를 보던 도중 아버지가 자꾸만 눈에 밟혀 서둘러 귀가를 했더니 아버지는 숨을 몰아쉬며 임종 직전에 계셨다고 했다. 동생을 알아보셨는지 잠시 눈망울에 이슬이 맺히신 아버지는 이내 숨을 거두셨단다. 이렇게 6남매 중에서 막냇동생(당시 서울중학교 3학년생이었다.)만이 종신자식이 된 셈이었다.

나는 그런 줄도 모르고 그녀와의 데이트를 즐긴 후 저녁 무렵 귀대하기 위해서 군복을 갈아입으려고 귀가했다가 대문 앞에 조등(弔燈)이 매달린 것을 보고 망연자실했다. 통곡했다. 새벽녘 그 말씀이 유언이었던 것을 알아차리지 못하고 마지막 가시는 길을 지켜드리지 못한 것이 너무나 죄스러워 울고 또 울었다. 아버지 생전에 그렇게 바라시던 고시도 합격을 못했고 임종마저 지키지 못한 나는 평생 씻지 못할 불효자식이 되고 말았다.

며칠 전 나는 '60대 아들의 안타까운 사모곡'이라는 제하의 신문기사를 읽었다. 60대의 어느 가난한 농부가 자신의 간 질환 악화로 90대 노모를 모실 형편이 못 되어 잠시 누나 집으로 어머니의 거처를 옮겼는데 그 어머니가 몇 달 후에 노환으로 별세하자 노모의 장례를 치른 뒤 이틀 만에 자신의 불효를 탓하며 스스로 목숨을 끊었다는 내용이었다. 참으로 요즈음 세상에는 드물게 보는 효자요 나한테는 나의 불효막대를 새삼스럽게 깨우치는 것 같아 마음이 아파왔다.

인생의 전환점

사법시험과 진배없이 법조인 자격을 주는 어려운 시험을 도전한 지 불과 6개월 만에 합격한 나는 자신이 무척 자랑스럽고 대견하기까지 했다. 그러나 한편으로는 당초 목표했던 그 시험이 아니라서 다소 허전한 느낌이 드는 것도 사실이었다. 게다가 법무관이기 때문에 계급에는 별로 구애를 받지 않고 소신껏 일을 처리할 수 있고 일반 장교에 비해서 월등히 후대를 받는다고는 하지만 비록 사병일망정 군 복무를 필했는데 다시금 현역 복무를 지원해야 하는가라는 문제를 놓고 한동안 고심을 하기도 했다.

그런데 그 무렵 그녀와 나 사이에는 커다란 고민거리가 하나 있었다. 사실은 그녀가 홑몸이 아니었다. 임신 8주째 접어들면서부터 그녀는 눈가림을 위해 복대를 하고 학교에 다니며 몇 개월 앞둔 졸업식 날만을 고대하고 있는 형편이었다. 그녀의 부모가 아셨다면 당장 결혼을 하라고 성화를 대셨음은 불을 보듯 뻔한 노릇이었다.

나는 이 모든 것이 하나님의 뜻으로 생각하고 주어진 현실을 감사하는 마음으로 받아들이기로 했다. 그래서 다시 사시를 보지 않고 군법무관 임용에 응하기로 결심을 했다. 최종 합격자 분석 자료에 의하면 총 84명의 합격자 중 서울 법대 출신이 40% 선을 넘었고 그중에서도 14명이 나와 동기 동창이었다. 84명 중 공군에 10명, 해군에 16명, 나머지는 육군에 배속되어 근무를 하게 되는데 본인의 지원을 우선 참작한다는 것이었다. 나는 육군 제대를 했기 때문에 사병 시절 선망의 대상이기도 했던 공군 법무관을 지원했다.

법무관 후보생 시절

첫 점호의 추억

1967년 12월 15일. 나는 특수간부 후보생(법무관 후보생) 제17기로 공군기술교육단에 입교하여 10주간의 교육·훈련을 받게 되었다. 10주간의 교육·훈련이 끝나면 중위로 임관하여 1년간의 사법관 시보 과정을 거친 후 정식 법무관으로 임용된다고 했다.

본격적인 교육·훈련이 시작되었는데 1주일쯤 지나서 첫 점호를 받게 되었다. 첫 점호는 공군만의 전통인데 신병이나 장교 후보생이 처음으로 훈련을 시작하면 1주일 안에 사회에서의 자유분방한 생각과 생활 태도를 송두리째 뿌리 뽑고 변화시켜 철저한 군인 정신을 주입시키기 위해서 치러야 하는 통과의례였다.

우리보다 3주 먼저 입교하여 훈련을 받고 있던 일반 장교 후보생(4년제

대학 졸업 이상의 학력자만 지원 가능)들에 의하면 첫 점호는 정신을 차릴 수 없을 정도로 혹독하게 실시한다고 했다.

드디어 첫 점호가 시작되었다. 대대장을 필두로 위관급 장교 10여 명이 한꺼번에 들이닥쳐 점호를 받는데 서있는 태도가 불량하다, 질문에 답변하는 소리가 작다, 관물 정돈 상태가 불량하다, 청소 상태가 불결하다는 등 별의별 트집을 다 잡으면서 계속해서 푸싱(가슴을 세게 밀어붙이는 동작)을 가하는 것이었다. 약 20여 분 동안 그 곤욕을 치르고 나니 온몸에 힘이 빠지고 정신이 가물가물할 정도로 녹초가 되어있었다.

기상천외의 기합

3주 정도 시간이 지나고 나니까 그곳에서의 생활에도 제법 적응을 해서 이렇다 할 사고 없이 열심히 교육·훈련에 임하고 있었다. 그러던 어느 날 저녁의 일이다. 나는 동료 후보생 한 명과 함께 점호가 끝난 후 화장실을 갔다가 막 나오는 길이었다.

장교 후보생 화장실 바로 건너편의 사병 화장실 주위에서 3, 4명의 신병이 훌쩍거리고 있었다. 이상하다고 생각되어 다가가서 그 이유를 물었더니 선뜻 대답하지 않았다. 그러자 기간 사병인 듯한 사병이 화장실에서 나오면서 그까짓 일로 사내 녀석들이 훌쩍거리느냐며 나무라고 가는 것이었다. 직감적으로 무슨 일이 있었구나 생각하고 살살 달래며 물어보았더니 무겁게 입을 열었다.

원래 공군은 사병에게도 군용 넥타이를 지급해 준다. 술에 취한 주번 하사가 점호 시간에 내무반에 들어와 관물 정돈이 불량하다는 이유로 4명의 신병을 침상 위에 세워놓고 바지와 팬티를 내리게 한 후 남성의 심볼을 꺼내 흔들게 한 다음 거기에다 넥타이를 매도록 강요했다는 것이었다.

참으로 해괴망측한 짓이었다. 나는 그 신병들의 인적 사항을 확인한 후 내무반으로 돌아와 동기생들과 상의한 끝에 문제의 주번 하사를 법무관실에 고발하기로 의견을 모았다. 그가 실형을 선고받았음은 물론이다.

원망스런 1·21사태

원래 10주 훈련 중 5주간의 훈련이 끝나면 첫 면회가 실시되기 때문에 후보생들은 완전히 동심으로 돌아가 그날만을 손꼽아 기다리고 있었다. 그런데 막 5주째 훈련이 시작되었는데 하필이면 그 주 중에 김신조 일당이 청와대 뒷산까지 내려온 1·21사태가 돌발하고 말았다. 전군에 비상이 걸렸고 면회와 외출·외박이 전면 금지되었음은 물론이다. 며칠 안 있어 그리운 애인과 가족들을 만날 꿈에 부풀어있던 나와 동기생들은 아연실색하지 않을 수 없었다. 설상가상으로 며칠 후에는 푸에블로호 사건까지 터져 첫 면회는 다시 연기되었고, 군의 비상은 한층 더 강화되었다.

거기다가 훈련담당 교관들은 만약 전쟁이 발발하면 훈련을 중지하고 우리 후보생들은 소위로 임관, 육군에 편입되어 최전방의 소대장 근무를 하다가 소모품이 될 수도 있다면서 화를 돋우기도 했다. 기가 막혔다. 운이 없어도 너무 없다고 생각했는데 다행히 국면이 평상시로 전환되어 7주 만에 첫 면회를 할 수 있었다.

잊지 못할 권총 사격장

훈련 막바지에 권총 사격훈련을 받게 되었다. 그날은 음력으로 정월 초하루, 설날이었다. 그때만 해도 구정은 설날로 공식 인정을 안 했기 때문에 군에서는 평상시와 다름없이 교육·훈련이 시행되었다. 400여 명의 일반 간부 후보생들과 함께 우리 특간 10명도 권총 사격훈련을 받게 되었다. 그날따라 날씨는 왜 그리 추웠는지 동내의를 겹으로 껴입었는데도 온몸이 떨려서 사격자세 등 정확한 동작을 제대로 취할 수가 없었다.

그러자 교관 문승희 소위는 우리 특간 10명을 일반 간부 후보생들 앞에 세우더니 고시까지 합격한 놈들이 사격 훈련을 하는데 가정교사까지 붙어야 하느냐며 갖은 모욕적인 말과 함께 참기 힘든 기합을 연거푸 주는 것이었다.

그러나 피교육자 입장인지라 그 정도는 달게 참았는데 내무반에 도착한 동기생들은 문 소위에 대해서 난상 토론을 벌이게 되었다. 우선 불과 2주일 후면 중위로 임관할 특간 후보생들인데 기껏해야 소위 계급을 단 교관이 서너 살 밑의 일반 간부 후보생들이 지켜보는 앞에서 그렇게 심하게 인간적인 모욕을 주고 가혹한 기합을 줄 수 있느냐는 것이었다.

다음은 피교육자에게도 기본적인 인권은 보장되어야 하는 것인데 그날은 민족 전래의 설날이었고 혹한이 몰아쳐 누구나 거동과 동작이 부자연스러울 수밖에 없었는데 일반 간부 후보생은 그냥 두고 유독 나이가 많은 특수 간부 후보생만 불러내어 그 곤욕을 치르게 한 것은 교관 자신 열등감의 발로로서 우리를 화풀이 대상으로 삼은 것이 아니냐는 것이었다. 그러면서 그 교관 자신은 물론이고 대대장이 공식적으로 사과하고 재발 방지를 약속해주지 않으면 당장 그다음 날부터라도 교육·훈련을 보이콧하자는 것이었다. 그러자 내가 반론을 제기했다. 교육·훈련을 거부하면 그 날짜만큼 임관이 늦어지고 결국 손해는 우리만 보는 것이다. 그러니 구대장 후보생인 내가 대대장한테 가서 그 교관의 부당한 처사에 대해서 항의를 하고 재발 방지를 요구하는 선에서 그 일을 마무리 짓자고 제의를 했더니 다행히 모두 동의를 해주었다.

임관 전야

1968년 3월 2일. 드디어 공군 중위로 임관하는 날이었다. 그런데 그 전날 밤 늦은 시간에 점호도 없이 잠자리에 누워 이런저런 잡담을 나누고 있었는데 웬 장교 한 명이 공손히 거수경례를 붙이고 내무반을 들어서는 것이었다. 문승희 소위였다. 그렇지 않아도 동기생 중에 누구든지 문 소위 소속부대 법무관으로 부임하면 문 소위의 비리나 부당행위 등을 입건해서 처벌하자는 농담까지 한 직후였다.

문 소위는 들고 온 봉지에서 무엇인가를 주섬주섬 꺼내더니 우선 중위 계급장 두 벌씩을 각자에게 나누어주었다. 이윽고 오징어를 찢고 소주병을 따더니 10명 모두 앞에 한 잔씩 따른 후 드디어 입을 열었다.

자기는 서울대 천문기상학과 출신의 단기 복무 장교인데 특간 10명 중에는 직속 서울대학교 선배가 네 분이나 계신 것도 잘 알았지만 수백 명을 동시에 교육해야 하는 교관 입장에서 교육 효과를 높이기 위해서 본의 아니게 선배님들을 괴롭히게 되었으니 용서해달라면서 내일의 임관을 축하한다는 것이었다. 그러고는 가져온 술병을 다 비울 때까지 주거니 받거니 잔을 부딪치다가 문 소위는 돌아갔다.

흔치 않은 사례에 어리둥절하기도 했으나 문 소위에 대한 묵은 감정은 눈 녹듯이 녹고 말았다. 그는 후에 고급 공무원으로 발탁되어 기상청장을 지낸 것으로 기억된다. 그다음 날 가족과 친지들의 축하를 받으며 임관식을 마친 동기생들은 3일 후에 공군본부에서 재회키로 하고 각자 헤어졌다.

내 인생의 봄날,
고진감래

. . .

법무관 시보(試補) 시절

1968년 3월 7일. 공군본부에서 임관 신고를 마친 동기생들은 바로 그다음 날부터 서울 민사 지방법원에 파견되어 육군과 해군 동기생들과 함께 민사 실무 수습을 받게 되었다. 그때는 사법연수원이 설립되기 전이어서 곧바로 각 법원에서 실무 수습을 했다. 한 명의 부장 판사가 5, 6명의 시보를 담당하여 판결문 작성 요령 등의 실무 교육을 하는 것이었다. 때로는 생기록(실제 재판에 계류 중인 사건 기록)을 1건씩 주며 판결문을 써 오게 한 후 평가하여 성적을 매기기도 하였다.

실무 수습을 시작한 지 2주일쯤 지났을 무렵 담당 부장판사 주재로 시보들과의 회식이 있었다. 장소는 광화문 네거리의 동아일보사 좌측에 있던 어느 일식집으로 기억된다. 그 회식 석상에서 부장판사는 "지금까지 여러분은 법률 공부에만 전념해왔다. 그러나 지금부터는 제대로 된 인생 공부를 시작해야 한다."면서 법조인이 갖추어야 할 덕목과 올바른 자세 등에 관해서 일장 훈시가 있었다. 그분은 자타가 공인하는 실력파였고 강직한 성품에 명판결하는 것으로 후배들의 존경을 한 몸에 받아오고 있었다. 얼마 후 제1차 사법 파동의 주인공이 되기도 했는데 애석하게도 이미 고인(故人)이 되셨다.

훈시가 끝난 후 화기애애한 분위기에서 회식이 진행되었는데 몇 순배 술잔이 돌아가자 거나해진 부장판사는 서빙하는 여종업원한테 흰 고무신짝을 씻어오라더니 시보들에게 그 고무신짝에 정종을 가득 따라 주면서 입을 떼지 말고 단숨에 비우라는 것이었다.

술이 약한 나는 난감했으나, 그대로 따를 수밖에 없었다. 그것이 법조인이 되기 위한 첫 통과의례였는지 몰라도 어쩐지 씁쓸하기만 했다.

서둘러 한 결혼

그해 2월 하순 그녀가 대학을 졸업하고 배가 점점 불러오자 눈치를 챈 그녀 부모님들은 결혼을 독촉하기 시작했다. 그러나 나는 가정 형편상 전혀 결혼 준비가 되어 있지 않았다. 한편 내가 시험에 합격하자 여러 군데서 중매 얘기가 나오기도 했으나 나는 일축했다. 그런데 형수가 끈질기게 나를 설득하려 했다. 자기 친구의 부친이 변호사인데 그 집 둘째 딸과 한 번만이라도 맞선을 보라는 것이었다. 나와 그녀와의 관계를 누구보다도 잘 알고 있던 형수가 같은 여자 입장에서 어떻게 그럴 수가 있을까 의아스러울 정도로 집요했다. 아마도 형수는 지긋지긋한 가난에서 하루빨리 벗어나기 위해서 그 변호사 딸과의 결혼을 서둘렀는지도 모르겠다. 그러나 나는 그럴 수가 없었다. 누가 뭐라든 나는 그녀를 사랑했고 내가 저지른 일에 대해서는 당연히 책임을 져야 했기 때문이다.

내 가정 형편상 이른 시일 안에 결혼식을 올리기는 어렵다는 얘기를 들은 그녀의 어머니는 결혼 비용 같은 것은 조금도 걱정을 말고 당장 결혼식 날짜를 잡아오라는 것이었다. 내가 체격도 작고 집이 가난하다는 이유로 그녀와의 교제 자체를 극구 말리던 분이었다. 그런데 내가 시험에 붙고 나서부터 그분은 180도 태도가 달라졌다. 세상에서 사윗감은 나 혼자인 것처럼 치켜세우고 후대를 하는 것이었다. 그래서 나는 장모한테 춘향이의 어머니인 '월매'라는 별칭을 붙이기도 했다. 그러나 나는 처가 신세를 지면서까지 결혼을 서두를 수는 없다고 분명히 말씀드렸다. 그랬더니 10만 원짜리 계를 들어 두 번 몫을 타서 그 돈으로 결혼식을 치르면 어떻겠냐고 타협안이 제시되었다. 당시 나의 한 달 봉급이 1만 3천 원 정도였는데 곗돈은 매월 5천 원씩 불입하면 된다고 했다. 그 제의마저 거절할 수는 없어서 나는 쾌히 승낙했다.

4월 하순에 그 곗돈을 타서 5월 초순에 결혼식을 올리기로 하고 어머니와 상의 끝에 그해 5월 4일로 결혼식 날짜를 잡았다. 10만 원의 곗돈을 타서 백금 반지와 목걸이 한 세트를 예물로 준비하고 마포구 대흥동에 방 한 칸, 부엌 한 칸의 전셋집을 계약하고 나니 몇 푼 남지 않았다. 드디어 1968년 5월 4일 오후 1시에 비원 앞의 신혼예식장에서 지관순 목사님의 주례로 결혼식을 올렸다.

많은 하객이 축하해주셨다. 그중에서도 대학 동창들과 법무관 동기생들이 다수 참석을 해서 신랑·신부 친구들 사진을 촬영하는데 한 컷에 다 찍지 못하고 두 컷으로 나누어 찍게 되자 그 장면을 보신 장모님이 임 서방이 체구는 작아도 야무져서 똑똑한 친구들을 저렇게 많이 두었다고 흐뭇해하시며 처족들한테 자랑하셨다고 했다.

결혼식을 마친 우리는 친구들한테는 해운대로 신혼여행을 떠난다고 했지만, 실제로는 남산 팔각정을 한 바퀴 돈 후 기차를 타고 인천으로 내려가 맥아더 동상이 있던 자유공원 근처의 어느 여인숙에서 일박하고 그다음 날 곧바로 새로 마련한 우리들의 보금자리를 찾아들었다.

그 당시 신혼 여행지로 제주도는 부유층이나 갈 정도였고 대부분 신혼 부부들은 해운대나 온양온천을 다녀오는 것이 통상의 관례였는데 우리 부부는 그럴 형편이 못 되었고 아내도 몸이 무거워 장거리 여행은 무리일 수 있어서 가까운 곳에서 일박하기로 했던 것이다.

결혼 예물도 하찮게 해주었고 신혼여행마저 가는 둥 마는 둥 한 것이 아내한테 못내 미안했다. 결혼 10주년 기념일에는 값진 예물도 해주고 해외여행을 가자며 아내를 위로했고, 그 후 나는 그 약속을 어김없이 지켰다.

가난했던 신혼 시절

봉급을 타서 곗돈 5천 원을 불입하고 나면 단돈 8천 원이 한 달 생활비 전부였다. 그래도 신혼 생활은 너무나 즐겁고 행복했다. 아무리 쪼들리더라도 절대로 처가에 손을 벌리는 일은 않기로 철칙을 정했기 때문에 생활비가 떨어지면 헌책을 팔기도 했다. 내 법률 서적은 많았으나 헌책방에서는 헐값이었고, 아내의 이공계열 책들은 제법 가격을 많이 쳐주었다.

생활비가 달랑달랑하다가 아내의 책이라도 한두 권 판 날이면 부자라도 된 기분이었고 허구한 날 김치에 된장국만 먹던 우리 부부는 모처럼 삼겹살 구이로 외식도 하고 대흥동 삼류 극장에서 값싼 영화를 보면서 즐거워했다.

그렇게 지내던 어느 날이었다. 퇴근해서 보니 방 윗목에 큼지막한 쌀자루가 보였고 밥상에는 난데없는 소고기가 올라왔다. 나는 불쾌해서 아내를 다그쳤다. 친정에 가서 구걸해온 것으로 단정했던 것이다.

아내는 친정어머니가 모처럼 딸 집에 오는데 빈손으로 올 수가 없다고 쌀과 소고기를 조금씩 사 오셨다고 했다. 더는 나무라지 않았으나 내가 싫어하니까 앞으로는 그냥 다녀가시라고 전하도록 다시 엄령을 내렸다.

첫 아들 출산

시보 후반기에는 서울중앙지방검찰청에서 수사 요령과 불기소장 및 공소장 작성 방법 등의 검사 실무를 익히게 되었다.

그런데 그 중간에 아내는 첫아들을 1968년 8월 2일에 낳았다.

원래 처부모님은 슬하에 1남 3녀를 두셨으나 어린 나이의 첫아들을 병마로 잃어 늘 허전해하셨는데 아내가 첫아들을 낳자 너무나 기뻐하셨다.

내 친가에서도 특히 어머님은 형이 첫애가 없어서 기다리셨는데 내가 아들을 갖게 되자 집안의 경사라시며 무척 반가워하셨다.

삼복더위 속에 첫아기를 낳은 아내는 장모님의 정성스런 보살핌에도 불구하고 찌는 듯한 더위 때문에 산후조리를 소홀히 했던지 지금까지 살아오면서 그것이 아내의 건강에 적잖이 나쁜 영향을 주고 있다. 산모의 산후조리가 얼마나 중요한지를 우리 부부는 나이가 한참 들어서야 깨달았다. 뒤늦은 깨달음이지만 그것이 두 딸과 며느리한테 큰 교훈이 되었다.

새내기 검찰관 시절
 - 1. 대규모 군용물 횡령 사건

1년간의 시보 생활을 마치고 1969년 3월 2일자로 정식 법무관으로 임용되어 공군 작전사령부와 그 예하부대인 제30 방공관제단의 검찰관 겸직 발령을 받고 첫 부임을 했다. 그때 내 나이 만 29세였다. 공군은 육군과 달라서 장교는 정규 사관 출신이 아니면 대학 4년 졸업 이상의 학력을 가진 간부 후보생 출신이었고, 사병은 기술병을 제외하고는 최하 고졸 이상의 학력 소유자들이었기 때문에 잡다한 범죄 발생률이 훨씬 적었다. 그런데 내가 부임한 부대는 근무 여건이 비교적 열악한 곳에 여러 개의 사이트(레이다 관측 부대)를 거느리고 있었기 때문에 공군의 다른 부대에 비하여 크고 작은 범죄가 빈발하였다.

나는 검찰관 직무를 처음 수행하면서부터 내 나름대로 사건 처리 방침을 세운 바 있었다. 모든 범죄자에 대해서 정상참작은 최대한으로 하되 군의 사기를 저하하는 범죄와 군의 위계질서를 문란케 하는 범죄 및 군의 전력 손실을 가져오는 범죄에 대해서는 엄벌한다는 것이었다.

내가 검찰관으로 부임한 지 10개월이 채 안 된 초겨울 어느 날이었다. 예하 부대로부터 범죄를 제보하는 익명의 투서가 날아들었다. 어느 사이트 부대장이 월동용 유류를 대량으로 유출, 그 대금을 횡령했다는 내용이었다. 나는 관할관(육군의 사단장급)에게 제보 내용을 보고하고 곧바로 수사에 착수하겠다는 뜻을 밝혔다. 관할관은 헬리콥터까지 내주면서 단시일 내에 조용히 수사를 마무리 짓고 오라고 했다.

그 사이트는 험한 산악지대에 위치해있어 겨울철에 차량으로 왕래하기에는 다소 위험하기도 했는데 관할관의 배려가 고맙게 느껴졌다. 서기 한 명을 대동하고 헬기로 그 부대에 도착하자 어느새 정보가 새었는지 부대장이 헬기장까지 나와 맞아주었다. 그 부대장은 고참 중령이었고 나는 1년차 새까만 중위에 불과했다.

부대장실로 안내받은 나는 출장 온 목적을 설명하고 수사 대상자들에 대하여 그 시간 이후 출퇴근이나 휴가·외출·외박을 중지하고 영내에 대기시키되 서로 접촉을 못 하도록 조치를 취해달라고 했다. 그러자 부대장은 비굴할 정도로 아첨하며 수사에 협조는 하겠지만 자기는 한 점 부끄러움이 없이 결백하다고 주장을 했다.

그 부대는 경북 산악 지역의 어느 산 정상에 위치해있었는데 그곳까지 월동용 유류를 실어오기 위해서는 그 부대에서 가까운 기차역에서 물량을 인수하여 배정 수량과 일치하는지를 확인한 후 군용차량으로 부대까지 운송해야 했다. 그렇다면 그 부대 군수물자 취급관(보급관)과 운송책임자, 그리고 수량 확인 과정에 입회했을 헌병이나 범죄수사대(공군에서는 약자로 O.S.I라고 불렀다.) 요원이 누구였는지가 초동수사의 초점이었다.

우선 보급관을 불러 그 부대의 당해 연도 월동용 유류 배정량이 얼마나 되고 현재 비축창고에 보관된 유류는 얼마나 되는지 관계 서류를 제시하도록 했다. 재고 조사는 일단 뒤로 미루고 수송반을 찾았다. 보급관이 제시한 입고 일지에 맞추어 해당 일자의 수송 일지를 비교했더니 정확하게 일치했다. 다음은 수송차량 번호와 운전병의 인적사항을 확인한 후 그날 밤부터 운전병을 상대로 집중 수사를 폈다. 그 결과 수송 일지는 운전병들이 직접 작성한 것이 아니었고 운전병들은 며칠 동안 하루에 두 차례씩 한 번에 적재정량에 약간 미달하게 유류를 운반했을 뿐이라는 것이었다. 운전병들의 진술이 사실이라면 입고 일지나 수송 일지에 기재된 물량의 절반 수준도 안 되는 물량이었다.

그다음 날은 부대장을 입회시킨 가운데 유류창고의 재고 조사를 실시했다. 입고 일지 및 수송 일지의 절반이 조금 넘는 물량이었다. 역시 운전병들의 진술이 거의 사실로 드러나는 순간이었다.

재고 조사 직후 유류 운송 기간에 유류 인수 과정에 참여한 수사대 요원을 불러 집중 추궁을 했다. 자기는 배정량을 정확하게 인수하는 것을 확인했을 뿐 부대까지의 운송 과정은 모른다는 것이었다. 그날 밤 나는 보급관과 수송반 책임자 2명을 우선 허위 공문서 작성 및 동 행사 혐의로 긴급 구속하고, 영내 대기를 시켰던 다른 수사 대상자는 전원 해금조치를 취했다.

이틀 동안 강행군을 했더니 심신이 무척 피곤했다. 그래서 헌병대장의 안내를 받아 그 사이트 안에 있는 미군클럽을 가서 간단하게 목을 축였다.

그곳에서 관계 서류상에는 전량 입고된 것으로 되어 있는데 재고는 그 절반 수준이니 어떻게 생각하느냐며 헌병대장의 의중을 타진해 보았다. 그랬더니 인수한 물량 전체가 사이트에 올라오지 않은 것은 분명하고 인수 현장 아니면 운송 과정에서 다른 곳으로 유출되었을 가능성이 있어 보이나 그 경위는 모르겠다는 것이었다. 그때까지의 수사결과 당연한 추론이었다. 그런 답변을 바랐던 것이 아니었다.

야전용 침대에 누워 막 잠을 청하고 있는데 누군가의 인기척이 났다. 일어나 불을 켰더니 부대장이 무엇인가 손에 들고 와 있었다. 그는 연일 수고가 많다면서 피로도 풀 겸 자기하고 양주 한 잔을 하면서 얘기 좀 하자고 했다. 나는 부대장의 양심 고백을 기대하면서 흔쾌히 술잔을 나누었다.

몇 잔을 연거푸 마신 부대장이 무겁게 입을 열었다. 무릎까지 꿇으면서 사뭇 애원하는 말투였다. 자기는 대령 진급에서 몇 번 탈락했기 때문에 그해 진급 심사에서 또 탈락하면 계급정년으로 군복을 벗어야 하기 때문에 목돈이 필요해 급박한 심경에서 잘못 생각하여 큰 범죄를 저지르고 말았다는 것이었다. 모든 책임은 다 자신한테 있으니 부하들에 대해서는 관용을 베풀어주고, 진급 심사 결과가 확정될 때까지 사건 처리를 유예해달라는 것이었다.

나는 그 부대장의 애로사항을 일단 들어줄 것처럼 하면서 절차상 필요하니 조서를 받자고 했더니 범행 일체를 순순히 자백했다. 부대 내의 관련자가 누구누구이고 군용 유류를 취득한 민간인 인적 사항까지 정확하게 입수한 후 서둘러 수사를 끝내고 그다음 날 역시 관할관이 보내준 헬기를 타고 귀대했다.

귀대하자 동행했던 서기가 그 지방 특산물이라며 부대장이 챙겨주었다면서 불룩한 군용배낭을 나한테 건네주었다. 이상히 여겨 풀어보았더니 현금 뭉치였다. 그 당시 내 봉급의 수십 배가 넘는 거액이었다. 나는 즉시 그 돈을 뇌물공여죄에 대한 증거물로 압수 조치를 취하고 국고(國庫)에 입금했다.

나는 서둘러 브리핑 차트를 작성하여 관할관한테 수사 결과를 보고하면서 증거에 대한 설명을 곁들인 후 대형 군용물 범죄이고 범행 동기도 극히 불량하므로 그 부대장을 당장 구속해서 재판을 받게 하겠다는 의견을 피력했다.

그러자 관할관은 한참 동안 말이 없이 난감한 표정을 짓더니 어떻게 처리할 것인지 여부에 대해서 피차 시간을 좀 두고 차분히 검토를 해보자며 한 자락을 깔고 시간을 벌어보자는 눈치를 보였다. 그러나 나는 쉽게 내소신을 굽힐 수가 없었다. 다른 관련자들의 구속 기간에 제한이 있고 영관급 장교의 범죄 사실에 대해서는 공군본부 법무감실을 통해 참모총장에게 지체 없이 보고하도록 규정되어 있다고 으름장을 놓았더니 그러면 단 이틀만이라도 시간을 달라고 했다.

이틀 후, 막 퇴근을 준비하고 있는데 관할관실에서 연락이 왔다. 관할관이 퇴근 직후 미군 장교클럽 VIP룸에서 나를 만나자는 것이었다. 관할관은 준장이었는데 그 장소에서는 사복 차림이었다.

몇 차례 잔을 비운 관할관은 문제의 사이트 부대장은 자기가 아끼는 고향 후배라면서 진급 심사에서 또 탈락이 되면 어차피 계급정년으로 전역해야 될 형편이다, 이번 사건을 정식으로 처리하면 30년 가까이 자기의 젊음을 다 바쳐 군에 헌신을 해왔는데 이등병으로 강등되어 불명예 전역을 해야 되지 않으냐며 눈 딱 감고 이번 일은 없었던 것으로 할 수 없느냐는 것이었다.

관할관의 인간적인 동정론에는 나도 일말의 수긍이 갔지마는 내사 단계도 아니고 이미 공식적으로 수사가 착수되어 부하 장교들이 2명이나 구속까지 된 상태에서 그 사건을 유야무야로 얼버무릴 수는 도저히 없었다. 나는 끝까지 관할관을 설득시켜 사이트 부대장을 군용물 횡령 및 뇌물공여죄로 구속한 후 군법회의(지금의 군사법원)에 회부하였다.

새내기 검찰관 시절
- 2. 춘천 도립병원에서 있었던 일

1970년의 이른 봄 어느 날이었다. 강원도 화천에서 공군 트럭이 육군 지프차를 들이받아 육군 제7사단 소속의 장교 1명과 사병 2명이 사망한 교통사고가 발생했다. 관할관은 나더러 사고 경위를 직접 조사하고 7사단장과 유족들한테 조의를 전하고 오라고 했다.

나는 헌병대 수사계장을 데리고 헌병 백차를 타고 가서 사고 경위 조사를 마치고 제7 사단장실에 들려 우리 관할관의 정중한 사과와 조의를 전달한 후 춘천 도립병원을 찾았다. 피해자들의 시신이 그곳에 안치되어 있었다.

조의를 표하고 영안실을 막 나오려고 하는데 느닷없이 유가족들이 내 앞을 가로막더니 자기 아들을 살려내라며 내 군모를 벗겨 던지기도 하고 내 멱살까지 잡고 흔들어대는 것이었다.

난감했으나 호통을 칠 수도 없어서 거듭 사죄를 했는데도 유족들의 행패는 막무가내였다. 영안실을 지키던 육군 헌병들의 만류로 간신히 그곳을 빠져나와 더 큰 곤욕은 면할 수 있었다. 졸지에 자식을 잃은 부모들의 슬픔을 생각하면 그 정도의 행패는 충분히 이해하고도 남았다.

큰딸의 출산

1971년 4월 14일은 내가 사랑하는 큰딸이 태어나던 날이다. 그때 나는 경기도 오산읍에 살고 있었다. 이미 출산 예정일이 다 되었기 때문에 장모님은 와 계셨다. 드디어 그날 이른 새벽녘부터 진통이 시작되었다.

그러나 그 읍내 가까운 곳에는 산부인과 병원이나 조산원이 없었기 때문에 출산을 위해서는 부득이 수원까지 나가야 했다. 아내는 이미 수원에 있는 보구산부인과에서 여러 차례 검진을 받아온 터였다. 진통은 점점 더 심해지는데 마땅한 차편이 없었다. 적당히 핑계를 대고 헌병대에 대기 중인 비상 차량을 동원할 수도 있었지만 사적인 일로 군용차량을 부른다는 것이 나에게는 용납되질 않았다.

하는 수 없이 나와 장모님이 만삭이 된 산모를 부축하고 버스 정류장까지 가까스로 나왔다. 보통 때는 걸어서 10여 분 거리였는데 어두운 밤길을 부대끼며 나오다 보니까 30분도 더 걸린 것 같았다. 그때가 새벽 4시 30분쯤 되었을 때였다.

그 시간에 버스가 다닐 리 만무했고 택시도 눈에 띄지 않았다. 무슨 차량이든 간에 지나가는 차를 세우기로 하고 찻길 한복판에 서서 손짓을 해 댔다.

몇 대가 그냥 지나갔는데 한참 만에 승용차 한 대가 멈추어주었다. 사정을 얘기했더니 산모를 빨리 태우라는 것이었다. 너무 고마웠다. 그 차를 타고 수원으로 가는 동안 산모는 더욱 심해지는 진통 때문에 몸부림을 쳤다. 금방이라도 낳아버릴 것만 같았다. 그러나 경험이 많은 장모님은 역시 달랐다. 무척 침착하셨다. 산모더러 그 정도의 진통으로는 당장 아기가 나오지 않으니까 조금만 더 힘을 내서 참으라며 딸의 손을 꼭 잡아주시는 것이었다. 전속력으로 질주하여 보구산부인과 앞에 도착했을 때가 새벽 5시경이었다. 그로부터 약 5분 후에 건강한 딸아이가 태어났다. 그러니까 큰딸은 1971년 4월 14일 5시 5분에 고고(呱呱)의 성을 울린 것이다. 그 아이가 커서 지금은 두 남매의 엄마로서 어엿한 중년 부인이 되어 있다.

공군본부 법무감실 검찰과장 시절
- 1. 투 스타를 구속시킨 소신

1972년 7월에 나는 공군본부 법무감실 검찰과장 겸 공군본부 보통군법회의 검찰부장으로 승진하여 전보되었다.

그해 겨울에 세간에서는 흥미진진했지만 공군 자체로서는 인사 관리상의 난맥상을 드러낸 희대의 사건이 발생하였다. 공군 상병인 모 재벌 2세와 인기 여배우 방신자(가명)가 동거하던 집에 절도범이 침입하였고 그 절도범을 추격하는 과정에서 재벌 2세가 쏜 권총에 절도범이 맞고 쓰러진 것이 사건의 발단이었다.

경찰에서 살인미수 사건으로 입건하여 사건 내용을 조사하는 과정에서 권총을 쏜 장본인이 민간인 신분이 아니라 현역 공군 사병이고 그 사건 배후에 현역 장성이 관련되었다는 사실이 밝혀지면서 청와대 지시로 육군 보안 사령부에서 사건을 이첩받아 조사하다가 연루자들 모두가 공군 현역이란 사실 때문에 공군본부 검찰부로 다시 이첩되어온 사건이었다.

인기 여배우와 동거를 해오던 재벌 2세는 현역 공군 상병 한기철(가명)이었고 그가 사병 신분으로 영외 거주를 해온 배경을 집중 추궁한 결과 인사 관리상의 허점이 백일하에 드러났다.

그가 공군 기술교육단에 신병으로 입대하여 훈련 도중일 때 그 당시 합동참모본부 인사국장이던 이 모 장군(소장)이 자기 당번병으로 쓰겠다면서 신병 훈련도 채 마치기 전에 데려가서 실제로 당번병으로 근무시킨 것이 아니고 군적(軍籍)만 그대로 둔 채 아예 영외에 나가 자유롭게 활동할 수 있도록 배려를 해준 것이었다.

우선 한 상병은 군무이탈 및 살인미수 혐의로 구속되었으나, 이 장군에 대해서는 초동수사 단계에서는 군무이탈 비호죄만을 적용해서 구속영장을 청구했더니 관할관인 참모총장이 허가하지 않았다.

그래서 이 장군에 대해서 수뢰 혐의가 있을 것으로 보고 집무실 및 가택수색을 해서 거래 통장과 보석류 등을 압수한 후 한 상병의 부친을 조사하고 맨 마지막으로 이 장군을 집중 추궁했으나 뇌물 수수 부분에 대해서는 완강히 부인했다.

예나 지금이나 고위 공직자나 정치인 그리고 고급 장성들의 경우 입건이 되면 일단은 혐의 사실을 부인하고 보는 것이 통상의 관례인 것처럼 느껴졌다.

단단히 벼르면서 수사를 계속했다. 피의자이지만 계급이 소장인 만큼 예의는 충분히 갖추면서도 용의주도하게 수사계획서를 짠 다음 차분하게 물어나갔다. 그러자 앞뒤의 진술이 모순되거나 피의자한테 결정적으로 불리한 질문에는 기억이 나지 않는다는 식으로 얼버무리는 것이었다.

상당한 인내심이 필요했다. 결국 끈질긴 머리싸움을 해야 할 판이었다. 우선 피의자가 하루 2갑 이상 담배를 피울 정도로 애연가라는 사실에 착안하여 나는 이 장군을 조사할 때마다 담배를 계속 입에 물고 있기도 하고 때로는 서투른 솜씨였지만 담뱃불을 붙여 연기를 일부러 내뿜기도 했다.

사흘째 조사를 받던 날 늦은 저녁 시간이었다. 그날도 줄다리기하면서 연신 담배 연기를 내뿜으며 피의자를 추궁했으나, 좀처럼 시원스런 대답이 없었다. 그래서 군무이탈 비호죄 한 가지만으로도 충분히 유죄가 인정되기 때문에 기소해서 유죄가 확정되면 소장에서 이등병으로 강등되어 불명예 전역을 해야 하는데 모든 것을 솔직하게 털어놓으면 최대한의 정상참작을 하겠다고 회유도 했다.

그러자 피의자는 나한테 한 가지 부탁이 있다고 했다. 담배를 석 대를 피우도록 허락해주면 그동안에 생각을 정리해서 진술하겠다는 것이었다. 나는 내 작전이 먹혀든다는 생각에 속으로는 쾌재를 부르면서 원래 피의자는 절대로 흡연할 수가 없는데 장군이기 때문에 특별히 배려한다고 생색을 내면서 담뱃갑과 라이터를 피의자에 밀어주고 그 자리를 피해주었다. 담배 3대를 연거푸 피운 피의자는 어지럽다면서 물을 청했고 긴 의자에라도 잠깐 눕겠다고 했다. 물론 나는 그 요구를 다 들어주었다.

한참 만에 입을 연 피의자는 눈물까지 글썽이며 자초지종을 진술했다. 지인의 소개로 군납업자인 한 재벌 대표를 만나 아들 부탁을 받고 밖에서 지내도록 편의를 봐주었는데 그 대가로 매월 20만 원씩 용돈을 받았고 명절 때는 특별한 선물로 금으로 된 행운의 열쇠와 거북이 모형 그리고 반지, 목걸이에서 수저와 젓가락까지 금붙이 선물을 여러 차례 받았다고 자백을 했고, 압수물에 대해서도 대부분이 뇌물로 받은 것임을 시인했다.

바로 그다음 날 나는 법무감이 입회한 가운데 참모총장한테 수사 내용과 증거품에 대해서 상세히 보고한 후, 이 장군을 군무이탈 비호 및 뇌물수수 혐의로 구속하는 것이 불가피하다고 보고했다. 그러자 참모총장은 장군을 구속시키는 일은 창군 이래 처음이라면서 가능하면 선처하는 방안을 강구해보라는 것이었다.

그러나 감히 사성장군인 총장한테 다이아몬드 세 개짜리 졸자인 나는, 사안의 중대성과 인사 난맥상의 시정의 필요성을 역설하고 사건 처리 결과는 청와대 보고 사항임을 강조하며 거듭 구속을 주장했고 그로부터 3일후에 마침내 이 장군을 구속하기에 이르렀다.

그런데 만기일 전에 수사를 마친 나는 기소 여부를 놓고 처음으로 인간적인 측면에서 많은 고민을 하게 되었다. 내가 투 스타를 구속한 것도 처음이었지만 만일 기소해 군사재판 회부를 해버리면 실형을 선고받는 것은 차치하고라도 하루아침에 이등병으로 강등되어 퇴직금 한 푼 받지 못하고 불명예 전역을 해야 했기 때문이었다.

그러나 명색이 합참의 인사국장이라는 사람이 훈련도 마치지 않은 사병을 데려다가 뇌물을 받고 사회로 내보내 큰 물의를 일으킨 사건이었다. 그에 대한 사사로운 정상(情狀)을 살피기보다는 군 인사 관리상의 난맥상을 시정하고 그 재발을 방지하기 위해서라도 그는 당연히 응분의 책임을 지고 처벌을 받아야 한다고 생각되어 그를 기소하였다.

공군본부 법무감실 검찰과장 시절
- 2. 실미도 사건

부대 창설의 배경

내가 공군본부 검찰과장 재임 시 다룬 그 많은 사건 중에서도 실미도 사건은 국내외적으로도 충격적인 사건이었으며 내 개인에게도 영원히 잊지 못할 사건이다. 〈실미도〉라는 영화가 제작되어 보기 드문 흥행기록을 세우기도 했다.

실미도에 주둔했던 648부대는 1968년 1월 21일 김신조 일당의 북한 124군 부대가 청와대 뒷산까지 기습해 와 크게 충격을 받은 당시 중앙정보부(지금의 국정원)가 주동이 되어 창설한 부대였다. 그 주요 임무는 여기서는 밝힐 수 없고 기밀 사항인 특수 임무 수행이었다.

부대원들은 무술 유단자로서 국가관이 투철한 자, 사형수나 무기수 또는 장기 복역자 중에서 형행 성적이 우수한 모범수 중 지원자를 뽑아 엄격하게 선발되었으며, 주어진 임무를 성공리에 완수하고 무사히 귀환하는 자에 대해서는 특별사면 등을 통해 떳떳한 사회의 일원으로 복귀시킴과 동시에 국가적으로 융숭한 대접을 해주기로 약속을 했다.

부대원들의 불만 요인

한편, 그 부대원들은 특수 목적을 수행하기 위해 그야말로 목숨을 담보하고 주야로 고된 훈련을 받아야 했기 때문에 훈련 과정에서부터 일반 군인과는 크게 다르게 푸짐한 대우를 하게 되어 있었다.

그런데 1·21사태의 충격이 시간이 흐름에 따라 서서히 가시게 되고 그에 따라 648부대원들에 대한 대우도 당초 약속과는 달리 날이 갈수록 소홀해지기 시작했다. 거기다가 그 고된 훈련을 마쳐놓고도 여러 가지 사정으로 작전 개시 명령이 번번이 취소되거나 지연됨에 따라서 부대원들의 불만이 점점 커진 반면 사기는 급격히 떨어지고 있었다.

거사와 상황 전개 과정

부대원들도 그들의 불만 요인과 부실한 처우 개선 등에 대해서 지휘 계통을 통해서 여러 차례 건의했으나 번번이 묵살당하자 직접 청와대로 가서 그들의 요구 사항을 전달하겠다는 실로 단순한 생각 끝에 거사(擧事)한 것이었다.

1972년 여름 어느 날이었다. 아침 점호 시간을 틈타 30여 명의 전 부대원이 일시에 20여 명의 기간 사병들의 총기를 빼앗아 그들을 살해한 뒤 지나가는 선박에 총기를 난사, 위협하여 그 선박에 나누어 타고 인천 부두에 상륙했다. 그들은 곧바로 시내버스 한 대를 탈취하여 서울 시내로 진입하던 중 영등포구 문래동 근처 육군 제6관구 사령부 근처에서 일차 저지를 당하자 총기를 난사하며 그 저지선을 뚫고 대방동 근처 국정교과서 주식회사 앞까지 진입했다가 뒤늦게 증파된 진압 병력과 상호 격렬한 총격전 끝에 대부분이 사살되거나 자폭을 했고 생존자는 불과 4명에 지나지 않았다. 그나마 그중 한 명은 자폭을 시도했다가 왼쪽 다리가 절단되고 중상을 입어 후송된 채 그 사건은 일단 진압이 되었다. 그런데 그 진압 과정에서의 총격전으로 무고한 민간인 20여 명의 희생자가 발생, 시민들의 분노를 사기도 했다.

생존자 4명에 대한 군사재판

원래 648부대는 중앙정보부가 창설했지만, 그 부대의 운영과 관리를 공군 정보부대에 위탁했기 때문에 생존자 4명은 공군본부 보통군법회의에서 재판을 받게 된 것이다. 그들은 범행 동기와 거사 경위, 그리고 진압되기까지의 과정에서 취한 살상 행위 등에 대해서 시원스럽게 모두 자백을 했다.

그들의 범행 동기는 참으로 단순했다. 당초의 약속과 다른 부실한 처우가 가장 큰 불만이었고 그 고된 훈련을 마치고도 임무 수행을 위한 기회가 주어지지 않은 채 지내는 자신들의 처지에 대한 좌절감 때문에 그 해결책 강구를 위해 직접 청와대로 가서 그 의사를 전달하려 했을 뿐이라는 것이었다.

실미도 사건은 이미 예고된 재앙이나 다름없었다. 부대원들은 목숨을 걸고 고난도의 특수 훈련을 받은 무술의 베테랑들이었다. 따라서 그들을 통솔하고 관리하기 위해서는 20여 명의 기간병만으로는 턱없이 부족했고 별도로 무술에 능한 경비 병력이 배치되어있어야 했다.

어떻든 생존자들에 대한 재판은 신속히 진행되어 1, 2심에서 모두 초병 살해 등의 죄명으로 사형이 선고되었는데 피고인들 4명은 약속이나 한 듯이 모두 상고를 포기하여 그대로 사형이 확정되었다.

군 죄수들도 2심까지는 군사재판을 받지만, 상고심은 민간인과 똑같이 대법원에서 최종판결을 받을 수 있게 되어 있다. 그런데 그들은 이미 자포자기한 탓인지 상고를 포기함에 따라 국방부 장관의 사형 집행 명령이 떨어지면 곧 사형을 당할 수밖에 없는 처지가 되었다.

그들의 유치 장소는 공군본부 헌병대 유치장이었는데 그들이 워낙 특수 훈련을 받은, 주의를 요하는 인물들이었기 때문에 유치장 감찰 임무를 맡고 있던 검찰부장인 나로서는 여간 신경이 쓰이는 것이 아니었다. 혹시 자해 소동을 벌이거나 또다시 집단 난동을 부릴지도 모르기 때문에 나는 헌병대장과 상의 끝에 각자 독방 수용을 하되 그 감방 앞에는 무장 헌병 2명씩을 배치해 상시 경계 및 감시 근무에 임하도록 했다.

한편 나는 나대로 이틀이 멀다 하고 수시로 유치장 감찰을 나가 그들과 대화를 나누며 가끔 농담까지 주고받다 보니까 어느새 인간적인 정마저 들게까지 되었다.

사형 집행 명령

사형이 확정된 후 8개월째 접어든 어느 봄날이었다. 드디어 국방부로부터 사형수 4명에 대한 사형 집행 명령이 내려졌다. 5일 이내에 사형을 집행하고 그 결과를 보고하라는 것이었다.

나는 사형을 집행하기 전날 밤잠을 이루지 못하고 거의 뜬눈으로 밤을 지새웠다. 숱한 고생만 하며 특수 훈련을 받은 그들을 소원대로 한번 활용해보지도 못하고 생목숨을 앗아야 하는가 생각하니 여간 안타까운 일이 아닐 수 없었다. 사형 집행 당일 오전 9시 조금 넘어서 헌병대장을 만나 사형 집행 절차 협의를 마친 나는 곧바로 유치장으로 넘어가 그들 4명을 차례로 불러 면담을 했다.

그동안 비좁은 감방에서 고생들 많이 했는데 이제 민간인 신분이기 때문에 그날 민간 교도소로 이감을 시키기 위해서 군용차량으로 이송하게 되었다고 얼렁뚱땅 거짓말을 했다. 그들의 저항을 사전에 차단하기 위해서였다.

그러나 사람의 예감이라는 것이 때로는 정확히 적중하는 것 같았다. 4명 중 1명이 내 설명을 들은 다음 갑자기 내 손을 잡고 눈물을 글썽이는 것이었다. 어젯밤 돌아가신 자기 부모님과 만나는 꿈을 꾸었는데 드디어 오늘 부모님 만나러 가는 것 같다면서 그동안 잘 보살펴주어서 고맙고 죽어서라도 그 은혜를 꼭 갚아주겠다고 했다. 나도 모르게 섬뜩했다.

오전 10시 정각, 공군본부 헌병대 유치장을 출발했다. 나와 헌병대장이 선두 지프차에 타고 군용트럭 2대에 사형수 2명씩 분승시키되 무장헌병 8명씩 타서 경계하도록 했다. 사형 집행 장소는 오류동 공군 정보부대 뒷산 공터였다.

영등포를 지날 무렵에 사형수 각자의 얼굴에 용수(사형 직전에 머리와 얼굴에 씌우는 천으로 된 두건 비슷한 것)를 씌우고 반응을 살피라고 지시해놓았다.

투철한 애국자

집행 장소에 도착해 보니 10여m 간격으로 4개의 나무 기둥이 세워져 있고 그 밑에 밧줄이 깔려있었다. 잠시 후 사형수들을 태운 군용트럭 2대가 도착했다. 부축을 받으며 차에서 내린 그들은 4개의 나무 기둥에 묶일 때까지 아무런 저항도 없이 순순히 응했다.

나는 순서에 따라 판결문과 국방부 장관의 사형 집행 명령서를 낭독하고 사형수들의 인적 사항을 다시 한번 확인했고 그들의 요구에 따라 입회한 군목(軍牧)이 각자에게 세례를 주고 영생복락을 비는 기도가 끝났다.

나는 마지막으로 참여 서기를 데리고 사형수 4명의 유언을 듣게 되었다. 그런데 그들은 한결같이 그 힘든 훈련을 받고도 김일성의 목에 칼을 꽂지 못하고 죽는 것이 한이 된다는 내용의 유언을 했다. 다소 표현의 차이는 있었으나 거의 같은 요지의 말이었다. 4명의 유언을 다 듣고 나자 그중의 한 명이 마지막으로 애국가를 한 번 부르게 해달라고 했다. 당연히 허락했다.

시간은 정오가 조금 못 되었고 봄볕이 따사롭게 내리쪼이는 그곳 산골짜기에는 가끔 이름 모를 산새들의 지저귐이 들릴 뿐 사방은 죽은 듯이 고요했다. 바로 그때였다. 4명이 애국가를 4절까지 합창하는 것이었다. 그곳에 참여했던 일행 모두의 눈에는 눈물이 흥건히 고였다. 내 일생을 통해서 애국가가 주는 가슴 찡한 감동을 해보기는 그때가 처음이었다. 애국가를 끝까지 부른 그들은 누군가의 선창에 따라 대한민국 만세 삼창을 끝으로 얼굴을 떨구었다.

한편 일렬종대로 늘어선 9명의 사수들한테는 7발씩의 실탄이 주어졌는데 그중의 2발은 공포탄이라고 했다. 죄의식을 갖지 않도록 누구의 실탄에 맞고 운명했는지 알아차리지 못하게 하려는 조치였다. 드디어 헌병대장이 사수들에게 "정면의 타깃, 서서 쏴."라고 구령을 외치자 사수들이 동시에 사격을 개시했다.

참으로 허망한 순간이었다. 확인 사격을 할 필요도 없이 그렇게도 건장해 보이던 젊은이들이 순식간에 싸늘한 시체로 변해버린 것이었다. 입회한 군의관의 최종 사망 확인을 끝으로 사형 집행 절차도 막을 내렸다.

그들의 공식 학력은 대부분이 초등학교나 중학교 졸업 이하로 낮은 편이었다. 그럼에도 불구하고 그들의 국가관과 애국심은 이 나라 국민 누구보다도 투철했고 눈물겹도록 절절했다. 나는 지금까지도 그들의 소원대로 임무를 부여하여 국가와 민족을 위해서 마지막으로 헌신할 기회를 주었어야 한다고 생각한다.

나는 기왕에 〈실미도〉라는 영화가 제작되었으니까 그 속편이 나왔으면 하는 바람이다. 흥행만을 목적으로 그들의 고된 훈련 과정만을 다룰 것이 아니라 30여 명의 꽃다운 젊은이들이 왜 난동을 일으켰으며, 어떻게 죽어갔는지를 조명하여 뒤늦게나마 그들의 명예를 회복시켜주고 그들의 원혼을 달래주며 유가족들을 위로해 주는 것이 살아남은 우리가 해야 할 몫이라고 생각하기 때문이다.

서울 법대생이 된 막냇동생

막냇동생은 서울중학교를 거쳐 서울고등학교에 진학했다. 공부는 썩 잘했지만 워낙 성격이 내성적이라 남자다운 숫기가 없어서 나는 고등학교 1학년 초부터 태권도를 배우게 했는데 1년 안에 유단자가 되었다.

동생은 내성적인 성격 탓이었는지 독서를 즐겼고 글씨도 달필이었다. 고등학교 2학년 때는 그 학교 교지인 《경희》라는 잡지의 편집장으로 일하면서 제법 글도 쓰고 취재 활동도 나간다고 했다.

한번은 '동문 탐방' 코너를 편집하면서 그 학교 대선배인 강인재 당시 동북고등학교 교장선생님과 인터뷰를 한 적이 있는데 동생의 인적 사항을

202

들은 강 교장선생님은 동북고 출신으로 서울 법대에 들어간 임태유라는 학생을 혹시 아느냐고 묻더라고 했다. 그래서 바로 자기 형이라고 했더니 그 교장선생님은 더욱 반가워하시며 나에 대해서 입에 침이 마르도록 칭찬을 하더라고 했다.

어쨌든 동생은 그 교지 편집을 맡으면서 인간관계가 다양해짐에 따라 성격도 외향적으로 많이 바뀌는 것 같았고, 타 학교 동아리와 자주 어울리다 보니 일찍이 술도 배우고 담배도 피우게 되었다고 후일 토로한 바 있다.

그런 가운데 진학 공부에는 다소 소홀했던 것 같았고, 그 결과 졸업하던 해에 서울 법대에 응시했으나 낙방이었다. 동생은 물론 나의 영향도 컸지만, 아예 서울 법대가 아니면 대학 자체를 가지 않겠다면서 2차 대학 응시는 생각조차 하지 않고 곧바로 재수를 시작했는데 결국은 삼수 끝에 서울 법대에 어렵게 합격을 했다. 그런데 삼수까지 해서 법대에 들어간 동생은 대학 4년 내내 고시 공부와는 담을 쌓고 대학 생활 그 자체를 즐기는 데만 올인하는 것 같았다.

성격 개조를 위해 태권도를 배우게 한 것이 화근이기도 했다. 친구들과 어울려 술을 마시다가도 걸핏하면 옆자리 손님과 시비 붙기가 일쑤였고 싸움이라도 벌어지면 치고 때리고 부수며 술집을 온통 난장판으로 만들어 버리기도 했다. 일을 벌여놓고 궁지에 몰리면 동생은 으레 나한테 연락을 취하곤 했다. 그때만 해도 몇 개 안 되는 서울 시내 경찰서를 거의 안 가본 곳이 없을 정도로 나를 성가시게 했다. 다행히 그때는 군사정권 때라 군 검찰부장이라는 직함이 어디서나 잘 통용되었기에 망정이지 그렇지 않았다면 동생은 폭력 사범으로 전과 몇 범은 되고도 남았을 것 같다.

동생보다 열여섯 살 위인 큰형은 적잖이 실망해 동생한테 구제불능이라며 노골적으로 단언까지 했으나 나는 끝까지 동생을 믿었고 언젠가 마음만 다잡으면 기필코 고시 합격을 하리라는 확신을 하고 크게 참으며 묵묵히 그의 후원자 노릇을 해왔다. 파란만장한 동생의 고시 행적은 다음 기회에 다시 이어가기로 한다.

막내딸의 출생

이미 남매를 낳았기 때문에 우리 부부는 더는 아이를 갖지 않기로 했다. 그런데 처부모님들께서는 남매는 외롭다며 딸이건 아들이건 하나만 더 낳으라고 권하시는 바람에 셋째 아이를 갖게 되었다. 그런데 어찌 된 영문인지 출산 예정일이 1주일이 지났는데도 아이가 나올 기미조차 보이질 않았다.

그러던 어느 날 아침 나는 출근을 하면서 죄 없는 아내한테 아이를 낳으려면 제때에 낳을 것이지 자꾸 시일을 끌어 온 가족을 불안하게 한다면서 짜증을 내고 말았다. 그러자 그날 정오가 지나서 신림산부인과에서 근무처로 급한 전화가 왔다. 산모가 지금 막 산기가 있어 진통을 시작했다고 했다.

급히 달려갔더니 아내는 이미 딸아이를 순산하고 난 직후였다. 그러니까 막내는 1974년 6월 14일 12시 15분에 이 세상에 태어난 것이다. 처음부터 굳이 아들만을 바란 것은 아니었기 때문에 별로 서운한 느낌은 들지 않았고 아내가 순산한 것만이 그저 고맙고 감사할 따름이었다.

나중에 듣고 보니 그날 출근길에 내가 짜증을 부린 것이 발단이 되어 아내는 충격을 받고 분만 촉진제를 맞은 후 유도 분만을 원했다는 것이었다. 참으로 아내한테 미안했고 태어난 아기한테도 아빠로서 못 할 짓을 했다는 생각이 들었다.

첫째와 둘째가 태어날 때는 아빠가 늘 곁에 있었는데 막내만큼은 엄마 혼자서 낳게 해서 더욱 미안했다. 바로 그날, 나는 정관수술을 해버렸다.

법무과장 시절

나는 1976년 3월 1일자로 공군본부 법무감실 법무과장 겸 공군 고등군법회의 심판부장(지금의 군 판사)으로 보직이 변경되었다. 법무과장은 공군 법무병과 소속 장교 및 하사관(장기 복무자)과 군속(지금의 군무원)들의 인사 관리와 예산의 편성 및 집행 업무를 담당하는 감실의 선임 및 주무과장이었다.

나는 법무과장으로 부임하자마자 우선 장기 복무 하사관들의 연고지 근무 제도와 군속들의 순환 보직 제도 및 처우 개선 등에 중점을 두고 관련 규정을 재정비하고 인사참모부 및 관리참모부와 협조를 계속해나갔다. 그리고 법무감실의 예산을 증액시키기 위해서 매년 5, 6월경이면 당시 경제기획원 예산편성과에 근무하던 법대 선배와 동기들을 찾아가 예산 증액의 필요성을 직접 설명하면서 이른바 로비 활동을 벌이기도 했다.

당초에는 시행착오도 있었으나 하사관들의 연고지 우선 근무 조치와 군속들의 순환 보직 제도는 당사자들의 불평을 잠재우고 공정성이 보장된다는 인식이 확산하면서 좋은 반응을 보였고 예산도 매년 증액되어 감실 살림살이가 전보다 훨씬 더 윤택하게 되었다.

하극상 사건(?)

1977년 5월 1일, 나는 임시 중령으로 한 계급 더 진급되었다. 바로 그 축하 장소에서 있었던 일이다. 그 장소에는 법무감(대령)과 법무차감(정식 중령)이 있었는데 술잔이 몇 순배 돌아가자 거나해진 나는 대학 선배이자 고향 선배이기도 했던 차감한테 인간적인 충고를 한마디 했다. 차감은 정식 법무관 자격이 없는 법무행정 장교로서 차기 법무감(법무 병과장) 후보 0순위에 있었다. 그분은 성격이 굉장히 낙천적이면서 술도 잘 드셨고 호색하는 편이었다.

그런데 그분이 사귀는 묘령의 여인과의 사이에 오간 편지와 그 편지에 동봉된 야한 그림 등이 감실 사병들한테 우연히 알려지면서 차기 병과장이 될 차감이라는 분이 사병들의 웃음거리가 되어가고 있었다. 큰 걱정거리가 아닐 수 없었다.

고참 하사관의 제보로 그 사실을 알게 된 나는 차감한테 귀띔을 해줄 기회를 엿보다가 마침 그날 다른 사람들이 없었고 술도 거나했기 때문에 그 얘기를 꺼냈더니 차감은 버럭 화를 내면서 내 얼굴에 술잔까지 던지는 것이었다.

나는 그분이 여러모로 선배였기 때문에 좀 더 근신하고 품위를 지키라는 뜻에서 충정 어린 충고를 했던 것인데 의외의 반응에 당황도 했고 화가 나기도 했다.

나도 질 수가 없었다. 그동안 내가 듣고 지켜본 그분의 난잡한 사생활과 무능한 업무 태도 등을 집중 거론하면서 막말까지 내뱉었다. 그러자 그 선배도 길길이 뛰면서 법석을 떨었다.

다행히 법무감의 만류로 그날의 하극상 사건(?)은 그것으로 끝났다. 그런데 나는 그다음 날부터 3일 동안 병가를 내놓고 결근을 해버렸다. 그러자 감실에서는 난리가 났다. 주무과장인 내가 3일씩이나 자리를 비우자 여러 가지로 업무에 차질이 생겼던 것이다. 법무감이 사람을 집으로 보내 술자리에서 벌어진 일이니까 서로 사과하고 전과 다름없이 근무하라는 것이었다. 그러나 나는 그 선배의 얼굴조차 보기 싫으니 차라리 나를 예하 부대로 전출을 시켜달라고 정식으로 건의했다.

한편 고급장교들이나 주요 보직자들의 일거수일투족을 살펴온 공군 보안부대에서 그 사실을 모를 리가 없었다. 역시 사흘째 결근을 하고 집에 있는데 평소에 나와 가깝게 지내던 보안부대장(대령)이 나한테 차를 보내 잠시 자기를 좀 만나자고 제의를 해왔다. 나는 보안부대장을 만나서 사건의 전말을 대충 들려주고 타 부대로의 전출을 희망했다.

그 후 며칠이 지났는데 나는 공군 교육사령부 법무관 실장으로 전보 발령이 났고, 차감은 참모총장으로부터 직접 근신하라는 경고 처분을 받은 후 그 사건은 종결되었다.

그런데 내가 공군 교육사령부로 내려가 9개월 만에 만기 전역을 할 때와 전역 후 곧바로 변호사 개업을 했을 때 차감은 누구보다도 먼저 축하를 해

주었고, 그 뒤로도 그 선배와는 허물없이 터놓고 대화를 나눌 수 있을 정
도로 절친한 사이가 되었다.

막냇동생의 법대 졸업과 고시촌 입촌

막냇동생은 우여곡절 끝에 서울 법대를 졸업하고 1년간의 방위병 근무
를 마친 다음 정식으로 고시 준비를 시작했다. 동생은 우선 정릉골의 어느
조용한 독서실에 자리를 잡고 독서에 몰두하기로 했다. 그런데 그곳에 들
어간 지 채 보름도 안 된 1976년 12월 31일 자정 무렵 내가 살던 필동 파출
소로부터 급한 전화가 걸려왔다.

내용인즉 막냇동생이 술집에서 난동을 부리다가 성북 경찰서로 연행되
었다는 것이었다. 부랴부랴 경찰서로 가보았더니 보호실에 동생 혼자만
갇혀있었다. 당직 과장한테 물어보았더니 동생은 돈암동 버스정류장 근
처의 어느 허름한 대폿집에서 혼자 술을 마셨는데 술이 많이 취한 것 같
아서 술집 주인이 술을 더 주지 않자 동생이 그 술집 기물을 부수고 소란
을 피워서 신고가 들어와 출동한 경찰관이 연행을 하려 하자 막무가내로
반항했다는 것이었다.

게다가 당시 서울시 경찰국장이던 이건개 국장에 대해서 입에 담지 못
할 욕설을 퍼부으며 자기들의 직속상관에 대해서 명예를 훼손했기 때문에
설날이고 해서 다른 피의자들은 모두 훈방을 시켰으나, 동생만큼은 죄질
이 나빠 다음 날 경찰서장의 결재를 받아 정식으로 입건하기 위해서 보호

조치를 하고 있다고 했다.

황당하고 창피한 일이었으나 동생을 그대로 두고 올 수는 없었다. 나는 당직 과장한테 내 신분을 밝히고 이건개 국장은 나와 서울 법대 동기인데 필요하다면 내가 전화로라도 대신 사과를 할 테니까 동생을 데리고 가게 해달라고 부탁을 했다.

그러자 다른 방에서 어딘가에 통화를 하고 돌아온 당직 과장은 나로 하여금 신원 부책에 서명케 한 후 일단 동생을 데려가되 그다음 날 경찰서장이 출근하기 전에 아침 8시 반까지 자진 출두를 시키라는 것이었다.

여관방에 들어가서 동생한테 물어보았더니 생질(누나의 아들)이 독서실을 찾아와 스트레스를 풀기 위해서 같이 술을 마시다가 술이 약한 생질은 바쁜 일이 있다며 가버린 후 혼자 남아서 술을 더 마셨는데 술집 주인이 너무 불친절해서 시비했고 연행하는 경찰관이 술집 주인 말만 들어주고 동생의 변명은 묵살했기 때문에 불공정한 공무 집행에 대해서 항의를 하다가 이건개 국장에 대한 평소의 자기 생각을 말했을 뿐이라고 했다. 다음 날 경찰서장과 상의 끝에 술집에 피해보상을 해주고 그 사건은 없었던 것으로 마무리 지었다.

그 일이 있었던 후 나는 친구나 친척 누구와도 접촉을 차단하기 위해서 동생을 양수리 근처의 고시촌에 들여보냈다. 마을 뒤에는 숲이 우거져있고, 앞에는 실개천이 흐르는 한적한 산골이었다.

동생이 고시촌에 들어간 지 한 달쯤 되던 토요일 오후에 형님 내외분과 우리 부부는 어머니를 모시고 밑반찬과 영양제 등을 준비하여 고시촌을 찾아갔다. 어머니께서 막내아들을 보고 싶어 하셨고 형들도 힘든 공부 하느라 고생하는 동생을 격려하기 위해서였다.

그런데 가는 날이 장날이라고 마을 어귀에 차를 세워 놓고 나와 아내만 내려서 우선 그 집을 물어물어 찾아갔는데 동생이 거처하는 방문 앞 토방에 웬 여자 신발이 놓여있었다. 이상한 생각이 들어 주인아주머니한테 조용히 물어보았더니 여대생 차림의 처녀가 여동생이라면서 어제부터 와 있다는 것이었다.

나는 무엇보다 먼저 실망했고, 또 난감했다. 그렇지 않아도 동생은 큰형한테 미운털이 박혀있고 불신을 받아온 처지인데 그곳까지 여자를 불러들인 것을 형이 알게 되면 난리가 날 것만 같았다.

나는 서둘러서 신발을 감추고 그 여대생을 주인네 안방으로 대피시킨 후 어머니와 형님 내외분을 오시게 했다.

그런데 남자 혼자 쓰는 방에 웬 여자 외출복이 걸려있는 것을 본 형이 동생을 다그치기 시작했다. 급히 자리를 피하면서 그 여대생이 입고 온 겉옷을 벽에 걸어둔 채 몸만 숨겼던 것이다. 동생은 자초지종을 얘기했다. 대학 다닐 때 사귀던 여대생인데 지금은 관계가 청산되었고 그녀는 결혼을 앞두고 마지막으로 작별 인사차 찾아왔다고 했다.

그러나 그 정도의 속임수에 넘어갈 형이 아니었다. 당장 이부자리와 책을 보따리에 싸라고 했다. 공부에만 전념할 수 있도록 좋은 환경을 마련해주기 위해서 경제적으로 쪼들리면서까지 고시촌으로 들여보냈는데 아직도 정신을 못 차렸다면서 곧바로 서울로 가자는 것이었다. 형의 고집을 꺾을 수 없어 그날로 동생을 데리고 신림동 우리 집으로 돌아왔다.

그날 이후 형은 동생이 좋은 배필을 만나야만 마음을 다잡을 것 같다면서 그 배필을 고르다가 모태 신앙에 미션스쿨을 나온 지금의 제수씨를 소개받아 정식으로 교제하도록 허가했다.

왕성한 활동과
결실의 계절

• • •

만기 전역과 변호사 개업

전역을 9개월 정도 남겨놓고 교육사령부로 전출한 나는 사령관(소장)의 특별한 배려로 전역 2개월 전부터 변호사 개업 준비를 착실히 진행해나갔다. 우선 관악구 신림동에 있던 한옥을 팔았다. 유류 파동이 일던 1973년도에 금 350여만 원에 매수를 했는데 5년 만에 팔면서 1천8백여만 원을 받았다. 그 돈으로 목포에 35평 남짓한 아파트를 장만하고 30여 평의 사무실 임대차계약을 체결하고도 다소의 금전이 남을 정도였다.

한편 나는 전역할 당시에 중령 봉급 외에 참모 활동비와 상당한 액수의 법무관 수당을 지급받고 있었는데, 그때까지 법원 실무 경험이 없었기 때문에 변호사 개업을 하더라도 얼마 동안은 고전할 것으로 예상했다. 그래서 개업하기 직전에 처부모님을 찾아뵙고 1년 동안 매월 100만 원씩만 보조해 주시면 1년 후에 이자까지 계산해서 갚아드리겠다고 결혼 후 처음으로 도움을 요청하는 제안을 해서 그 승낙을 받았다.

그리고 개업을 며칠 앞두고는 대학 시절 지도교수였던 방순원 변호사님을 찾아뵙고 조언을 구하기도 했다. 방 변호사님은 법대 교수로 재직하시다가 4·19 직후 대법원 판사로 발탁되어 봉직하셨는데 유명한 국가배상법의 일부 조항이 위헌이라는 소신 판결을 끝으로 공직을 자진 사퇴하신 후 서울 신문로 근처에 변호사 사무실을 차려놓고 계셨다. 언제 뵈어도 청빈하고 강직한 분이셨다.

방 변호사님은 새로 변호사 개업을 한다는 나에게 재조(在朝)의 권위가 서야 재야(在野)의 권위도 같이 선다면서 법정 출입 시에 정중한 예의를 표하고 늘 몸과 마음가짐을 단정히 해야 하며 특히 법정에 나갈 때는 쓸개를 떼어서 선반 위에 올려놓는다는 생각으로 자존심을 죽이고 아무리 후배라도 법관한테는 각별히 예의를 갖추어 언행에 신중을 기하여야 한다고 자상하게 충고해주셨다.

1978년 3월 31일. 나는 드디어 만 10년간의 군법무관 복무를 마치고 만기 전역을 했다. 1967년 4월 15일에 육군 병장으로 1차 전역을 한 후 이번에는 공군 소령(임시 중령이었으나, 전역 시에는 원 계급으로 환원되었다.)으로 2차 전역을 한 셈이었다. 육군과 공군을 합쳐 만 12년 6개월간 군 복무를 한 것으로 보아 나는 전생에 군과 깊은 인연이라도 있었는지 모를 일이었다.

나는 전역한 바로 그다음 날인 1978년 4월 1일부터 변호사 업무를 시작하였다. 그때는 변호사법상 자기가 최종적으로 근무하던 곳에서는 3년 안에는 변호사 개업을 할 수 없도록 개업지 제한 규정이 있었기 때문에 연고지인 서울에서는 개업할 수가 없어서 25년 만에 고향인 목포로 내려와 개업했다. 개업식은 주말인 4월 8일에 치렀는데 대성황이었다. 서울에서 고교와 대학 동창 20여 명이 단체로 내려와 개업을 축하해주었고, 다수의 현직 판·검사와 법무관 동기들도 축전을 치거나 화환을 보내 축하의 뜻을 전해 왔다.

당시 목포에는 60대 변호사 세 분과 50대 초반의 변호사 한 분이 활동하고 있었는데 나는 38세의 비교적 젊은 나이에 변호사로 나선 셈이었다. 그 결과 당초의 예상과는 달리 개업 첫날부터 수임 사건이 밀려들기 시작하더니 개업해서 3, 4년까지는 나 혼자서는 감당할 수 없을 정도로 수임 사건이 늘어나 즐거운 비명을 지를 정도였다. 그래서 밤늦게까지 혹은 재판 당일 새벽까지 기록을 검토하고 변론 준비를 하느라고 밤잠을 설칠 때도 한두 번이 아니었다.

그런데 내가 개업 전에 처부모님을 찾아뵙고 1년 동안 생활비 보조를 요구하면서 불안한 기색을 보였던 터라 장인어른께서도 불안하셨던지 개업 첫날부터 약 1주일 동안은 내 사무실에 나와 계시면서 사무실 운영 상태를 살피셨는데, 장인어른이 서울로 올라가신 후 며칠 만에 포니2 승용차 1대를 사서 보내주셨다. 소형이긴 하지만 당시 목포 변호사 중에서는 내가 처음으로 승용차를 굴리기 시작했고 그때만 해도 승용차가 흔치 않았기 때문에 주말이면 서로 차를 빌려달라는 판·검사들의 성화에 곤욕을 치르기도 했다.

내가 겪은 광주민주항쟁

1980년 5월 18일 일요일로 기억된다.

시골에 사는 초등학교 동창생들의 요구로 농번기를 피해 모처럼 야유회를 갖기로 한 날이다. 모임 장소는 이 고장의 영산(靈山)인 승달산 중턱에 자리 잡은 법천사 아래쪽의 빈터였다. 사방이 무성한 잡목으로 가려져 있고 양옆에는 실개천이 흐르는 아늑한 숲속의 빈터였다.

아침부터 서둘러서 김밥을 준비하고 미리 주문한 인동주와 막걸리에 홍어 등 삼합 안주를 챙겨서 모임 장소에 도착했더니 20여 명의 동창생들이 벌써 와서 기다리고 있었다. 우리 일행은 그곳에서 푸짐한 안주에 마음껏 술을 마시면서 어릴 적 추억담을 나누기도 하고 노래와 춤, 장기자랑 등을 하면서 시간 가는 줄 모르고 즐거운 하루를 보내다가 오후 5시쯤 하산했다.

그런데 반 시간쯤 후에 목포 입구에 다다르자 왠지 낌새가 이상했다. 광주 쪽에서 오는 버스들이 '비상계엄 해제', '김대중 석방' 등의 현수막을 양옆에 두르고 줄을 이어 밀어닥치는 것이었다. 그 버스들 뒤를 따라갔더니 목포역 광장에 정차, 머리띠를 동여맨 시위대들이 농성 준비를 하고 있었다. 나는 인근 가게에서 음료수 2상자와 빵 등을 박스째 사서 가게주인으로 하여금 농성장소에 배달하라고 이른 후 일단 귀가를 했다. 그날부터 5월 27일 밤까지 농성과 시위는 계속되었고 나는 일과 후 저녁 7시쯤엔 거의 매일 그곳을 들렀다.

1979년 10·26사건 이후 12·12쿠데타로 실권을 장악한 전두환 등 신군부세력은 12월 27일 국지적으로 선포한 비상계엄령을 1980년 5월 18일 자정을 기해 전국으로 확대 실시했다. 그리고 이른바 '김대중 내란 음모 사건'을 조작·발표한 후 김대중 씨를 비롯한 재야 민주 인사들을 마구잡이로 연행, 구속함과 동시에 광주 일원에 공수부대를 투입하자 시민들이 자발적으로 이에 항의, 반발함으로써 5·18 광주민주항쟁이 발생한 것이었다. 광주를 장악한 공수부대는 마침내 5월 20일 시민을 향해 무차별 발사해 사상자가 속출했고 시신이 광주 금남로 거리에 널브러지기도 했다.

5월 27일 밤. 나는 횃불시위를 끝으로 열흘간 계속된 시위, 농성을 종료하니까 마지막으로 성난 군중을 위로하고 진정시켜달라는 주최 측의 간곡한 권고를 거절할 수가 없어 밤 10시경 단상에 올라 정보계장인 형님과 귀동냥으로 수집한 광주사태의 참상을 알리면서 사태가 심각한데 맨손으로 총칼 앞에 맞설 수가 없으니 이쯤 해서 이성을 되찾고 농성 시위를 종식한 후 차분하게 추후 사태 전개를 관망하자고 호소했다. 그리고 역시 집행부의 권유로 횃불을 들고 시위대의 맨 선봉에 서서 가두행진을 한 후 시위대를 해산시켰다.

이튿날 열린 시국수습위원회에도 참석하여 같은 요지의 의견을 피력하는 등으로 참석자들의 의견을 모아 수습 방안을 마련, 계엄당국에 보내기로 하고 그날부로 10일간의 농성 시위를 끝내기로 하였다.

무죄판결을 선고받은 반공법 위반 사건

나는 변호사 개업 후 얼마 되지 않아서 반공법 위반 사건을 수임해서 약 2개월 이상 검사와 치열한 공방을 벌인 끝에 무죄판결을 선고받았다.

그때만 해도 반공(反共)을 국시의 제1위로 삼던 군사정권 시절이어서 반공법 위반으로 구속기소 된 피고인에 대해서 감히 무죄를 선고하기 위해서는 담당 판사의 당찬 소신과 대단한 용기가 필요했었다.

사건의 전말은 대충 다음과 같았다. 어느 시골 초등학교 교장선생님이 아침 조회 시간에 전교생을 모아놓고 훈시를 하는 과정에서 여러 위인들의 청소년기를 얘기하면서 "김일성도 일제시대 항일운동을 할 때까지는 훌륭한 인물이었는데 그 후 나쁜 사상(공산주의)을 갖게 되어 적화통일을 목적으로 같은 민족끼리 전쟁까지 치르게 한 나쁜 사람이다. 여러분도 열심히 공부하면 얼마든지 훌륭한 사람이 될 수 있으나, 민족을 불행하게 만드는 나쁜 사상을 가져서는 안 된다."고 말씀을 했다는 것이었다.

그런데 교장선생님과 평소 사이가 안 좋았던 그 학교 교감선생님이 위의 훈시문 중에서 거두절미(去頭截尾)하고 전교생이 모인 자리에서 김일성을 훌륭한 사람이라고 치켜세웠다는 요지로 경찰에 고발하자 교장선생님을 반공법상의 찬양·고무죄 혐의로 구속하여 재판까지 받게 한 내용이었다.

구속된 교장선생님은 교직 경력만도 30년이 넘었고 독실한 기독교 신자로서 직분이 장로였다. 수사기록을 보았더니 교장선생님은 피의 사실을 시종일관 극구 부인하면서 훈시의 주된 목적과 그 내용을 자세히 설명하고 있어서 그 변소에 어느 정도 수긍이 갔다.

그런데 고발한 교감과 그에 동조하는 일부 교사들은 교장선생님이 분명히 김일성을 찬양했다고 진술하고 있었고, 아침 조회에 참석했던 5, 6학년 학생 서너 명도 같은 내용의 진술을 하고 있어서 피고인의 결백을 입증하기가 여간 어려운 게 아니었다.

그러나 일부 교사들은 교장선생님이 무고함을 진정하는 한편, 전면 재수사를 해야 한다고 발 벗고 나섰다.

그러니까 같은 학교 교사 중에서도 교장을 지지하는 교사와 교감에게 동조하는 교사로 갈라져 있음을 알았다. 그래서 천진난만한 어린이들만은 거짓말을 하지 않으리라는 생각에서 교장선생님이 장로로 시무한 그 초등학교 근처의 교회 주일학교를 몇 번 찾아가 아이들한테 쪽 성경책도 사다 주고 사탕과 과자도 나누어 주면서 그들과 얼굴도 익히고 이런저런 대화를 나누기도 했다.

그러다가 자연스럽게 교장선생님이 조회 시간에 김일성에 대해서 뭐라고 말씀하셨느냐고 물어보았더니 5, 6학년으로 보이는 어린이 몇 명이 김일성도 젊었을 때는 훌륭했는데 나쁜 생각을 하고 전쟁을 일으켰기 때문에 나쁜 사람이라면서 너희는 자라서 그렇게 나쁜 사람이 되어서는 안 된다는 요지로 말씀하셨다고 했다.

교장선생님의 변소 내용과 거의 일치했다. 나는 거기서 용기를 얻었다. 그런데 그런 말을 한 아이들의 학부모를 만나 만약 자제들을 증인으로 신청하면 아이를 법정에 내보내 달라고 사정을 했으나, 모두가 머뭇거리며 한발 뒤로 물러서는 것이었다.

그래도 믿을 수 있는 것은 어린이들의 순진한 말뿐이라고 확신한 나는 교장선생님의 무고함을 호소하는 교사 한 분을 만나서 경찰에서 김일성을 찬양했다고 진술한 어린이들을 불러서 그 진술 배경을 은밀히 알아봐 달라고 부탁을 했다.

며칠 후 반가운 회답이 왔다. 각 반에서 제법 똑똑한 아이들만 골라서 4명을 경찰로 데리고 가면서 어느 교사가 그렇게 진술하도록 미리 사주했다는 것이었다.

나는 진술 코치를 받고 김일성을 찬양했다고 진술한 어린이 중 2명과 교회 집사님의 아들 1명을 피고인 측 증인으로 신청하여 신문한 결과 나와 피고인이 바라는 요지의 진술을 듣는 데 성공했다.

자신감을 얻는 나는 한 걸음 더 나아가 피고인의 친척 중 1명과 교회 성도 중 1명을 추가로 증인 신청을 하여 피고인의 평소의 행적과 그 가문의 내력 및 피고인의 신앙생활 전반에 관해서 피고인에게 유리한 증언을 끌어냈고, 피고인의 부모 형제와 처부모 형제들의 신원조회서까지 발급받아서 피고인이나 그 주변 사람 중 어느 누구도 사상적으로 의심받을 사람이 없다는 정황 증거까지 완벽하게 제출하였다.

그 사건은 재판을 시작한 지 두 달 만에 변론이 종결되었고, 마지막 선고만 남아있었다. 몹시 무덥던 어느 날 오전 10시에 선고가 있을 예정이었다. 선고가 시작되기 1시간 전부터 방청객들이 몰려들기 시작하여 비좁은 법정은 입추의 여지가 없었다. 방청객의 대부분은 피고인의 가족 친지와 교회 성도들 및 학교 선생님들이었다.

10시 정각에 법정에 들어선 재판장은 판결 이유를 낭독하기 시작하여 무려 30분간 계속 읽어 내려갔다. 판결 이유를 자상하게 설명한 재판장은 "그러므로 피고인은 무죄다."라고 선언한 다음 급히 자리를 떴다. 무죄가 선고되는 순간 피고인과 그 가족들은 물론이고 대부분 방청객들은 기쁨의 눈물을 흘리며 환성을 지르다가 대한민국과 재판장에 대한 만세 삼창까지 한 후 법정을 빠져나가는 것이었다.

원래 형사판결 선고 시에는 변호인은 법정에 나가지 않는 것이 관례였으나, 내가 그야말로 심혈을 기울여 무죄 변론을 했던 사건이었고 죄명이 반공법 위반 사건이었기 때문에 법관으로부터 직접 판결 이유를 들어보기 위해서 나도 출석을 했다.

약간의 기대도 했지만 죄명이 그렇다 보니 과연 1심 단계에서부터 담당 재판부가 소신껏 무죄를 선고할 것인지에 대해서 궁금하기도 했다. 어떻든 그 사건은 항소심을 거쳐 대법원에 상고까지 되었으나, 상고 기각으로 무죄가 확정되었다.

그 판결을 한 법관은 그 후로도 무죄판결을 많이 하기로 이름이 날 정도였으며 각급 법원장과 헌법재판소 재판관을 역임한 후 최근 서초동에서 개업한 김경일 변호사인데 나와는 대학 3년 선후배 사이지만 그분은 내가 가장 존경하는 법관 중의 한 분임에 틀림이 없다.

고집불통의 선거관리위원

1980년 5월 18일 광주민주항쟁 사건 이후 탄생한 전두환 정부는 그해 가을에 대통령의 선출 방식과 임기 연장을 골자로 하는 헌법 개정안을 마련하여 국민투표를 시행한 적이 있었다.

그때 당시 나는 목포시 선거관리위원으로 위촉되어 있었다. 투표 당일 저녁 7시경부터 목포시청 회의실에서 개표가 시작되었다. 그런데 나는 선거관리위원 6명 중 가장 젊다고 해서 맨 첫 번째 자리에서 개표종사자들이 찬성과 반대표를 분류하여 각 100매씩 묶어서 검표대로 보내면 보조원(시청 위생계장) 1명과 함께 100매 단위의 한 묶음 속에 다른 의사표시를 한

표가 혼합되었는지 여부와 100매가 맞는지 여부를 일일이 확인한 다음 날인을 해서 다음 단계로 넘기는 일을 하게 되었다. 꼼꼼하게 확인하다 보니까 개표 진행이 다소 늦어진 감은 있었으나, 맡은 직책은 빈틈없이 깔끔하게 수행해야 하는 것이 평소의 나의 성격이었기 때문에 어쩔 수가 없었다.

그런데 저녁 10시쯤 잠시 검표를 중단하고 화장실을 갔다 나와 보니까 고향 선배인 총무국장이 나에게 시장이 한번 보자고 한다면서 주무국장인 자기를 보아서라도 대충대충 검표해달라는 것이었다. 같은 호남권이면서도 순천과 여수에서는 이미 90% 이상의 찬성률로 개표가 거의 완료 단계에 있는데, 유독 목포에서는 반대표가 너무 많이 나올 뿐만 아니라 개표 진행속도가 너무 느려 50% 수준도 안 된다는 것이었다.

총무국장의 안내로 시장실로 들어갔더니 실로 가관이었다. 비싼 양주에다가 고급 안주를 잔뜩 차려놓았을 뿐만 아니라 당시 목포에서도 가장 이름난 요정의 기생들까지 불러놓고, 시장은 이미 거나하게 취해있었다. 나를 본 시장은 전국적인 판세로 보아 이미 대세는 기울고 있는데 나더러 원칙만 따지지 말고 대충 검표란에 도장을 찍어 빨리 개표를 끝내자고 했다. 그렇게 못하겠으면 다른 선관위원한테 맡기고 자기와 함께 그곳에서 술이나 마시자고 했다.

나는 심히 불쾌했다. 우선 명색이 시장이라는 사람이 개표가 한참 진행 중인데 시장실로 기생까지 불러놓고 만취가 되도록 술을 마시고 있다는 사실 자체가 시민의 한 사람으로서 용서할 수가 없었고, 공무를 집행 중인 나한테 술을 권하면서 회유를 한다는 것이 구역질이 나도록 싫었다.

당장 제자리로 돌아와 전과 다름없이 검표를 진행한 결과 개표는 그다음 날 새벽 1시쯤 끝이 났고 개헌안에 대한 반대율도 목포가 전국에서 가장 높았던 것으로 기억된다. 그런데 개표 당시 그 추한 모습을 보인 시장은 제5공화국이 정식으로 출범한 후 얼마 안 있어 무슨 이유였는지 모르겠으나 공직에서 물러나고 말았다.

어린 딸을 죽인 어느 엄마의 눈물겨운 사연

난치병으로 투병 중이던 딸의 치료비를 감당할 수가 없어 어린 딸을 목졸라 죽인 어머니가 구속되었다. 내가 그 어머니의 국선 변호를 맡게 되었다. 구속된 피고인은 30대 중반의 평범한 주부였고, 딸은 네 살 때부터 희귀병을 앓게 되어 3년간 중환자실에 입원해서 치료를 계속 받아왔는데 입원한 지 6개월여 만에 아파트 건설 현장에 나가 막일을 하던 아빠가 고층에서 시멘트 타설 작업 중 발을 헛디디어 지상으로 추락하여 사망했고, 그 보상비로 받은 1억여 원으로 그동안의 병원비를 치러왔다고 했다.

그런데 보상비는 이미 병원비로 탕진이 되어버렸고, 전세금까지 빼다가 병원비를 지급했으나, 딸아이의 병세는 호전되질 않아 밀린 병원비만도 3천만 원이 넘는 데다가 언제까지 치료를 해야 하는 것인지, 치료하면 완치는 가능한 것인지 막막했다고 한다. 그녀는 두 살 터울의 아들아이를 맡아줄 친인척 한 사람도 없는 상태였다.

피고인은 딸의 병수발을 해야 하고 어린 아들 양육 때문에 스스로 나가 벌이를 할 수도 없는 처지여서 더는 딸아이의 병원비를 감당할 수 없어 고민을 계속하다가 병원에 알리지도 않고 딸아이를 업고 병원을 빠져

나와 버렸다.

그러나 갈 곳이 없었다. 전세금을 이미 빼서 써버렸기 때문이었다. 3일째 노숙을 하며 별궁리를 다 해보았다. 아들을 고아원에 맡기고 자신이 파출부로라도 벌이를 해서 딸아이의 병원비를 마련해볼까도 생각해보았다. 그러나 그 정도의 적은 수입으로 딸의 병을 치료하기에는 턱없이 부족해 엄두가 나질 않았다. 더군다나 다섯 살 난 아들은 한시도 엄마 곁을 떨어지지 않으려고 칭얼대기만 했다.

걸식하며 꼬박 3일 밤을 새운 엄마는 드디어 결단을 내렸다. 어차피 딸아이는 자신의 경제적인 능력으로는 완치시킬 수가 없어 보였고, 설사 오랜 치료 끝에 완치된다손 치더라도 희귀병이기 때문에 그 후유증이 심각해서 온전한 사람 구실을 못할 것 같다는 의사의 말이 상기되자 평생 병신 노릇을 해야 할 딸아이를 위해서라도 자기 손으로 죽이고 유일하게 아빠의 대를 이을 아들 하나만이라도 잘 키우는 것을 죽은 아빠도 바라고 있을 것이라는 생각이 들었다고 했다.

드디어 노숙 사흘째 되던 날 새벽에 딸아이를 목 졸라 죽여서 빈 포대에 사체를 넣고 어느 야산에 버린 후 자신도 목숨을 끊어버릴까도 생각했으나, 홀로 남은 어린 아들 때문에 차마 죽지도 못하고 이틀간을 더 고민하다가 어린 아들을 어느 보육원 앞에 버려둔 후 경찰서에 자수했다고 했다.

교도소에서 피고인을 접견하면서 그간의 기막힌 사정을 듣고 보니 변호인인 나 자신도 눈물이 나서 주체하기가 힘들었다. 그래서 나는 우선 피고인을 위로했다. 피고인은 살인에다 사체유기죄로 기소되었는데 원래 살인죄는 최하 5년 이상의 징역형이 아니면 무기징역이나 사형에 처하도록 규정되어 있으나, 자수도 했고 정상참작도 최대한 받으면 법률상 감경이 가능하고 집행유예 판결도 결코 불가능하지 않으니 끝까지 자포자기하지 말고 최선을 다해보자고 타일렀다. 나는 비록 국선 변호인이었으나 수시로 접견을 가서 피고인에게 희망을 품게 했고, 참회하고 뉘우치고 있으니 어린 아들을 생각해서라도 관용을 베풀어달라는 호소문을 재판부에 반복해서 보내도록 피고인을 설득시켰다.

드디어 그 가련한 엄마에 대한 재판이 시작되었다. 공소사실에 대해서는 처음부터 자백했기 때문에 다툼의 여지가 없었다. 문제는 형량이었다. 정상론(情狀論)을 잘 펴고 자수한 사실을 부각해 관대한 처벌을 받는 것만이 관심거리였다. 나는 그 한 사건을 놓고 거의 30분이 넘도록 자상하게 피고인의 반대신문을 했다. 신문 도중 나 자신도 눈물로 목이 메어 신문을 여러 번 중단하기도 했다. 너무나 슬픈 영화 스토리 같은 딱한 정상 때문에 법정은 사뭇 조용해졌고, 재판부(법관 3명이 하는 형사 합의재판이었다.)에서도 자못 진지한 태도로 피고인의 답변을 경청하는 눈치였다.

한편, 나는 실감 나게 정상론을 펴기 위해서 죽은 딸아이가 입원해있던 병원 원무과 직원 1명과 중환자실에서 같이 고생하던 환자 가족 1명을 피고인 측 증인으로 신청했다. 엄청난 병원비를 지급한 내역과 밀린 병원비가 얼마였는지를 알아보고 장기간 입원해있으면서 딸아이의 병세는 어떠했고 병수발을 해온 엄마의 정성과 고생은 어느 정도였는지 증인의 입을 통해서 재판부에 생생하게 알리기 위해서였다. 두 번째 재판하던 날 증인 신문이 끝나자 재판부는 변론을 종결했고, 검사는 나름대로 정상을 참작했다면서 살인 사건임에도 징역 10년을 구형했다.

나는 미리 10여 쪽에 달하는 변론요지서를 내가 가진 문장 실력을 총동원하여 눈물겹게 작성한 후 재판부에 제출했기 때문에 법정에서는 가장 핵심적인 정상참작 사유를 들어 관용을 바란다고 했다. 그때도 역시 여러 번 목이 메었고 방청석에서도 훌쩍이는 소리가 들려왔다.

피고인은 최후진술을 통하여 딸을 죽인 어미가 할 말은 없으나, 유일한 혈육인 아들 하나만이라도 제대로 키우면서 평생을 두고 속죄의 길을 갈 수 있도록 관용을 베풀어달라고 눈물로 호소했다. 물론 재판 전날 변호인이 일러준 그대로였다. 그로부터 2주일 후에 피고인에 대한 판결이 선고되었다. 재판부에서도 자수한 점에 대해서 법률상 감경을 하고 최대한으로 정상을 참작하여 피고인에게 징역 3년에 집행유예 5년을 선고했다. 그 이상의 관용은 법률상 불가능했고, 피고인은 선고 당일 석방되었음은 물론이다. 나는 50년에 가까운 내 법조 생활 중에서 그렇게도 딱한 정상이 있는 사건을 거의 다루어본 기억이 없다. 그래서 그 사건은 지금까지도 잊히지 않는다. 그 후 그 엄마는 보육원에서 아들을 찾아다가 갖은 고생을 하며 잘 길러서 몇 년 전에 연세대 의대에 입학을 시켰다면서 내 사무실을 찾아와 감사의 인사를 하기도 했다.

어머니의 소천(召天)

어머니가 연세가 드시면서부터 자주 고향에 내려가 살고 싶어 하셨기 때문에 형과 나는 상의 끝에 우선 형 먼저 어머니를 모시고 고향으로 내려가기로 하여 형은 지방 근무를 자원했다. 그 결과 형은 동인천 경찰서 형사계장으로 근무하다가 내가 변호사 개업을 하기 1년 전에 목포 경찰서로 전근 와서 정보계장으로 재직하고 있었다.

1978년 4월 1일. 내가 고향에서 변호사 개업을 한 뒤부터는 어머니를 우리 집에 모시고 뒤늦게나마 효도를 해보려고 있는 정성을 다했다. 어머니는 모처럼 넓고 깨끗한 새 아파트에 사시며 주말이면 내 승용차를 타고 이곳저곳 구경도 다니시면서 아들과 손주 자랑을 하시기도 하고 나름 행복한 나날을 보내셨다.

그런데 어머니는 형수 때문에 늘 마음에 근심을 품고 사셨다. 수도여사대(지금의 세종대학교) 국문과를 졸업한 후 형과 결혼한 형수는 친정아버지가 초등학교 교장선생님이었고, 오빠와 언니들도 모두 교편을 잡고 있던 전형적인 교육자 가정에서 성장했으면서도 성격이 남달랐다.

남한테 지기를 싫어했고 고집이 셌으며 보통 남자보다 통이 큰 편이었다. 그러기에 평범한 가정생활에 만족할 수가 없었고 일확천금의 꿈을 항상 꾸고 있었다. 꼬박꼬박 월급을 받아오는 직장보다는 투기성이 농후한 직업만 골라서 선택하는가 하면 큰손들이나 벌이는 도박에 남다른 취미가 있었다.

그러다가 형이 성남 경찰서와 동인천 경찰서에 근무하는 동안 큰 도박장을 드나들며 그동안 근근이 저축해온 돈과 형 명의로 매입해놓은 수 필지의 부동산을 임의로 처분하여 탕진해버린 후 면목이 없으면 며칠씩이고 가출을 반복하곤 했다. 나는 당장 이혼을 권유했으나, 형은 어린 남매 때문에 어떻게 해서든지 설득해서 집에만 있게 하겠다며 형수를 데리고 목포까지 내려왔다. 그러나 형수는 목포에서도 도박 습관을 버리지 못하고 도박을 계속하더니 1980년 5월 5일, 하필이면 어린이날 새벽 다시금 가출하고 말았다.

한편, 형과 나는 어린이날 며칠 전에 만나 어린이날 어머니를 모시고 삼 형제 모두 가족들과 함께 목포 앞바다 건너편에 있는 고하도(古下島)로 봄 놀이를 가기로 약속을 해놓고 있었다. 약속대로 세 집 식구들은 어머니를 모시고 고하도에 모였으나 형수가 보이질 않았다.

그날이 어린이날이었는데 하필이면 그날 새벽에 아무 말도 없이 형수가 집을 나가버렸다고 했다. 나는 홧김에 형한테 대들면서 나무랐다. 도 대체 가정관리를 어떻게 하기에 옛 버릇을 고치지 못하고 목포까지 와서 또 가출했느냐고 따졌다. 내가 대들자 막냇동생도 내 의견에 동조했다. 그 러자 아이들 앞에서 궁지에 몰린 형은 화를 내면서 나와 동생의 뺨을 때 리는 것이었다.

어머니의 만류로 잠시 후 진정은 되었으나, 어머니의 그때 충격은 크셨 던 것 같다. 맏며느리가 또다시 가출한 데다가 그 문제로 형제간에 분란 이 이는 것을 보고 마음이 언짢았던 어머니는 눈물까지 흘리시는 것이었 다. 모처럼 어머니한테 효도하기 위해서 모인 자리가 오히려 어머니 가슴 에 못을 박는 자리가 되고 말았다.

그때까지만 해도 지병이 있는지는 까맣게 몰랐으나 아무튼 어머니는 그 일이 있은 후부터 기력이 날로 쇠약해지시면서 시름시름 앓으셨다. 광주 기독교병원에서 정밀 검사 후 진단 결과 췌장암 선고를 받고 약 3개월 동 안 투병 생활을 하시다가 소천하셨다.

1980년 9월 21일 오전에 우리 삼 형제는 어머니의 병세가 예사롭지 않 아서 며느리들만 어머니 곁에 있게 하고 목포에서 약 1시간 거리인 고향을 찾아가 미리 장지를 물색해놓고 막 돌아가는 중이었다. 도중에 갑자기 형 수(재혼한 형수)가 차를 몰고 급히 오시더니 어머니가 운명하셨다고 했다.

우리 3형제는 끝내 어머니의 마지막 가는 길을 지켜보지 못한 불효를 저질렀다. 어머니는 눈을 감으시기 직전에 세 며느리들에게 부디 형제간에 우애하고 신앙생활 철저히 하라는 말씀과 함께 막냇동생이 반드시 고시에 합격하도록 끝까지 뒷바라지를 잘해주라는 말씀을 남기셨다고 했다. 마지막 가시는 길에서도 막내아들이 못내 안 잊히셨던 모양이다.

지긋지긋하게 고생만 하던 어머니는 이제 막 남부럽지 않게 살 만한 때가 되니까 제대로 자식들의 호강 한 번 받아보지 못하고 아직도 더 사셔야 할 69세의 연세에 홀연히 눈을 감으시고 만 것이다. 나는 지금까지도 어린이날 고하도에서 형제간에 벌인 말다툼이 화근이 되어 지병이 악화한 나머지 어머니가 돌아가신 것만 같아서 늘 후회스럽고 죄스럽게 느껴지곤 한다.

"깊은 밤 강가에 앉아 흐르는 강물을 바라보며 지난 세월을 뒤척일 때 기억의 뒤안길에서 애처로이 가슴 울리는 얼굴이 있거든 붙잡고 서럽게 울어보세요." 작자를 알지 못하는 이 시구는 고희(古稀)를 훨씬 넘긴 이 나이에도 어머니를 그리는 내 마음을 그대로 담아낸 것 같아 나는 자주 암송하곤 한다.

막냇동생의 결혼과 고시 합격

동생이 중학교 3학년 때 아버지가 돌아가신 후 고등학교 때까지는 형이 뒷바라지를 해주었고 그 이후부터는 내가 줄곧 보호자 역할을 했다. 변호사 개업을 한 그 이듬해에 나는 서둘러서 동생을 결혼시켰다. 13평 아파트도 한 채 사주고 공부에만 전념할 수 있는 여건을 최대한으로 보장해 주었다.

동생도 결혼하고 첫 아이가 잉태되자 심적으로 안정됨과 동시에 책임감도 강하게 느껴졌는지 공부에만 몰두하는 것 같아 적이 안심되었다. 어머니와 제수씨는 매일같이 새벽 기도를 나가 동생의 고시 합격을 하나님께 빌었다. 그러자 동생은 마음을 다잡고 정식으로 고시 공부를 시작한 지 2년여 만인 1981년 여름에 제23회 사법시험에 우수한 성적으로 합격했다.

나도 아버지가 돌아가신 후 1년 6개월 만에 고시 합격을 했지만, 동생도 그렇게도 고시 합격을 바라시던 어머니가 소천하신 후 약 1년이 지나서 합격했다. 그런 점에서 보면 내 아버지와 어머니가 복이 그것밖에 없으셨는지, 우리 두 형제는 다 같이 불효를 저지른 것이다.

동생까지 사시에 합격하고 나자 나는 그렇게도 고대하던 이 영광을 채 누려보지 못하고 고생만 하다가 홀연히 소천하신 어머니가 새삼스레 그리웠고 불효가 더욱 후회스러웠다. 그래서 그때 심정을 담아 읊은 자작시 한 편을 여기에 싣는다.

사모곡

굳은 날 갠 날을 가리지 않으시고
허름한 차림새에 허리띠 졸라맨 후

비좁은 시장골목 이리저리 쫓기시며
고사리랑 도라지를 파시던 어머니

한여름 뙤약볕에 큰길가 나와 앉아
얼음 냉차 파시며 구슬땀 흘리셨고
찬바람 눈보라를 한데서 맞으시며
밤늦도록 고구마 구워 팔던 어머니

두 아들을 하나같이 서울 법대 졸업시키고
고시까지 나란히 합격시킨 어머니
이 세상 그 누구의 어머니보다
장하고 훌륭하신 내 어머니

섬김을 다하지 못한 이 자식은
이 밤도 당신 그리워 목이 멥니다.
머지않아 천상(天上)에서 다시 뵙는 날
늘 곁에 있어 이 노래를 불러드리리다

동생의 검사 임관

고시 합격 후 2년간의 사법연수원 교육을 마친 동생은 진로 문제로 여러 날을 두고 고민하면서 나의 조언을 구했다. 나는 법조인의 정도는 역시 법관으로서 다양한 사건을 다루어본 후 그 경험을 살려서 변호사 개업을 하는 것이 바람직한 길이라고 일러주었다. 그러나 동생은 생각이 달랐다.

물론 고시 합격 성적과 연수원 수료 성적이 다 같이 우수했기 때문에 법관을 지망하고도 남는 성적이었으나, 동생은 우선 동기생과 비교하면 나이가 몇 년간이나 차이가 났고, 대입 3수와 뒤늦은 사시 합격에 이르기까지 5, 6년간이나 책과 씨름하는 것에 진력이 나버렸기 때문에 거의 학구적인 생활을 해야 하는 법관보다는 당장 임관한 날로부터 독립관청으로써 소신껏 사건 처리를 할 수 있는 검찰을 지망하겠다고 했다. 동생의 의견도 수긍할 만한 이유가 있다고 생각되어 나는 그대로 동의를 했다.

동생은 1983년 9월 1일자로 검사로 임관되어 광주지방검찰청으로 첫 발령을 받았다. 동생이 임관한 후로도 나는 거의 1년 동안 동생한테 용돈을 보내주었다. 초임 시절부터 금품에 유혹을 받으면 소신껏 사건 처리를 할 수 없을 뿐만 아니라 동기생들과의 경쟁에서도 치명적인 흠이 될 수 있었기 때문이다.

한번은 동생이 느닷없이 기사가 딸린 내 승용차와 수사비를 약간만 보내달라고 전화를 걸어왔다. 이유를 물었더니 거물급 범인을 체포하러 외지로 출장 가는데 승용차와 비용이 필요하다고 해서 요구대로 들어주었다.

나중에 듣고 보니 광주에서만도 10년 이상 활동해온 거대한 소매치기 조직을 일망타진하는데 각 경찰서 간부들이 정기적으로 상납을 받아 경찰을 지휘하거나 그들의 지원을 요청할 경우에는 미리 정보가 누설될 염려가 있어서 민간인 승용차를 이용, 검찰청의 자체 수사관 몇 명을 데리고 서울로 출장을 가서 2일간 잠복근무를 하다가 한밤중에 은신처를 덮쳐 광주 제일의 소매치기단 두목을 검거하여 압송해왔다는 것이었다.

동생은 성격상 집념이 대단했다. 그 후로도 수원, 부산, 서울지검에서 12년간 검사 생활을 하면서도 주로 특수 수사 계통을 전담해왔는데 일단 수사에 착수했다 하면 상관의 간섭도 단호히 배제하고 끝까지 수사해서 자기 소신을 관철하는 고집불통이었다.

동생은 80여 명의 동기생 검사 중에서 수사 실력이나 보직 관리 면에서 줄곧 선두 그룹을 형성해왔는데 1994년 후반기 부장 진급 심사에서 진급 심사위원들의 부정적인 평가에 휘말리게 되었다.

진급 심사가 있기 수개월 전에 모처럼 동생이 나한테 검찰국장을 한 번만 만나달라는 것이었다. 실질적으로 검사들의 진급 및 보직을 결정하는 부서가 법무부 검찰국인데 그 검찰국장에 내 대학동기생이 보직되어있었다. 특별히 인사 청탁을 해달라는 것이 아니고 지금까지 동생이 동기생 중에서 가장 선두그룹에 속해있는 것이 사실이니까 공정하게만 심사해달라고 부탁을 해달라는 것이었다. 동기생들 간에 경쟁이 너무나 치열해서 동생도 불안하다고 했다.

나는 두말하지 않고 검찰국장을 찾아갔다. 차 한 잔을 나누며 나는 동생에 대해서 비교적 상세하게 소개를 했다. 검찰국장은 자기가 부산지검 차장검사 때 동생이 그곳 특수부에 있었기 때문에 동생이 특수부 계통의 베테랑 검사라는 점은 누구보다도 잘 알고 있고, 서울지검에 올라와서도 수십 명의 평검사 중에서 가장 능력이 뛰어난 검사라는 점도 인정한다고 했다.

그런데 동기생들 간에 워낙 경쟁이 심하다 보니까 장관이나 국회의원들의 노골적인 청탁도 있고 해서 진급심사위원회를 긴급 구성하여 일차 심사를 했다고 했다. 그 결과 동생이 수사 능력도 뛰어나고 집무 의욕도 대단한데 고집이 너무 세서 상사의 지시나 의중을 무시하고 자기 독단적으로 사건을 처리한 것이 결정적인 흠결 사항으로 지적되었다고 했다. 검찰은 군대 못지않게 상명하복(上命下服)의 조직 사회인데 부하로서 상사의 명령을 거역하고는 그 조직 내에서 평탄하게 성장할 수가 없다는 분석이었다. 문제의 진급심사위원회는 중견의 부장검사급 이상으로 구성되며 동생을 거느려본 상사들도 여러 명 있었는데 한결같은 의견이었다고 했다.

동생의 평소 성격과 업무처리 스타일을 알고 있던 나는 검찰국장의 말에 다분히 일리가 있다고 생각되어 더는 구질구질한 사정을 할 필요도 없이 곧바로 국장실을 나와버렸다. 예상했던 대로 동생은 1차 진급 심사에서 탈락되었다. 자존심이 누구보다도 강한 동생은 심사 결과에 결코 승복할 수 없다며 진급 심사가 발표되던 바로 그날 사표를 제출하고 말았다. 나도 그랬고 동생을 아끼는 검찰 간부들도 차기를 기다리며 계속 근무하도록 권유를 했으나, 동생은 끝내 사퇴 의사를 굽히지 않았다.

그래서 동생은 1995년 여름에 12년간의 검사 생활을 마치고 그해 가을에 변호사를 개업한 후 큼직한 사건을 여러 건 처리하면서 몇 차례 언론의 주목을 받기도 했다.

여기에 동생이 부산지검 검사 시절에 나한테 보낸 편지 한 통을 원문 그대로 싣기로 한다.

동생이 보내온 흐뭇한 사연

형님!

정신없이 바삐 돌아가는 세월 속에서도 지나온 세월을 추억하여 보면 참으로 하나님께서 우리 형제들을 끔찍이도 사랑하셔서 오늘에까지 이르게 하여주셨음을 뼈저리게 느낍니다.

형님!

그 옛날 제가 구구단도 못 외는 명청이였을 때(초등학교 5학년 겨울방학) 형님께서 친히 저에게 구구단을 가르쳐주시고 청계천 헌책방에서 산수 8천 문제집과 『성웅 이순신』이라는 위인전을 사주신 일로 말미암아 제가 공부에 눈을 뜨게 되었고, 제가 재수, 삼수, 대학 시절 및 결혼 직전까지 수도 헤아릴 수 없는 사고를 저지를 때마다 형님께서 저를 보살펴주신 은혜로 말미암아 오늘날 제가 중견 검사에까지 이르게 되었음을 생각할 때 다시금 가슴이 뭉클하여지면서 하늘 같은 형님의 은혜에 눈시울이 뜨거워집니다.

형님!

우리 혜경이와 수정이 때문에 얼마나 마음고생이 심하십니까, 하지만 하나님께서 지금까지 우리 형제들을 보살펴주셨던 것처럼 앞으로도 더욱 넘치는 은혜로 채워주실 것을 저는 확실히 믿습니다. 하나님께로부터 위로와 평안을 얻으시기를 간곡히 바랍니다. 부디 평안히 지내십시오.

1992. 2. 6.

부산지방검찰청 검사실에서

막내 올림

주간 《목포신문》 창간

나는 1990년 초에 본격적인 지방화 시대를 앞두고 지역민의 정당한 요구와 집약된 여론을 대변하고 지방자치단체나 의회의 감시자로서의 역할을 수행할 지역신문의 필요성을 절감했다. 그래서 목포를 사랑하는 대표적 지식인들인 교수와 교사, 의사, 약사, 화가, 목사, 스님, 법조인 등과 뜻을 모아 지역신문 창간을 서두르게 되었다.

1990년 2월 5일, 제1차 창간준비위원회를 개최하여 123명의 발기인을 추대하고 법인을 설립하되, 기본 자산은 내가 출연하고 나머지 설립 비용은 십시일반으로 시민주를 공모하여 재원을 마련키로 의견을 모았다. 그 후 그해 2월 20일부터 4회 정도 소식지를 발행·배포하여 시민들의 반응을 살펴본바, 의외로 반응이 좋아서 자신감을 얻은 우리 발기인들은 창간 준비에 더욱 박차를 가하여 1990년 6월 7일자로 드디어 창간호를 발행하게 되었다.

여기에 내가 발행인 자격으로 쓴 창간사를 실어 지역신문 창간의 목적과 그 배경, 경과 등을 소개하기로 한다.

234

창간사

　'지역민에 의한, 지역민을 위한, 지역민의 신문'이란 기치를 내걸고 창간 준비를 서둘러 온 주간목포 신문이 실로 반년여의 진한 산고 끝에 마침내 고고의 성을 울리게 되었습니다.

　대변혁이 예상되는 2000년대를 앞두고 오늘날 우리의 현실은 정치·경제·사회·문화의 모든 분야에서 민주화·자율화의 목소리가 날로 거세지면서 다양한 욕구가 분출되고 있으며, 특히 지방화 시대가 서서히 막을 올리고 있는 이 시점에서 지역민의 정당한 요구와 집약된 여론을 대변하고 이 지역사회에 산적한 문제점을 능동적으로 해결하는 데 선도적 역할을 담당해줄 지역신문의 필요성은 절실하다 하겠습니다.

　더군다나 전국 각지에서 군 단위, 읍 단위의 지역신문이 속속 발간되고 있음에도 불구하고 서남해안 시대의 개막과 더불어 그 전진기지, 교두보의 역할을 담당하게 될 전남 제일의 도시권이요, 유서 깊은 예향임을 자랑하는 우리 목포권에 아직 이 지역을 대변할 수 있는 지역신문 한 장 나오지 않고 있다는 사실은 실로 안타깝고 부끄러운 일이 아닐 수 없었습니다.

　이제 출범의 닻을 올린 주간《목포신문》은 지역민이 직접 참여하는 목포권 유일의 향토지로서 정보의 사각지대를 메꾸어주는 자상한 신문, 이 지역 발전을 위해 함께 고민하고 토의하며 지역민의 기대와 사랑 속에 성장하는 신문이 될 것을 다짐합니다.

　특히 경제적으로 낙후된 이 지역 사회의 지속적인 개발 촉진과 경제 활성화에 최대의 역점을 두고 제반 문제점을 심층 취재, 분석하여 각계각층의 중지를 모아 그 해결책을 제시하는 데 최선을 다할 것이며 풍요롭고 쾌적한 내 고장 건설에 앞장설 것입니다.

굴절된 역사의 소용돌이 속에서 만연된 지역감정과 소외감을 일소하고 지역민의 자존심과 애향심을 고취하는 데 심혈을 기울일 것이며 진솔한 삶의 현장에서 지역민과 애환을 같이하면서 가려운 곳을 긁어주고 아픈 상처를 만져주며 응어리진 한(恨)을 풀어주는데 인색하지 않을 것이며 유서 깊은 예향의 전통을 살려 향토 문화의 발굴, 보전에 힘쓰고 창작 활동과 지역 체육 진흥에도 깊은 관심을 쏟을 것입니다.

고향을 떠나 객지에서 고향 소식을 애타게 기다리는 출향인들에게도 이 고장의 자상한 소식과 발전하는 모습을 전해줌으로써 이 지역 출신으로서의 긍지와 자부심을 느끼게 하고 향수를 달래주는 역할도 게을리하지 않겠습니다.

신문은 사회의 공기이며 목탁임을 명심하고 어떠한 형태의 압제나 유혹에도 굴하지 않고 신뢰와 책임을 바탕으로 정론·직필의 신념을 갖고 냉철한 비판과 공정한 보도를 통해서 지역민의 정당한 이익을 옹호하고 건전한 여론을 반영하는 데 앞장설 것이며 지역 발전을 저해하는 일체의 비리와 비생산적 요소는 단호히 배격, 정화해나갈 것입니다.

오늘 주간《목포신문》의 창간을 맞아 그동안 어려운 여건 속에서도 뜻을 같이해 주신 여러분께 깊이 감사드리며 지역민 여러분의 주저 없는 동참과 애정 어린 격려와 기탄없는 질책을 거듭 부탁합니다.

1996. 6. 7.
발행인 임태유

236

주식회사 목포신문사 설립

당초 2천여 명의 시민주를 모아 1990년 6월 7일 창간호를 발행한《목포신문》은 '지역민을 위한, 지역민에 의한, 지역민의 신문'이란 슬로건을 내걸고 적극적으로 홍보한 결과 시민들의 자발적인 참여가 이어졌다.

그 결과 지령 26호를 발행한 후 1만여 명의 시민주를 모아 1990년 12월 22일에 법인 설립을 위한 창립총회를 열고 본격적인 법인 설립 작업에 들어가 23명의 이사진을 선임하고 내가 초대 대표이사에 선임되어 1991년 1월 18일에 ㈜ 목포신문사로 설립등기를 완료하였다.

여기에 법인 설립을 위한 창립총회 때 내가 한 인사말을 실어 설립 과정과 배경을 더듬어보기로 한다.

인사 말씀

이 지역을 아끼고 사랑하시는 주주 여러분! 정말로 반갑고 대단히 감사합니다.

금년 초부터 '지역민을 위한, 지역민에 의한, 지역민의 신문'이란 기치 아래 창간 준비에 박차를 가해오는 동안 주주 여러분의 정성 어린 한 주, 한 주를 모아 네 번의 소식지를 내보낸 후 지난 6월 7일 '주간목포'라는 제호로 창간호를 발간한 이래 반년이 넘는 사이에 저희 신문은 어느덧 지령 26호를 헤아리면서 마침내 오늘 법인 설립을 위한 창립총회를 열게 되었습니다.

그동안 일부 주주들께서는 법인 설립이 지연되는 데 대해서 간혹 의아해하시기도 하고 성화를 부리신 분도 계신 줄로 압니다마는 저희 추진위원들은 짧은 기간이나마 신문 제작 및 언론사 운영에 관한 경험도 축적하고 법인 설립 전에 단 한 분이라도 더 독자를 늘리고 주주로 모셔서 자생력을 키우고 더욱 튼튼한 기반 위해서 법인 설립을 함으로써 주주 여러분께 굳은 신뢰감과 밝은 희망을 갖게 하려고 노력하다 보니 다소 지연된 감은 없지 않으나 이 해를 넘기지 않으려고 오늘을 택해서 창립총회를 열기에 이르렀습니다. 이 점에 대해서 주주 여러분의 넓으신 이해 있으시기를 바랍니다.

1년도 채 안 된 기간이지만 돌이켜보면 실로 감개가 무량합니다. 주주 한 분, 독자 한 분이라도 더 확보하기 위해서 도로변에 즐비한 점포들을 드나들며 고개 숙여 사정하던 일, 다방, 식당은 물론이요, 심지어는 주점, 목욕탕까지 사람이 많이 모인 장소에서는 어느 곳에서나 체면 불구하고 아무나 붙들고 구독을 권유하던 일, 하찮은 보수에도 불평 한마디 없이 주어진 임무를 성실히 수행하는 직원들을 볼 때마다 안쓰럽고 죄스럽게 느껴지던 일, 매주 수요일 저녁 신문이 나오는 날이면 밤 12시가 넘도록 마치 출산을 기다리는 아기 아빠의 심정으로 주머니 추렴으로 소주잔을 기울이며 신문 도착을 기다리던 일들, 월급은 고사하고 교통비 한 푼 받지 않고 오직 지역신문 하나 제대로 만들어보겠다고 동분서주해 오신 실·국장님들을 비롯한 창간추진위원님들의 헌신적인 봉사, 참으로 눈물겹고 흐뭇한 희생들이 한두 가지가 아니었습니다.

이 같은 봉사와 희생이 밑거름되어 저희 신문은 오늘을 맞기에 이른 것입니다.

앞으로도 저희 신문은 사시(社是) 그대로 이 나라 민주 언론 창달에 기여하고 이 지역 발전의 견인차 역할을 다할 것이며 특히 이 지역 주민의 눈과 귀, 그리고 입이 되어 어떤 권력의 압제나 금전의 유혹에도 굴함이 없이 곧은 소리, 바른 필치로 이 지역 주민들의 정당한 여론을 대변하고 지자체 실시와 더불어 지방의회나 행정기관의 매서운 감시자로서의 소임도 게을리하지 않을 것입니다.

지금까지와 다름없이 주주 여러분의 지속적인 성원과 격려를 부탁하고 주주 여러분의 가정에 행운이 내내 함께하시길 기원하면서 인사를 갈음합니다. 감사합니다.

1990. 12. 22.

발행인 임태유

한국지역신문협회 창립

1990년도 하반기부터 주로 영남지역과 호남지역에서 발행하던 주간 지역신문 대표들이 상호 방문을 통한 잦은 접촉을 한 끝에 지역신문의 건전한 발전과 권익 신장을 위해 전국 규모의 지역신문협회를 구성하자는데 뜻을 모았다. 1990년 12월 하순경부터 서울에서 몇 차례 창립 준비 모임을 갖고 각 도 단위 대표들이 회원사 영입 운동을 전개하기로 하여 1991년 3월 초순경 한국 프레스센터에서 전국 80여 개의 지역신문 발행인들이 참석하여 한국지역신문협회를 구성하고 초대회장에 내가 선출되었다.

당시만 해도 지방자치제도 시행을 앞둔 때라 언론 자유화의 물결을 타고 많은 지역신문이 우후죽순처럼 발행되어 부실한 인적 자원과 경영 악화로 지역 발전에 오히려 걸림돌이 되고 지역민의 지탄의 대상이 되는 사례도 적지 않았다. 그래서 한국지역신문협회에서는 정기간행물 등록 요건을 보다 강화하도록 관계 법령의 개정을 촉진하고 지역신문 종사자들의 윤리 강령을 제정, 실시하여 자정(自淨)의 기틀을 마련키로 하는 등 광범위한 활동을 전개해나갔다.

특히 그 당시는 정기간행물의 등록 등에 관한 법률에 주간 지역신문의 경우에는 정치적인 사건에 대해 비판을 할 수 없다는 독소 조항이 삽입되어있었기 때문에 나는 그 개정을 위해 당시 공보처와 국회해당상임위원회를 번갈아 찾아다니면서 최선을 다하기도 했다.

가족 간에 오고 간
잔잔한 사연들

• • •

시집가는 큰딸이 보내온 사연

사랑하는 엄마, 아빠!

지금 밖에는 함박눈이 소리 없이 내리고 있네요.

유난히 눈을 좋아하는 저이지만 오늘만큼은 왠지 저 눈이 슬프고 허전함을 더해주네요.

엄마, 아빠!

내일이면 부모님의 사랑의 둥지를 떠나 한 남자의 아내 되어 새로운 인생을 시작하게 됩니다.

지난 26년 동안 참으로 극진한 사랑으로 저를 키워주시고 가르쳐주신 부모님께 새삼 감사를 드립니다.

그 크신 은혜 영원히 잊지 않고 보답할게요.

막상 부모님 곁을 떠나려 하니 지난날의 아름다운 추억들이 새록새록 살아나네요.

훌륭하신 부모님 만나서 아무런 부족함이 없이 밝고, 예쁘고 순수하게 자란 저는 참으로 행복했습니다.

주말이나 방학 때면 여행을 좋아하시는 아빠를 따라 온 가족이 전국 각지의 유명한 관광지를 두루 돌아다니던 일이며, 특히 대학 졸업반 겨울방학 때의 2주간의 유럽 가족여행은 참으로 즐겁고 유익한 추억이었습니다.

제 마음속 깊이 소중하게 간직하고 늘 부모님께 감사드리며 살아가겠습니다.

한편으로 생각하면 나는 부모님께 실망과 고통을 안겨드린 못난 딸이기도 했습니다.

제가 대학 입시에 연거푸 실패했을 때 속으로는 실망이 크셨겠지만, 결코 내색 한 번 안 하시고 위로와 격려로 감싸주시고 재기의 길로 인도해주신 부모님 은혜를 결코 잊지 않겠습니다.

특히 제가 재수 시절 광명시의 진덕학원에서 스파르타식 교육을 받고 있을 때 주말에만 1시간 동안 허용되는 면회 시간에 늘 바쁘시면서도 한 번도 거르지 않고 먼 곳까지 꼭 찾아오셔서 따뜻하게 격려해주시고 돌아가실 때는 언제나 목이 메고 눈시울을 붉히시던 아빠의 모습을 저는 두고두고 잊지 않고 있습니다.

사랑하는 엄마, 아빠!
이제는 저도 어린애가 아닙니다.

잘살아 볼게요. 늘 가르쳐주신 대로 남편을 사랑하고 존경하며 오순도 순 화평하게 살아갈게요.

온실 안의 화초처럼 고생 없이 자라왔지만 알뜰하게 짜임새 있는 살림 꾸려갈게요.

시댁에도 막내며느리로서 귀여움과 사랑을 받을 수 있도록 제가 잘 알 아서 할게요.

이제는 저에 대한 걱정일랑 접어두시고 두 분은 늘 건강에 유념하시고 깊은 신앙 가운데서 행복한 여생을 보내셔요.

엄마, 아빠! 사랑해요.

1996. 11. 29.

엄마, 아빠 곁을 떠나는 큰딸이 보냅니다.

결혼하는 큰딸에게

사랑하는 내 딸 현정아!

지금은 네 결혼을 하루 앞둔 이른 새벽녘이다.

좀처럼 잠이 오질 않는구나.

이 세상에 자기 딸을 곱고 사랑스럽게 생각하지 않는 부모가 어디 있겠 느냐마는 나처럼 너를 사랑했고, 정성 들여 키운 아빠는 그리 흔치 않을 것이다.

오랜 세월 간직해온 소중한 보물을 하루아침에 잃어버린 것 같은, 그런 심정이다.

정말로 아쉽고 허전하구나.

그러나 남녀가 성장하면 서로 짝을 지어 사는 것이 하나님의 섭리요, 더욱이 좋은 배필 만나 떠나는 너이기에 그걸로 자위하고, 이제 아빠는 기쁘고 감사하는 마음으로 너를 보내련다.

다만, 자주는 만나지 못할 너한테 긴 인생 항로를 헤쳐나가는데 유념해야 할 몇 가지를 여기 적어본다.

네 남편과 함께 읽어보렴.

우선 독실한 신앙생활을 계속하기 바란다.

너도 짐작은 하겠지만, 인생이란 마냥 즐겁고 행복하기만 한 것은 아니란다. 때로는 슬프고 괴롭고 힘들며 어려운 고비도 있을 수 있고, 사람의 힘으로는 어찌할 수 없는 불행한 날도 있을 수 있단다. 부디 평소에 착실한 믿음 생활을 하면서 늘 위로받고 축복받는 너희 가정이 되기를 당부하며 엄마, 아빠도 늘 기도하마.

네 남편이 독실한 신자이기 때문에 다행스럽고 감사하게 생각한다.

이 엄마, 아빠도 이제 얼마 남지 않은 여생이나마 하나님을 믿고 의지하며 주를 섬기는 일에 온 정성을 다할 생각이다.

착한 현정아!

너는 늘 남편에게 순종하고, 남편을 이해하고 포용할 줄 아는 너그러운 아내가 되어야 한다.

대부분 법조인은 지극히 논리적이고 합리적인 사고방식의 소유자이고,

때로는 지나치게 보수적이고, 이기적이며 자존심과 권위의식이 강하고 아집과 신념이 뚜렷한 사람이 많단다.

온실 안의 화초처럼 무풍지대에서 귀엽게만 자라온 너이기에 "사랑은 받는 것이 아니고 주는 것이다."라는 평범한 교훈을 꼭 들려주고 싶구나.

부부란, 어느 한쪽의 사랑만을 받을 생각만 하지 말고 서로의 인격을 존중하며 대등한 입장에서 잦은 대화를 나누고 상대편의 입장에 서서 그를 이해하려고 애쓰며 서로의 허물을 포근한 사랑으로 감싸주며 용서해줄 때 영원히 화목할 수 있단다.

그러나 순종과 맹종은 엄연히 다른 것. 남편의 합당한 의견에는 절대 거스르지 말고 적극적으로 동조하고 협력하되 지나친 아집과 독선에는 무조건 복종할 것이 아니라 지성인답게 충고도 하고 합리적인 대안을 제시할 수 있는 어진 아내가 되어야 한다.

다만, 그 어떤 경우에도 남편의 자존심을 상하게 하거나 남과 비교하여 남편을 폄하하는 어리석음은 결코 범해서는 안 된다. 부부간에도 최소한의 예의와 품위는 지켜야 한다.

순한 양이기를 바라는 현정아!

반드시 시부모님께 효도하고 시댁 식구들한테 늘 친절하고 겸손해야 한다. 이 세상에서 네가 가장 사랑하는 남편을 낳아주신 시부모님을 너를 낳아준 네 부모와 똑같이 사랑하고 섬기며 받아들여야 한다. 자주 안부 전화 드리고 틈나는 대로 가끔 찾아봬야 한다. 네 남편은 막내지만 그 집안의 기둥이다. 그만큼 부모와 친척들이 거는 기대도 크고 자랑이요 선망의 표적이기도 하다. 따라서 절대로 실망하게 해드리지 말고 말 한마디, 행동

한 가지라도 늘 조심해야 한다. 언제나 친절하고 상냥하게 대하며 네가 먼저 형제간에 우애하고 화목할 수 있도록 최선을 다해달라고 거듭 당부한다. 지난번 네 시아버지 말씀도 꼭 명심해야 한다.

약간은 게으른 현정아!

결혼한 후에도 자기 관리를 철저히 해서 늘 너의 발전을 위한 노력을 게을리해서는 결코 안 된다.

네 남편과 보조를 맞추고 내조를 잘하려면 너도 아름다운 정서 함양과 넓고 깊은 교양을 쌓는 노력을 소홀히 해서는 안 된다.

네 남편의 직업을 이해하기 위해서라도 상식보다 높은 수준의 법률 지식도 쌓고 건전한 월간 교양지와 시사 주간지 한두 권쯤은 정기 구독을 해야겠지. 건전한 취미 생활도 함께 구상해보고 남는 시간을 무료하게 허비하지 말고 음악도 듣고 책도 보면서 네 남편에게 지혜로운 인생의 반려자가 될 수 있도록 최선을 다하길 바란다.

깍쟁이 현정아!

사치와 낭비는 금물이다. 이 아빠가 몸소 본을 보인 것처럼 평소에 근검절약이 몸에 배도록 계획적이며 규모 있고 짜임새 있는 살림을 꾸려가야 한다. 어떤 경우에도 물질의 유혹에 넘어가지 말고 검소한 생활을 하면서 만족할 줄 알고 오히려 남에게 베풀고 도움을 줄 수 있는 그런 삶을 영위해야 한다.

이제, 하루가 지나면 짝을 찾아 날아가 버릴 내 딸 현정아, 나는 정말로 너를 사랑했고 (짝사랑인지 모르겠다만) 앞으로도 너를 영원히 사랑하며 네 행복을 빌어주마.

그럼 새로 출발하는 너희 가정에 하나님의 가호와 은총이 일생 함께하시기를 기원하면서 이만 글을 줄인다.

1996. 11. 29. 눈 내리는 새벽.

아빠가 보낸다.

기대에 못 미친 아들에게 보낸 편지

근영아!

오늘은 어버이날, 지금은 새벽 3시다.

창밖엔 비가 내리고 있다.

긴 봄 가뭄 끝에 실로 반가운 단비가 대지를 적시고 있구나.

나는 언제부터인가 이 시간쯤이면 깨곤 한다.

내 나름대로 여러 가지 구상도 하는 시간이지만 무엇보다도 나는 이 시간에 하나님께 새벽 무릎을 꿇는다.

하고많은 기도 제목이 있지만 오늘따라 너와 네 가족을 위한 기도에서는 더욱 간절함이 있고 눈물을 흘리면서 부르짖게 하는구나.

소중한 내 아들 근영아!

공중을 나는 새 한 마리도, 길가의 풀 한 포기, 돌 한 개도 그 존재 가치가 있고 쓸모가 있게 마련이다. 하물며 하나님의 형상대로 지으심을 받은 인간인 너는 무엇인가 하나님의 뜻이 있어 이 세상에 태어났고 언젠가는 그 뜻에 따라 소명을 감당해야 할 소중한 존재인 것이다.

더군다나, 너는 이 아비한테는 이 세상에 둘도 없는, 오직 하나뿐인 귀하디귀한 아들이다.

너는 이 집안의 대를 잇고 절손된 외가의 가문도 이어가야 할 정말로 귀중한 아들이다.

그러기에 누가 뭐라든, 네가 어떻게 생각하든지 간에 이 아비는 늘 너를 귀하게 생각하고 마음 든든히 여기며 언젠가는 마음 놓고 자랑하고 싶단다.

사랑하는 내 아들 근영아!

인생은 짧다. 덧없이 흘러가는 게 세월이다.

더군다나 한 번뿐인 인생이다. 머뭇거릴 여유가 없다.

운동경기처럼 연습이 허용되지 않는 것이 인생이란다.

그렇다면, 벌써 서른이 넘은 너이기에 이제 한 번쯤 네 인생을 진지하게 생각해볼 필요가 있지 않겠니?

오늘 네가 맞고 있는 네 인생은 과연 어떠한 모습인지?

왜, 어째서 너는 오늘 그토록 초라한 인생을 살고 있는지?

정말로 너는 가슴을 치며 머리를 싸매고 생각에 생각을 거듭해봐야 할 것이다.

너는 이대로 주저앉아 재기를 포기할 것인지?

언제까지나 한 가정의 가장으로서, 남편으로서, 사랑스러운 딸의 아빠로서 당당한 모습을 보여주지 못하고 마음의 중심을 잃고 늘 방황만 할 것인지?

언제까지 늙어만 가는 부모와 자랑스러운 누이들한테 걱정거리로 남아 있을 것인지?

우선 참회하는 마음으로 네 지난날의 삶의 태도와 방식에 대해서 차분하게 조목조목 되짚어보기 바란다.

공부는 왜 소홀히 했으며 친구들은 왜 그런 친구들만 사귀었는지?

사업은 왜 시작한 것마다 좋은 결실을 보지 못하고 중간에 그만두고 말았는지?

왜 스스로 네 인생을 개척해나갈 생각은 않고 부모한테만 의지하려 했는지?

지난날의 네 잘못과 실수를 있는 그대로 솔직하게 반성하고 반드시 기록으로 남겨 네가 새로운 삶을 개척하는 데 소중한 교훈으로 삼기를 바란다.

사랑하는 내 아들 근영아!

인제 그만 잠에서 깨어나라.

방황을 멈추고 네 본래의 모습으로 돌아와라.

뉘우치며 아버지 집으로 돌아오는 탕자의 마음으로 지난날의 허황한 생각과 허랑방탕한 생활을 뼛속 깊이 회개하고 신실한 믿음의 사람으로 거듭나길 바란다.

너에겐 꿈이 있고 소망이 있다.

너는 반드시 홀로 설 수 있고 누구보다도 크게 성공할 수 있다.

이 아비는 너를 굳게 믿는다. 또한, 하나님은 너를 아무 때나 어디서나

늘 지켜주고 계신다. (찬송가 432장)

근영아, 이제 문제는 네 생각을 어떻게 바꾸느냐에 달려있다.

분명히 생각의 틀을 바꾸면 성공할 수 있다.

네가 무엇을 꿈꾸며 어떻게 생각하고 행동하느냐에 따라 너는 성공을 거둘 수도 있고 계속 실패만 거듭할 수도 있다.

근영아! 너도 성공하고 싶지? 떳떳하고 자랑스러운 남편이고 아빠가 되고 싶지?

부모한테 효도하고 누이들한테 보란 듯이 풍요로운 삶을 살고 싶지?

그렇다면, 네 생각을 바꿔라.

네 나쁜 생활 습관과 삶에 대한 태도와 자세를 확 바꿔라. 너는 할 수 있다.

너는 네가 꿈을 꾸는 대로, 소망하는 대로 반드시 성공할 수 있다.

우선 생각을 밝게 가져라. 늘 긍정적이고 적극적인 생각을 가져라.

불평불만과 불안과 공포를 떨쳐버리고 패배 의식에서 하루빨리 벗어나야 한다.

지금 당장 하찮은 생활비 몇 푼 때문에 이곳저곳을 기웃거리며 조급해하고 방황할 필요가 없다.

먼저 너는 반드시 성공할 수 있다는 자신감을 가져라.

그다음엔 지금까지 허송해버린 세월을 보상받기 위해서라도 보다 큰 꿈을 꾸어라.

네 인생의 목표를 구체적이고 명확하게 설정하고 그 실천 계획을 세밀하게 세운 후 실천 가능한 것부터 지금 당장 실행하는 거다.

예를 들어 네가 5년 안에 10억을 벌기로 목표를 세웠다고 가정하자.

그렇다면 그 목표를 달성하기 위해서 1년에 얼마, 한 달에 얼마씩을 벌어야 하는데 그러기 위해서는 어떤 사업을 선택해서 어떻게 운영할 것인가 등에 대해서 실현 가능한 세부 계획을 세우라는 말이다.

네 인생의 목표와 세부 계획이 세워졌으면 그때부터는 계속적인 자기 암시를 통해서 잠재의식을 활용하고 신념을 키우라는 것이다.

예컨대 5년 안에 10억을 벌기로 목표를 세웠다면,

"나는 반드시 그 목표를 달성할 수 있다. 나는 반드시 성공할 수 있다. 나는 반드시 해낼 수 있다."

하고 너 자신에게 하루에 천 번 이상씩 소리를 내서 주입시켜라. 그와 동시에 실제로 5년 후에 10억을 벌어서 호화로운 저택에 살며 고급승용차를 타고 인생을 여유롭게 사는 네 모습을 마음속에 그리라는 말이다.

위의 훈련과 함께 늦잠 자고 게으른 네 생활 태도를 바꾸고 균형 잡힌 네 외모와 건강을 위해서 규칙적인 운동을 당장 실시해야 한다.

아침 6시에 일어나 최소한 하루 1시간 이상 조깅 등 아침 운동을 하고 7층까지 하루에 30번 이상 걸어서 오르내리는 운동을 해라. 그렇게 하는 것이 너에게 자신감을 키워주고 지구력과 인내심을 길러주며 의지를 단련시켜 주리라 확신한다.

나하고 약속하자, 앞으로 3달 안에 네 체중을 10kg 이상 줄이겠다고.

사랑하는 내 아들 근영아!

벌써 날이 밝았다. 지금 시각이 아침 6시다.

이 늙은 아비는 꼬박 3시간을 네 생각에 뜬눈으로 밤을 새우며 이 편지를 썼다. 편지를 쓰는 동안 이런 글을 써야 하는 이 아비의 처지가 처량하고 이런 편지를 읽어야 할 네가 하도 불쌍해서 눈물이 나는 것을 주체할 수 없었다.

결코, 애비의 잔소리쯤으로 생각지 말고 읽고 또 읽어서 네 몸에 익히도록 연습하고 훈련해서 반드시 실천에 옮기도록 해라.

네가 읽고 난 후 네 처하고도 같이 읽어주기 바란다.

위에 적은 방법들은 이 아비가 이미 실제 삶을 통해서 터득한 지혜와 많은 독서를 통해서 배우고 깨달은 성공의 법칙들이다.

수많은 사람들의 성공 비결이란다.

내가 보내준 책을 다 읽되 그중에서도 『인생경영 키워드』, 『성공클리닉』, 『아들아 머뭇거리기에는 인생이 너무 짧다』는 책 등을 최소한 열 번 이상을 꼼꼼히 생각하면서 읽고 또 읽어서 인생을 사는 지혜를 먼저 배우기 바란다.

근영아!

사랑한다. 자신감을 갖고 일어서라. 네 앞에는 해밝은 미래가 기다리고 있다.

나와 네 어머니는 네가 반드시 성공할 수 있고 언젠가는 자랑스러운 아들의 모습을 보여주리라고 굳게 믿고 새벽마다 무릎 꿇고 너를 위해 기도하마. 잘 있거라. 오늘은 이만 줄인다.

이 편지를 잘 보관해라. 또 편지하마.

1998년 어버이날 새벽
아비가 보낸다.

막내딸이 보내온 사연

사실은 1주일 전부터 변변한 생신 선물 하나 마련하지 못하지만, 장문의 편지를 써서 부쳐드리려고 계획하고 있었는데 계획에 그쳤을 뿐 결국은 바쁘다는 핑계로 오늘에서야 겨우 짬을 내어 간단한 이메일로 대신하네요.

작년 환갑 때도 저희 자식들이 제대로 모시지 못한 게 내내 마음에 걸렸었는데, 올해도 이 못난 막내딸은 합격 소식을 전해드릴 수가 없네요. 죄송해요. 내년에는 반드시 자신 있게 시험을 치러내고는 여유 있는 마음으로 아빠 생신상 손수 차려 드릴게요. 잔뜩 기대하고 계실 거죠? 그리고 내년까지는 둘 다 합격할 테니까 꼭 엄마 아빠 모시고 해외여행도 갔으면 싶네요. 두 분께서는 해보고 싶으신 건 거의 다 해보셨지만, 이 막내딸이 스스로 힘으로 두 분 세계 일주 유람선 여행도 시켜드리고 좋은 경치와 맛난 음식 대접해드리면서 세상에서 제일 행복하게 해드리고 싶어요. 지금은 비록 준비 기간이지만, 조금만 기다리시면 그동안 부족한 자식들 키워오시느라 맘고생하셨던 거 다 잊으실 수 있도록 저 열심히 살게요.

제 남편도 물론 같은 마음이에요. 그래서 남편의 마음 씀씀이가 참 고마울 때가 많습니다. 결혼할 때 그러더라고요, 서로가 서로의 부모님의 아들이 되고, 딸이 되자고요. 저는 아직도 그 약속을 제대로 지켜내고 있지 못한데도, 남편은 비록 물질적인 건 못 해드려도 친부모님 이상으로 두 분께 마음을 쓰거든요. 그러면서 제가 제대로 효 못 한다고, 영원한 막내라고 핀잔을 주곤 합니다. 아직도 초등학생처럼 아빠라 한다고요. 아직은 어른이 덜 됐나 봐요. 아버지라는 말이 왠지 쑥스럽고 거리감이 느껴지거든요.

고등학교 때까지 두 분의 그늘서 부족한 것 하나 없이 무한한 사랑을 받으면서 살면서도 부모님에 대해 고마움을 잘 몰랐던 것 같습니다. 그러나 대학을 오고, 결혼하면서 점점 부모님 심정을 생각하는 시간을 갖게 되고부터는 제가 참 부모님 복이 많은, 드물게 행복한 사람이란 걸 자주 느낍니다. 아빠의 고생으로 물질적으로 너무나 풍족했고, 딸이라는 이유로 서운하게 대하시기는커녕 언제나 제 의견을 존중해주시면서 자신감을 키워주시고, 주말마다 방학마다 전국을 보여주시면서 시야를 넓혀주시고 같이 놀아주셨잖아요. 저의 유년기는 환하게 행복한 동화의 모습으로 제 기억에 오롯이 자리 잡고 있습니다. 그런데도 쑥스러워 진지하게 감사합니다란 말씀 한 번 못 드렸네요. 엄마, 아빠 정말 감.사.합.니.다.

세상과 인간에 대한 따뜻한 시선, 부정의에 분노할 줄 아는 건강한 양심과 용기, 삶의 고비를 헤쳐나갈 수 있는 자신감과 지혜로움…… . 저는 이 모든 것을 두 분이 베풀어주신 사랑에서 배웠습니다. 그리고 능력 없다고, 가진 게 없다고 내치지 않으시고 저의 남편에 대한 선택을 믿어주신 것 또한 저에게는 얼마나 큰 힘이 되는지 모릅니다. 객관적으로 내세울 것 없다고 이 사람의 진가를 몰라보시면 어쩌나 하고 내심 불안했었거든요. 역시 저의 부모님은 삶을 한 가치로만 재단하지 않으시고 열린 마음으로 세상을 보시는구나 하는 생각에 한편으로는 죄송스러우면서도 한편으로는 자랑스러운 느낌이 들었었어요. 그 믿음, 그 기대 저버리지 않기 위해서라도 저희 부부 언제나 노력하면서 사는 모습, 서로 사랑하면서 행복해하는 모습 보여드릴게요.

아빠도 이젠 건강 꼭 챙기세요. 제가 효도해드리고 싶어도 그 기회를 빼앗으신다면 제가 가만히 못 있으니까요. 거의 협박 수준이죠? 제가 성공할 때까지도 두 분이서 지금처럼 젊은 생활 유지하시리라 믿습니다. 두 분이서 오래오래 건강하고 다정하게 사시는 모습이 저희에게도 크나큰 행복입니다.

참 그리고 엄마에게 얼마 전에 제가 괜스레 짜증 부린 일 죄송하다고 전해주세요. 그것도 내내 맘에 걸렸었는데 그 말이 입에서 안 떨어지네요. 어렸을 때처럼 엄마가 다 받아주고 편하니까 괜히 신경질 부리는 습관이 제게 아직도 남아있었네요. 누구보다 엄마의 맘과 고충을 이해해드려야 하는 시집간 딸이 아직도 철이 덜 들었나 봐요. 아빠께도 막내답게 애교도 부리고 살갑게 굴고 싶은데 제 성격이 문제 있는지 쉽지는 않네요.

내일도 수업이 있는데 이러다 밤새우겠어요. 저 이만 잘게요. 그리고 종종 이메일 띄울게요. 컴퓨터를 할 줄 아시는 부모님과 이메일을 주고받는 일 참 멋지게 느껴지네요.

다시 한번 생신 축하하고요. 건강하세요.

엄마 아빠를 많이많이 사랑하는 막내딸 올림

사시 전날 아빠가 막내딸에게

수정아!

그동안 고생 많았지?

이제 결전의 날이 눈앞에 다가오는데도 새벽마다 기도드리는 것 외에는 너희한테 아무런 도움을 줄 수가 없어 안타깝구나.

생각 끝에 몇 자 적어 보내니 참고하기 바란다.

①서원기도 부탁

우선 시험 전날 반드시 서원기도를 드리기 바란다.

비록 지금까지는 공부 때문에 주님 곁을 떠나 있었어도 너희 둘 다 합격하면 반드시 참된 신앙생활을 하겠다고 하나님께 약속하고 다짐을 하여라. 한나의 서원기도를 들으신 하나님께서는 사무엘을 주시지 않았느냐? (사무엘상 1:10~20)

서원기도가 얼마나 중요하고 그 응답이 빠른지는 너도 잘 알 것이다. 하나님은 네가 실명 위기에 처했을 때도, 네가 서울대 응시를 할 때도 눈동자 같이 지켜주시고 보호해주시지 않았느냐?

②시험 직전 성경 구절 묵상

그리고 시험 시작 직전에는 두 눈을 감고 마음을 안정시키면서, "참으로 너를 도와주리라."(이사야41:10)는 말씀과 "네게 능력 주시는 자 안에서 내가 모든 것을 할 수 있느니라."(빌립보서 4:13)라는 말씀을 묵상하며 하나님께 지혜와 총명을 구하거라. 그리고 꼭 자신감을 갖거라.

③시험 전날의 숙면

시험 전날에는 너무 늦게까지 책을 보지 말고 일찍 자고 새벽녘에 일어나거라. 잠이 잘 오지 않으면 수면제를 먹고서라도 최소한 5시간 정도의 숙면을 취해야 한다. 그래야만 시험 당일 기억력도 되살아나고 논리 정연한 답안을 쓸 수 있을 것이다.

자명종을 시간 맞추어 틀어놓든지 관리인에게 깨워달라고 부탁하는 것도 잊지 마라.

④답안 작성 시의 요령

※답안 작성 시에는 먼저 초안지에 대강의 요점을 메모한 다음 그 항목에 따라 답안을 작성해가는 것이 시간에 쫓기지 않고 빠트리지 않는 비결이다.

※글씨는 크고 바르게: 채점관이 읽어보기 쉽고 호감이 갈 수 있도록 글씨는 보통 크기로 쓰되 가능한 한 정자로 쓰고 너무 빼곡히 쓰지 말고 넉넉하게 써 내려가거라.

※소제목 설시 방법: 강조하고 싶은 소제목이나 타이틀은 줄을 바꾸어서 툭 튀어나오게 설시해야겠지.

⑤시험이 끝난 과목 잊어버리기

매 과목마다 시험이 끝나면 그 과목은 일단 깨끗이 잊어버리고 답안 내용에 대해서는 누구와도 일체의 대화를 하지 말아야 한다. 네 남편한테도 전화하지 마라. 공연히 불안감을 키우고 다음 시험에 대한 의욕을 감소시킬 우려가 있기 때문이다.

⑥중도 포기는 금물

오로지 최선을 다하라. 중도 포기는 절대 금물이다.

하나님은 반드시 너희를 도우실 것이다. 좋은 결과만을 기대하자. 끝까지 건투를 빈다. 네 남편과 같이 읽어라.

2005. 6. 21.

아빠가 노파심에서 보낸다.

암과 투병하는 아내에게

사랑하는 여보!

2004년 5월 25일은 당신과 내가 평생을 두고 잊지 못할 날이오.

마른하늘에 날벼락 치듯 평소에 그렇게도 건강하고 명랑하던 당신한테 하나도 아닌 두 개의 암이 동시에 선고되었을 때 정말 믿어지지가 않았었소. 그러나 그것은 냉엄한 현실이었고 피할 수 없는 운명이었소.

당신한테 이 병을 주신 것도 하나님의 뜻이요 당신의 병을 고쳐주실 분도 하나님뿐이리라 믿소.

이 고난에 담긴 하나님의 깊은 뜻을 묵상하며 모든 것을 하나님께 맡기고 최선을 다해봅시다.

불행 중 다행으로 유능한 의사 선생님을 만나 유방암과 갑상선암을 동시에 수술받을 수 있었지만, 당신의 고통은 그만큼 더 심했겠지요?

아무리 마취를 시킨 후 수술을 한다지만 2개의 암을 동시에 수술받아야 했던 당신은 얼마나 불안하고 통증이 심했소?

직접 당해보지 못한 나까지도 당신이 겪었을 그 고통을 생각하면 전율이 느껴질 지경이오.

잘 참아준 당신이 무척 대견스럽구려.

여보, 참으로 미안하오.

그렇게 큰 수술을 받고 2주일 이상 입원해있는 동안 마땅히 당신 곁을 지키고 있어야 할 내가 남의 사건 맡은 이상 재판해야 한다는 이유로 주말을 빼고는 함께 하지 못한 것이 늘 마음에 걸리고 당신한테 죄스럽게 생각되는구려.

그러나 한편으로는 나 혼자 지내면서 당신의 빈자리가 얼마나 넓고 큰 것인지를 새삼스럽게 깨달았소.

내게 있어 당신은 참으로 소중한 사람이었소.

단순한 동반자가 아니라 당신이 없는 나는 아무것도 생각할 수 없었고 너무나 멍청한 바보일 뿐이었소.

당신이 내 곁에 없는 동안 나 혼자서는 해낼 수 있는 것이 아무것도 없었고 무슨 일이건 하고 싶은 의욕이 나질 않았소.

그만큼 당신은 나의 전부였고 내 삶의 활력소요 원동력이었소.

한편, 당신을 병실에 두고 나 혼자 많은 생각을 해보았소.

나의 급하고 예민한 성격과 남다른 오만과 권위 의식이 40년 가까운 긴 세월 동안 당신한테 수시로 마음의 상처를 주었고, 내 성에 차지 않는 아들이 마치 당신 혼자만의 탓인 것처럼 화가 날 때마다 당신을 다그친 것이 응어리가 되어서 당신이 모진 병에 걸린 것이 아닌가 하는 자책감에서 더욱 가슴이 아팠고, 용서받고 싶은 심정이 들었음을 고백하오.

잘 참아준 당신.

암 덩어리를 제거한다고 해서 암이 저절로 낫는 것은 물론 아니지요. 당해보지 않은 사람은 결코 그 고통의 무게를 가늠할 수 없다는 항암 치료를 10여 차례나 받으면서도 당신은 잘도 참아주었소.

외부와의 접촉이 차단된 밀폐된 공간에서의 여러 날 동안의 방사선 치료는 또 얼마나 힘이 들었고 외로움을 느꼈소?

흔히 암은 자기와의 싸움이라고도 하지만 이번 투병 생활을 통해서 잘 참고 견디는 당신을 보고 나는 당신이 생각보다 강한 여자라는 생각이 들기도 했으나 한편으로는 가족들의 걱정을 덜어주기 위해서 아무리 힘이 들고 고통스러워도 묵묵히 참아내는 당신의 모습이 눈물겹도록 안쓰럽게 느껴지기도 했소.

착하고 마음이 넉넉한 당신.

당신이 논현동 차병원에 입원해있는 동안 많이 찾아준 문병객들의 면면을 보고 나는 여러 가지 생각이 들었소. 목포에서 서울까지 큰마음 먹고 일부러 시간을 내서 문병을 와준 수십 명의 당신 친구 분들이 더없이 고마웠고 한편으로는 평소 당신의 곱고 착하고 넉넉한 심성을 새삼스럽게 확인한 것 같아 마음이 흐뭇했소.

여보, 환난 중에도 늘 역사하고 계신 하나님을 믿고 의지하며 마음을 깨끗이 비우고 긍정적인 생각을 해야 하오.

아무리 힘이 들고 귀찮아도 재발 방지를 위한 노력은 중단해선 안 되오.

엄선한 식이요법을 계속하고 제발 규칙적인 운동을 지속해서 해야 함은 물론이오.

13년간 정든 용해동 아파트까지 팔고 당신이 아침저녁으로 산책하기에 좋을 것 같아 지금의 유달산 밑으로 이사까지 왔는데 당신은 아직 기대에 미치지 못하고 있소.

나의 정성과 막내딸의 간곡한 소원을 생각해서라도 부디 규칙적인 운동을 생활화해서 암을 극복하고 건강한 삶을 누리기를 두 손 모아 하나님께 빌면서 오늘은 여기서 줄이겠소.

2005. 12. 15

당신을 사랑하는 남편으로부터

막내딸과 사위의 동차(同次) 사시 합격

막내딸의 성장 과정

막내딸 수정이는 어려서부터 샘이 많았고 고집이 셌으며 남에게 지기를 무척 싫어했다. 두뇌는 명석해서 공부는 혼자서도 곧잘 했다. 학교 성적은 초등학교 시절부터 전교에서 줄곧 상위권이었다. 목포중앙여중에서는 전교 수석으로 졸업했고 목포여고 2학년 1학기까지는 역시 전교 수석이었다.

고2 때의 실명 위기

막내가 고등학교 2학년 1학기를 막 마칠 즈음 왼쪽 눈이 잘 보이지 않는다고 호소해서 목포 시내 안과에서 진단 결과 왼쪽 눈의 망막에 이상이 있는 것 같다면서 좀 더 큰 병원으로 가서 진단을 받아보라고 했다. 서둘러 전남대병원 안과에서 정밀 진단을 받아본 결과 망막박리증이라며 1주일 동안 입원 후 수술을 해야 한다는 것이었다.

나한테는 하늘이 무너지는 것 같은 충격이었다. 3남매 중 모든 면에서 나를 제일 많이 닮았고 공부도 썩 잘해서 막내에 대한 기대가 그만큼 컸기 때문이다.

한편, 나는 변호사로서 손해배상 사건 처리를 위해서 신체 감정을 자주 다녔기 때문에 전남대병원의 의사들을 많이 알고 있었다. 그런데 이틀 뒤에 수술한다는 안과 과장은 60세가 넘은 노교수로서 미세한 신경을 건드려야 하는 망막 수술을 그분한테 받는다는 것이 여간 불안한 게 아니었다.

그래서 안과의 젊은 의사들(레지던트)한테 내 심정을 솔직하게 얘기하고 도움을 구했다. 그러자 그들도 나를 동정한 것인지 내 의견에 공감했는지는 모르겠으나 국내에서 망막 수술의 제일 권위자는 서울대병원 안과의 김 모 교수인데 그분한테 수술을 받으려면 최소한 2, 3개월 전에 예약해야 한다고 일러주었다.

비상 구조 작전

나는 그 말을 듣자마자 급히 집으로 돌아와 법대 동창회 명부를 꺼내놓고 밤늦게까지 동창들한테 막내딸의 다급한 사정을 알리면서 서울대병원 안과 김 교수와 선이 닿을 수 있는지를 알아봐 달라고 사정을 했다. 그랬더니 그다음 날 새벽같이 당시 서울대학교 부총장으로 재직 중이던 최송화 교수한테서 희소식이 들려왔다.

당시 서울 법대 학장이던 이수성 교수와 그 안과 의사가 고교 동창인데 일단 환자를 데리고 와서 진단을 받아보고 수술 일정을 잡으라는 것이었다. 그날 즉시 막내를 데리고 서울대병원 안과를 찾아갔다. 자상한 최 교수의 안내로 안과 의사를 만난 나는 생떼를 부리다시피 사정을 하여 그 다음 날 정식 일과 개시 2시간 전에 미리 가서 수술을 받기로 허락을 받아냈다.

수술을 끝낸 의사는 수술이 조금만 늦었다면 실명 위기가 올 뻔했다고 했다. 그 말을 듣는 순간 나는 아찔함을 느꼈다. 물론 하나님께 감사의 기도를 드렸고, 내가 서울대를 나와 그때처럼 동창 덕을 크게 본 적이 없을 정도였다.

막내딸의 단호한 선택

입시 준비에 아주 중요한 시기인 2학년 2학기 때 약 2달간의 공백기가 있었으나, 악착같은 막내딸은 열심히 따라잡아 전교 차석으로 졸업하게 되었다.

그런데 입시 원서를 내면서 막내딸과 학교 간에 신경전이 벌어졌다.

원래 나는 막내의 성적으로 보아 서울 법대 지원도 충분히 가능하다고 생각하고 아빠의 대를 이어주었으면 하고 바랐으나 막내는 대학교수를 하면서 여류 작가가 되는 것이 꿈이라면서 한사코 서울대 불문과 지원을 고집했다. 모교 측에서는 서울대 불문과는 부담되니까 서울대 사대 불어교육과를 지망하라고 권유를 했다. 그러나 막내의 태도는 단호했다. 재수, 삼수하는 한이 있어도 자기는 반드시 서울대 불문과를 가겠다고 고집해서 합격했고 서울대학교 대학원에서 석사과정까지 수료했다.

막내딸의 방향 전환

대학 재학 시절 같은 서울대학교 국문과에 다니던 지금의 남편 김인중 군과 동아리에서 만나 열애 끝에 결혼한 막내딸은 불문과 석사과정까지 수료했으면서도 자기 남편과 함께 사법고시에 도전해보겠다며 느닷없이 방향 전환 의사를 밝혀왔다.

나는 처음에는 물론 반대했지만, 막내딸 부부의 굳은 결심을 무리하게 꺾을 수 없어서 묵묵히 5년여 동안 뒷바라지를 한 결과 몇 차례의 낙방 끝에 2005년 12월 23일 제47회 사법시험에 드디어 막내딸과 사위가 동시에, 그것도 상당히 우수한 성적으로 합격했다.

예비 법조인이 된 딸과 사위에게

수정아! 인중아!

사시 합격을 진심으로 축하한다.

여러 해 동안 고생들 많았다. 비법학도인 너희 부부가 동차(同次)에 합격해주니 더욱 기쁘고 자랑스럽구나.

나는 너희가 갑자기 사시 도전 의사를 밝혔을 때 선뜻 동의할 수가 없었다.

그 이유는 먼저 법학도가 아닌 너희가 합격하기까지의 과정이 너무 힘들 것 같았고, 다음은 관문을 통과하더라도 흔히 생각하는 것처럼 법조인이 가는 길이 그렇게 화려하고 순탄치만은 않기 때문이었다.

그러나 이제 너희는 도전에 성공했고 예비 법조인이 되었기에 나는 여기서 부모가 아닌 법조계의 선배로서 몇 마디 조언을 해주고 싶어서 펜을 들었다.

먼저 너희는 법조 삼륜의 어느 길을 가든 다양한 인생 체험을 해야 한다. 내가 서울민사지방법원에서 민사 실무 수습을 시작할 때의 기억이 난다.

수습생들이 한자리에 모인 어느 날 지도 부장판사님은 "여러분들은 지금까지 주로 법 공부만 해왔다. 그러나 이제부터는 인생 공부를 제대로 해야 한다."라는 것이었다.

의사가 인간의 육체적 질병을 치료하는 직업이라면 법조인은 사회의 온갖 병리 현상을 치유하고 정의를 바로 세워야 하는 직업이기에 법조인에게는 무엇보다도 다양한 인생 체험과 사회 경험이 필수적이다. 예컨대 쪽방과 옥탑방의 삶은 어떠하고 노숙자와 외국인 근로자, 3D 업종에 종사하는 노동자들의 참상은 어떠한지 직접 둘러보기도 하고 평소 많은 관심도 가져야 한다.

반면에 엘리트 계층이나 화이트칼라들의 생각과 삶은 어떠하고 부유한 사람들의 사고방식과 생활 양상은 어떠한지도 어느 정도는 알아야 한다. 물론 인생이나 사회 체험을 하는 데는 직접 체험도 가능하겠지만, 정보화 시대를 살아가는 너희는 최첨단 IT기기를 활용하고 폭넓은 독서를 통해서 간접적으로라도 얼마든지 다양한 체험을 할 수 있으리라 믿는다.

다음은 엄격한 자기 관리와 절제 있는 생활이 꼭 필요하다. 법관 지망생인 너희한테는 더욱 필수적인 덕목이다. 법관은 이해 당사자 간의 시시비비를 가려주고 남을 심판해야 하는 직책이다. 그렇기에 다른 직업군에 비해 더욱 높은 수준의 윤리와 도덕성이 요구되는 것이다.

사실 법관은 반(半) 학구적인 생활을 해야 하고 어떤 면에서는 수도사나 성직자같이 청렴해야 하고 고독할 수밖에 없는 직업이기도 한다.

내가 존경하는 어느 선배의 얘기다. 이분이 형사 단독 판사 시절, 실형을 선고받은 피고인들의 항소율이 가장 낮은 것으로 평가되고 있다. 그분의 인품이 늘 겸손하고 온화한 데다가 실형 선고 시 그 이유를 자상하게 설명해 줌으로써 실형을 선고받아도 깨끗이 승복, 항소를 포기하는 피고인들이 많았다는 얘기다.

공부하느라 다소 소홀했던 신앙생활을 보다 철저히 해서 엄격하게 자기관리를 하고 수양을 게을리하지 않는 너희들이 되기를 당부한다. 또한, 소신 있게 업무 처리하고 어느 부서에서나 능력을 인정받는 조직원이 되기를 아울러 바란다.

법조인은 모름지기 "머리는 차되 가슴은 따뜻해야 한다."고 말들을 한다. 사실 똑같이 부족한 인간이 또 다른 인간을 심판한다는 것이 얼마나 어려운 것인가를 생각해보아라.

늘 약자와 소외된 이웃을 염두에 두되 궁극적으로 함께 잘 살 수 있는 사회 정의를 구현해야 하는 냉철함도 잊지 말아야 한다.

법서는 물론이고 다양한 독서를 통해서 실무 능력과 지식을 쌓아야 함은 물론이다. 불문학과 국문학을 전공한 너희들이기에 법학만 공부한 동료들보다는 독서량이 다소 많으리라 생각은 된다마는 판례 공부를 보다 체계적으로 하고 법조인이 된 이상 일어와 독어는 책을 읽을 수 있는 정도의 실력은 갖추어야 한다고 생각된다.

끝으로 교우의 폭을 넓히고 원만한 인간관계 유지를 위해 늘 노력해야 한다.

아무리 치열한 경쟁 상대라고 하지만 가능한 한 많은 친구를 사귀고 우의를 돈독히 하는 것이 차후 너희가 법조계 생활을 하는 동안 여러 가지로 도움이 될 것으로 생각한다.

그럼 너희 앞날에 하느님의 가호가 늘 함께하시기를 기원하면서 이 글을 줄인다.

2005. 12. 23

새내기 법관이 된 딸에게

막내야!

그동안 고생 많았다.

다 같이 비법학도인 너와 네 남편이 2년 전에 사시에 합격한 것만으로도 나는 대견하다고 생각했었다.

그런데 이번에 30대 주부인 네가 재기발랄한 천여 명의 동기생들과 겨루어 당당히 법관으로까지 임명됨에 따라 나는 무척 감격했고, 게다가 첫 부임지가 중앙이라니 더욱 자랑스럽게 느껴지는구나.

거듭 축하해 마지않는다. 이제 나는 새내기 법관이 된 너에게 아버지로서가 아니라 법조계의 대선배 입장에서 네가 법관의 길을 걸으면서 유념해야 할 몇 가지를 여기 적어보기로 한다.

우선 법관이라는 직업이 선망과 존경의 대상이긴 하지만 타 직종에 비해서 엄격한 자기 관리가 필요한 직업이란 사실을 명심해야 한다.

법관은 같은 인간이면서도 남의 죄를 다스리고 이해가 상반되는 당사자들의 시비를 가려주어야 하는 직업인 만큼 다른 공직자들에 비해 전문 지식 못지않게 보다 높은 수준의 윤리 의식과 도덕성이 요구되는 것이다.

공명정대하고 공평무사한 판단을 내리기 위해서는 끊임없는 자기 성찰을 통해서 강직한 성품을 길러야 하고 어쩌면 구도자처럼 순수하고 청렴한 삶을 지향해야 하는 것이 법관으로서 지녀야 할 가장 큰 덕목이라 할 것이다.

온통 편하고 풍요로운 것만을 추구하고 사치와 향락의 풍조가 만연한 세태 속에서 참된 딸깍발이 정신을 이어가기란 결코 쉬운 일이 아니다. 늘 삼가고 스스로를 채찍질해야 할 이유가 바로 여기에 있다.

다음은 법관은 모름지기 반(半) 학구적인 생활을 해야 한다는 것이다. 직무 수행에 필요한 전문적인 법률 지식을 습득하는 것은 물론이고 수시로 변하는 판례의 동향도 빈틈없이 살펴야 하며 복잡다단한 사건을 해결하기 위해서는 다방면의 독서를 해야 하고 다양한 삶을 직접 또는 간접적으로라도 체험해야 한다. 시간을 안배해서 여가를 즐기되 늘 책을 가까이하고 공부하는 습관이 몸에 배도록 노력해야 한다.

그다음은 조직 내에서의 원만한 인간관계 유지에도 신경을 써야 한다. 법원도 조직 사회인 만큼 상사도 모셔야 하고 함께 일하는 동료도 있고 일반 직원도 있기 마련이다. 상사한테는 직무 내외를 불문하고 예의를 깍듯이 갖추고 동료들한테는 절대 교만하지 말고 늘 상대방의 인격과 의견을 존중하고 일반직한테는 너무 딱딱하게 업무적으로만 대하지 말고 때로는 따뜻한 인간미를 발휘해서 친근하게 지내도록 각별히 노력해야 한다.

특히 평의 과정에서는 주심으로서의 네 소신은 분명히 피력하되 네 주장만 옳다고 고집하지 말고 재판장 또는 선배 법관의 의견도 경청하고 진지한 토론을 거쳐서 합당한 결론에 도달할 수 있도록 훈련을 거듭해야 한다.

끝으로 재야 법조인에 대한 관계에서는 참으로 언행에 신중을 기해야 한다. 법정에서의 법관의 말 한마디, 무심코 짓는 표정 하나가 사건 당사자들이나 담당 변호사한테 끼치는 영향은 실로 대단하다. 공연히 오해를 불러일으킬 수 있고 구설수에 오를 빌미를 제공하는 예는 수도 없이 많다.

너는 네 주위에 나를 비롯한 네 숙부와 이모부, 형부, 그리고 네 남편까지 재야 법조인으로 있기 때문에 어련히 잘 알아서 처신할 줄 안다마는 재야 법조인에 대한 주의는 아무리 강조해도 지나치지 않는다고 생각한다.

되도록 말을 아끼되 반드시 예의를 갖추고 정제된 표현을 써야 한다. 예기치 않은 질문에는 가급적 즉답을 피하고 충분히 검토해서 추후에 답변하는 것이 실수를 줄이는 최선의 길임을 알아야 한다.

특히 상대방의 인격이나 명예에 관련되는 발언은 절대 삼가야 하고 사건의 결과를 예단케 하는 언사도 역시 절제해야 함은 물론이다.

법관은 오로지 법과 양심에 따라 판단하고 판결로만 말한다는 법언을 늘 명심하기 바란다.

할 말은 더 있다만 혹여 췌언이 될까 봐 이만 줄인다.

2008. 6. 15.
《광주변호사회보》 제110호 게재

어떻게 마무리할 것인가?

세월과 나이

『청구영언』에 나오는 「탄로가(嘆老歌)」도 있고 시인 김달진은 "60에는 해(年)마다 늙고, 70에는 달(月)마다 늙고, 80에는 날(日)마다 늙고, 100세에는 분(分)마다 늙는다."며 역시 세월의 덧없음을 읊고 있다.

그러나 "나이는 숫자에 불과하다."라는 말도 있고 실제로 60, 70 나이에도 마라톤 풀코스를 완주하는 이가 있는가 하면, 70대 만학도가 박사 학위를 받고 80대 노인이 현역 대학교 총장으로 재직하면서 후학들을 가르치고 국가와 사회에 봉사하는 이도 있다.

최근에는 105세에 사이클 세계신기록을 세운 프랑스의 로베르 마르샹 옹도 있다.

그래서 나는 노후의 인생도 받아들이는 사람의 자세와 결단 여하에 따라서 천차만별로 달라질 수 있다고 믿는다.

나이 탓만 할 것이 아니라 매사를 긍정적, 적극적인 자세로 대처하고 작은 일이라도 스스로 움직여서 처리해보려는 의욕과 할 수 있다는 자신감을 가질 필요가 있다고 생각한다.

사무엘 울만의 「청춘」

나는 시인 사무엘 울만(Samuel Ullman)의 「청춘(youth)」이란 시를 수시로 애송한다.

그중에서도, "나이를 더해가는 것만으로 사람은 늙지 않는다. 세월이 피부에 주름살을 늘려가지만, 열정을 가진 마음을 시들게 하지는 못한다. 고뇌, 공포, 실망에 의해서 기력이 땅으로 들어갈 때 비로소 마음이 시들어버리는 것이다."라는 구절을 깊이 음미하며 자주 읽는다.

시인은 다시 말한다.

"영감은 끊어져 정신이 냉소라는 눈에 파묻히고 비탄이란 얼음에 갇힐 때 비록 나이가 20세라 할지라도 그대는 이미 늙은이와 다름없다. 그러나 머리를 드높여 희망이란 파도를 탈 수 있는 한 80세일지라도 영원한 청춘의 소유자일 것이다."라고.

팔순을 바라보는 내 나이

정유년 새해가 밝았다.

길상과 풍요를 상징하는 붉은 닭의 해란다.

금년 내 나이 고희를 훨씬 지났다. 머지않아 팔순을 바라보게 되었다.

인생을 사계절에 비유하면 나는 이미 한겨울을 맞고 있다.

풀코스 마라톤으로 친다면 42.195km 중 40km 지점의 가파른 고빗길을 달리고 있는 셈이다.

농구 경기로 말하면 마지막 4쿼터의 후반에 접어들고 있다.

그래서 길어봐야 10년 남짓 더 살 것이고 하나님이 부르시면 오늘이라도 당장 이 세상을 떠나야 한다.

그렇기에 하루하루를 내 인생의 마지막 날이라 생각하고 더욱 신실하게 살고 싶다.

기력이 허락하는 한 열심히 책 읽고 글도 쓰고 싶다.

쉼 없이 기도하고 늘 찬송 부르며 섬기며 나누는 삶을 살고 싶다.

그러기 위해서 무의탁 노인복지 사업과 불우 청소년을 보살피는 일을 내 삶이 다하는 그날까지 꾸준히 이어가고 싶다.